边震 著

# 族谱

民国二十六年，一本神秘的族谱现世后，钟家大院一个世代经商贩盐的家族接二连三怪事不断。少主人钟泰川刚从日本留学归来，竟意外地与一件凶杀案扯上关系，钟家大院也因此危机重重……

北京日报报业集团
同心出版社

图书在版编目（CIP）数据

族谱／边震著.

北京：同心出版社，2015.6

ISBN 978－7－5477－1444－7

Ⅰ.①族…　Ⅱ.①边…　Ⅲ.①长篇小说－中国－当代　Ⅳ.①I247.5

中国版本图书馆 CIP 数据核字（2015）第 092361 号

族谱

出版发行：同心出版社

地　　址：北京市东城区东单三条 8－16 号东方广场东配楼四层

邮　　编：100005

电　　话：发行部：（010）65255876

　　　　　总编室：（010）65252135－8015

网　　址：www.beijingtongxin.com

印　　刷：廊坊飞腾印刷包装有限公司

经　　销：各地新华书店

版　　次：2015 年 6 月第 1 版

　　　　　2015 年 6 月第 1 次印刷

开　　本：787mm×1092mm　1/16

印　　张：15.5

字　　数：250 千字

定　　价：29.80 元

# 目　录
CONTENTS

# 楔　子

在每个清晨，总有一个老头拉着瑶琴，坐在一座雄伟的祠堂前面唱着一首歌，说是乞讨，可是面前没有破碗，说是卖艺，可他从来不收钱。他只是拉着瑶琴，日复一日地唱着，仿佛在等待什么。这一天，他再次坐在祠堂面前唱开了。紧接着一段凄凉悲伤的歌词从他的口中唱出：秋风起，阴雨坠，卧床之中久沉吟。古道长，风雨会，长歌一曲泪打襟。烟花，烟花，谁来问道？

“这人怎么又在唱这首歌？”一个路人奇怪地问。

“这都唱了多年了，你又不是不知道，听说他还是一个哑巴。”另一个人悄悄地说，然后朝着这人后面望了望。突然他的面部抽搐了一下，然后推推旁边的人说道：“这是钟家的祠堂，我们还是走吧。”

“你别推我，这就奇怪了，哑巴还能唱歌？”这人奇怪地问。

“这是腹语，小镇只有他一个人会。”另一个人接着说。

“你看他那张脸，怎么那么狰狞？不会是被狼咬的吧！”这人指着老头的一张苍老而干枯的脸说。

“据说这里面邪着呢，小镇这几年总有些莫名其妙的事情，这不明天钟家的那本《无字节宗》的族谱又要拿出来了，还不知道要发生什么事情呢。”另一个人担忧地说着，摇摇头。

“那本书是不是要在这座祠堂里拜祭？到时候，我们也好瞧瞧！”这人问着，眼神中颇有不屑。

“老五，你别瞎掺和，据说那本书克人，搞不好会死人的，估计这会儿钟家的人已经把书放进了祠堂。”另一个人用手指指钟家祠堂说着。

“麻子，你净胡说！既然克人，那还拿出来干什么？谁信呢？”老五摇摇头。

“不拿出来，怪事更多。你还记得三年前钟家二姨太连同肚子里的孩子一起跳井的事吗？”麻子看了老五一眼说。

“是啊！你不说我还忘记了，是有点怪！那岂不是怎么做都不对吗？”老五答。

“拜祭一下过了明晚就没事了，据风水先生说，那是钟家的阴灵在作祟！”麻子说着，老五浑身打了个冷战。

“大白天的，被你说得阴风阵阵！”老五说着低头看着老头，突然问：“唉！老头，你可知道这些？”只见老头微微抬起头，一副狰狞的面孔像是被鬼打了一般，他嘶声说着：“我在等……”

话一出口，麻子顿时被吓出了一身冷汗。他颤抖着手指头，指指老头吃惊地说：“你……你怎么说开话了？”此言一出，老五顿时浑身一怔，他身子向后退着，像是遇到恶鬼一般，片刻之后，他失声说道：“是啊！他已经坐在这里几十年了，从来不会说话，怎么……怎么今天就说开话了？”说完，他像是受到惊吓，拉着麻子慢慢地向后退着。

“这可是百年一遇，难道又要发生什么事情？”麻子浑身哆嗦着说道，转身拉着老五就跑。

老头仿佛对眼前的事情浑然不觉，他拉着瑶琴接着唱，口中不断地说着：“水上水，日月之间藏均剑；地中地，黑水触娇媚。仰头问青天，几人能懂？”

# 族谱现世

突然一个娇小的身影爬过墙头，纵身一跃，轻飘飘地落在了院子里。他身穿一身白色的紧身服，头被一块白布裹起来，身手迅捷地环视着院子。此时从外面传来唱歌老头的余音，他不禁低低地念叨着：“水上水，日月之间藏均剑；地中地……”他的眉头紧紧地皱在一块儿，然后慢慢地向前走着。片刻之后，他接着说：“小镇上已经传了多年了，难道真有什么秘密不成？还是先办正事要紧。”说着他快速地奔到院子中间。

眼前是一座四合院，正面是一座大殿，东西两侧是偏房。白衣人迅速地奔进大殿。只见大殿里有一张长长的桌子，桌子上面铺着一层黄布，顺着桌角耷拉在地上，黄布上面摆满了灵牌位，正面墙上挂着一块钟家族谱图，桌子下面前方放着几个黑色的跪垫。白衣人扫视了一周，眼睛落在被黄布遮挡的桌子下面，他微微蹲下身子，一只手瞬间就将黄布撩在了桌子上面，只见下面整整齐齐地放着几个黑色的罐子，白衣人弓着身子，爬了进去，慢慢地抱出一个，他摘下戴在头上的白布，轻轻地吹着罐子外面的灰尘，瞬间就将罐子上面的盖子打开。白衣人盯着罐口向里望着，不一会儿他失望地将盖子重新封好了，放了回去。口中嘀咕着：“你个老不死的，怎么他妈的是骨灰！”

白衣人再次搜寻着，只见所有的黑罐子都有灰尘，唯独最里面的一个好像刚被人擦拭干净，白衣人像泥鳅一样钻了进去，敏捷地拔开了罐盖。他伸进手去在里面抓着，突然一声低沉的哀痛，白衣人伸出的手上血迹斑斑。他忍痛将黑色罐子抱了起来，用力地摔在地上。罐子碎落，只见一团骨灰瞬间就散发在周围。白衣人掩着鼻子，微微闭上了眼睛，离他身体不远处，一个圆形的小钢丝网滚落在地上，钢丝网上到处排满密密麻麻的小钢针，再向前看，赫然躺着一本书。白衣人快速爬了过去，伸手拿起那本书，他的嘴角再次露出了笑容。

很快他将白布裹在头上，纵身一跃奔出了大殿门口，紧接着一个鲤鱼打滚儿，就来到了大门口，他向外张望着，确定无人后，迅速地脱掉身上的衣服，连同手中的书一起揣在怀里，然后大摇大摆地走了出去。他悠闲地走在大街上，心里盘算着，嘴里还不忘嘀咕："呸！我就不信这个邪！"话还没有说完，他谨慎地朝身后望望，转瞬间就拐进了一个小胡同。他靠在小胡同一侧的墙壁上，微微露头观望刚才走过的这条路。人群中有推着小车做小买卖的，几个小孩在路边嘻嘻着。确定没有人跟踪后，他讪讪地正准备扭过头来，突然一把明晃晃的匕首放在他的脖子上。就在此时，他本能地将头向墙上靠了靠，想看看眼前拿匕首的人是谁，可惜连扭头的时间都没有，这把匕首就深深地在他的脖子上割了下去。他缓缓转过身，眼神中充满了诧异。他伸出一只手紧紧地抓住了这人握着匕首的胳膊，看着这人腰间的一枚玉佩失声地说："是你？为什么？"

眼前的人冷笑一声，敏捷地将匕首插进了他的脖子里。白衣人惊恐地睁着大眼睛，身子慢慢地倒了下去，抓着那人胳膊的一只手慢慢地松开，直至滑到了那人腰间，猛然间他使出最后一丝力气将那人腰间的玉佩拽了下来，最后背朝天倒在胡同里，怀中藏着的那本书瞬间露出一角。眼前的那人一怔，可是他没有蹲身去捡，反而冷静地倒转身离去。紧接着身后传来了一个妇女的尖叫："啊！死人了！"不一会儿人越聚越多，那人快速跑了两步，拐了一个弯，就消失得无影无踪。

此时大街上乱成一团，人们纷纷涌向了这个小胡同，人群之中你一言我一语地议论着。"唉！年纪轻轻的，死得太惨了！"一个算命的老头低声喊着，说着他从人群中挤了出来，慢慢地蹲在尸体前面，用手摸摸死者的鼻息，然后摇摇头。突然他眼睛一怔，目光停留在死者怀里露出一角的书上。他慢慢地从死者怀里拿出这本书，突然失声喊道："《无字节宗》？怎么会在这里？"

说着，这本书从他颤抖的手中掉了下来。

“那是钟家的东西，怎么会在这里？赶紧报警吧！”人群中一个声音传了出来。

“那个东西很邪乎，孩子，我们还是走吧！别看了！”一个少妇拉着一个小孩子的手转身离开了。

警察署的尸检房里，停放着一排排等待家属们认领的尸体，靠墙角的位置放着一张小桌子和一把木头椅子。刚刚从小胡同口运回来的尸体摆在了最前面。警察署署长张敬生一脸怒气地看着下属，“黑井小镇看来是越来越不太平了，竟然有人敢偷钟家的东西。明天就是钟家祭祖的日子，发生了这样的事情，会造成多大的影响，你们说！”张敬生一脸怒气地随手拉过椅子坐了下来。旁边站着的是张敬生的小舅子，他仗着姐夫的势力，在小镇上为非作歹，所以本地人都叫他王瘪三。他慢慢地走到尸体前面，淡淡地说：“姐夫，发生这样的事情兄弟也很无辜，眼下也只能尽快破案了。”

“你闭嘴！别叫我姐夫，一天只知道花天酒地，要不是看在你姐姐的份儿上，早把你枪毙了！”张敬生打断王瘪三的话吼着。王瘪三一听话音不对，缓缓地低下了头。

“有什么发现吗？”张敬生随口问。站在王瘪三后面的一个叫作曾靖的警察，瞬间就站了出来，喊道：“报告！现场除了那本书，还发现了这个！”说着这人上前一步将一枚玉佩交给了张敬生。只见眼前的玉佩用一根细长的红绳拴着，玉坠晶莹剔透，上面刻着一个弥勒佛。张敬生用手抚摸着这个玉坠，突然他的手指停了下来，他翻过玉坠背面，上面赫然印着一个小小的“钟”字。张敬生疑惑地问：“这应该也是钟家的东西。难道这个盗贼连书带玉佩一并偷了出来，然后分赃不均被杀了？”

“死者背面朝天，手掌向下抓着玉佩，按常理推断这枚玉佩应该是从凶手身上抓下来的。意图很明显，死者是想告诉我们凶手的身份。”曾靖看着张敬生慢慢地说。

“难道凶手是钟家的人？既然他发现了有人要偷东西，把他抓住就行了，为什么要杀人灭口呢？从伤口看，一刀毙命，足见这个凶手还有点武术功底！”张敬生看着手下说。

旁边的王瘪三忍不住插了一句，“说不定凶手是失手杀人，也有可能是那本书诡秘杀人！”

张敬生斜眼瞟了王瘪三一眼，瞪着眼道，“你不说能把你憋死，能憋死吗？”张敬生看着梳着中分头的王瘪三骂着，“看看你那是什么发型？汉奸发型！”

“你也好不到哪去，你还和日本人勾结呢！”王瘪三实在憋不住了，索性撑起胆子说。只见张敬生一拍桌子，豁然站了起来，指着王瘪三吼道：“你给我闭嘴！信不信我现在就一枪崩了你！”说着就准备拔腰间挂着的手枪。旁边的曾靖眼看着火势越烧越大，急忙上前摁住了张敬生的手，低声说着：“署长，您消消气！”他慢慢安抚着张敬生，让他重新坐在了椅子上。此时的王瘪三看见张敬生准备拔枪早就吓得一溜烟儿跑了出来去。

“其实，王队说的也没有错，现在小镇上的人都在议论着……”曾靖随手拿起桌子上的水壶给张敬生倒了一杯水。

“议论什么？”张敬生瞪着眼睛看着曾靖。

“您别误会，我说的是都在议论这本《无字节宗》，都说它邪乎着呢！”曾靖慢慢地将水壶放在了桌子上。

张敬生举起杯子抿了一口说：“那你也相信是钟家的阴灵在诅咒？”张敬生斜眼瞥着曾靖。

“我只是一个小警察，管不了那么多。”曾靖淡淡地说，然后扯开了话题说道：“眼下，我已经查过了死者的身份，是外地人。那么我们暂且有的线索就是这枚玉佩，不妨先从钟家的人身上查起！”

张敬生手握着杯子点点头说：“眼下也只能这么办了。”

“那这本书呢？”曾靖指着桌子上放着的《无字节宗》问。

“先放我这里，我就不相信有这么邪乎！”说着，张敬生抓起桌子上的书，摔门而去。

钟家大姨太柳凤仪走在小镇最豪华的庆云街上，后面跟着的两个丫鬟看着繁闹的街市，不时地左顾右盼。

“夫人，你看那盆水芙蓉多好看啊，少爷不是一直喜欢吗?”其中一个丫鬟玉珠随口说道。只见50多岁的柳凤仪眉头紧锁，对街市上的东西丝毫不感兴趣。她微微斜瞟了一眼路边的花市，随口说：“还是去庙堂要紧，不要瞎看了，耽误了时辰，那罪过就大了!”玉珠和另外一个丫鬟小翠相互对望一眼，紧紧跟随着这位让她们既尊敬又心存畏惧的钟夫人。

柳凤仪20岁时就跟了钟近楠，30年如一日，一直帮丈夫打理生意，直到5年前，柳凤仪突然不再接管钟近楠的生意，谁也不知道究竟为了什么，包括钟家公馆的大大小小30多人在内。清闲后的柳凤仪每天吃斋念佛，礼拜六和礼拜天，她总会去镇上的庙堂去祈祷。

庙堂离钟家公馆并不远，也就一刻钟，柳凤仪很快就到了。

一进庙堂大门，里面的守院僧老远就迎了上来，双手一合，口中念念有词，随后用手一摆将柳凤仪请了进去。柳凤仪还是像从前一样点了香，先在佛像面前一拜，然后跪倒在地，默默地祈祷着，烛香在她的手指间不时地化作烟气缓缓飘散。柳凤仪在此逗留片刻，然后由守院僧领着来到后院的偏殿。两年来，这个习惯一直没有改变。后院有两座偏殿，由于年久没有人收拾，屋檐上青苔斑驳，不时地冒出几根青草，随风飘荡。柳凤仪走进了后院的东偏殿，玉珠和小翠并没有跟进去，而是站在偏殿大门之外。

东偏殿中央是一座观音像，平时这里是远方来的僧人和贵宾留宿的地方，所以很少有人来。突然一声尖叫，打破了后院的平静。只见钟夫人的丫鬟小翠指着西偏殿的屋檐大喊道：“少奶奶！不要往前走了，快停住，你在干什么?”

此时西偏殿的屋檐上有一个20多岁的少女，面色苍白，满脸憔悴，目光呆滞，像是经历过从未有过的伤痛，而那种伤痛似乎是刻骨铭心的，除了死，再也寻找不到解脱的办法。她一直沿着屋顶的斜坡，踩着瓦片向前走着，似乎并没有听见院子里的尖叫声。

此时的柳凤仪，双眼紧闭，正在默默地祈祷着。听见小翠的尖叫，柳凤仪眉头紧皱了一下，缓缓地睁开双眼，站起身来，抖了抖被压皱的衣服，转身走出了偏殿。

看到这种突发的事情，柳凤仪整个人仿佛像凝滞了一样，想叫出来，却怎么也开不了口。眼前的这个女孩名叫张曼茹。虽然还未正式嫁给自己的儿子钟泰川，可是她从小在钟家长大，柳凤仪早已视如己出。张曼茹还在往前走着，脚下踩着青苔，一步步渐渐地逼近屋檐。

柳凤仪刚从惊恐中反应过来，正要开口，张曼茹已经走到了离屋檐不到一步远的距离，而下面正是铺满整个院子的坚硬石头，落下来必死无疑。突然，听见她高喊一声："《无字节宗》，你是一个噩梦，希望自我离去，钟家再不会饱受折磨！"话音刚落地，人就像风筝一样坠落下来。

只听见"砰"的一声，西殿大门前面满是血迹，人早已倒在血泊之中。而庙堂的钟声却在耳边轻轻响起，正好午时12点，似乎预示着什么。

柳凤仪缓缓走过去，身后的丫鬟早已吓得花容失色。她轻轻弯下腰，抚摸着张曼茹的脸直至眼睛，最后轻轻将她大睁着的眼睛合拢上。柳凤仪痛苦地闭上了眼睛，眼角留下了两滴眼泪。

庙堂墙外早已响起了警笛声，前院的进香者纷纷涌进了后院。柳凤仪缓缓回头，看着眼前早已吓坏了的丫鬟淡淡地说："走吧！"说完转身就离开了。

# 午夜凶事

柳凤仪的淡定，总是让年近65岁的钟家掌门人钟近楠惊诧，他似乎永远琢磨不透自己的夫人心里在想些什么，特别最近的两年。

小镇的报纸是由当地富豪出资筹办的，名曰：《天地之源》。当然，在这个小镇上还有其他组织创办的报纸，貌似要救民于水火之中，但在钟近楠看来，这完全是一群激进分子在自娱自乐，文人嘛，手无缚鸡之力，光靠笔杆之下的愤怒的倾泻，还能干成什么大事，面对这些，钟近楠总是一笑而过。

这一天，钟近楠一大早就坐在沙发边翻看很早就被管家送进来的报纸。翻开报纸，一张张曼茹倒在血泊中的照片赫然印在纸上。他摘掉眼镜，重新把报纸往眼前移了移。他的表情异常复杂痛苦，他将报纸轻轻地放在桌子上，然后失声说："这到底是为什么呢？为什么要这样？难道钟家真的要面临一场劫难？难道真印证了风水先生所言？"此时，他的眼神中充满无奈。

他慢慢站起身来，来到了柳凤仪的房间，只见柳凤仪坐在椅子上，一动不动，目光呆滞。钟近楠走近咳嗽一声，柳凤仪瞬间回过头来看着钟近楠。"老爷，有什么事吗？"柳凤仪勉强带笑轻声问道，一看就知道昨夜没有睡好。

"没有什么事，就是担心你，还是节哀顺变吧。我看曼茹的尸体就不要人钟家的祖坟了，毕竟她还没有过门。"看着柳凤仪复杂的神情，钟近楠只是平淡地说。

"嗯！命该如此，又何必强求呢？"柳凤仪缓缓地说。钟近楠正想说什么，此时，只听见卧室外面一阵敲门声，"老爷，警察署的王队长现在正在会客厅，指明要见老爷，说是给老爷请安，您要不要见一下？"门外的下人边敲着门边喊道。钟近楠看着柳凤仪，想要说些什么，却不知道从何说起。

“知道了，我马上去！”钟近楠说着，转身离开了柳凤仪的卧室。

看到王瘪三，钟近楠正襟坐在椅子上，看着下人嘴里喊着：“上茶！”然后正眼看着王瘪三问：“王队长来此有事吗？”

“钟老爷子，你可见过这个东西？”王瘪三从口袋里掏出一枚玉佩放在桌子上。只见钟近楠盯着眼前的这枚玉佩有点吃惊地说：“认识。不知道怎么会到了你那儿呢？”

“那就对了！来人，将他抓起来！”王瘪三一边吼着，一边指挥手下。只见钟近楠霍然站了起来，一巴掌拍在桌子上吼道：“放肆！这是什么地方，岂容你这小辈在这里张牙舞爪！”

王瘪三看看钟近楠的架势，他除了将他姐夫放在眼里，其他人还真没有放在心上，他慢慢地站了起来，用手扒拉了扒拉自己的发型，然后摇头晃脑地指着钟近楠说：“你这个老不死的，杀了人还在这里趾高气扬？我看你是活腻歪了。”说完一把就抓住钟近楠的胳膊，准备来个一招拿下，没有想到钟近楠右手一缩，左手顺势就掐住了王瘪三的脖子，瞬间就将王瘪三摁在了桌子上，然后吼着：“你小子以为老子骨头活动不了了？今天就让你尝尝鲜。”说着抡起拳头就朝王瘪三的面部砸了下去。

接着传来了王瘪三撕心裂肺的喊声：“救命啊！救命啊！”钟近楠紧紧地将王瘪三摁在桌子上，正准备出第二拳，突然从后面冲出一个人来，握住了钟近楠正要砸下去的手。钟近楠回头看看，只见曾靖赔笑着说：“钟老爷子，您打也打了，我看就停手吧！再说了，你和我们署长不是很好的朋友嘛！”

钟近楠看着眼前的这个曾靖，他也仅仅在一次聚会上见过他一面，冲着曾靖刚才的话，钟近楠慢慢地放下拳头，松开摁着王瘪三的手，转身哼了一声，坐在椅子上。王瘪三挣扎着从桌子上爬起来，正要指着钟近楠大骂，却被曾靖顺势拉到一边，悄悄说了几句，王瘪三随后就转身走出了钟家会客厅。此时曾靖向前走了几步恭敬地说：“钟老爷，您别生气，我们此来也是想了解一些事情，您别误会！”

“什么事情，直说!”钟近楠淡淡地说。

“前天小胡同口死了个人，想必钟老爷听说了吧!”曾靖面带微笑地说。

钟近楠微微点头。

“那咱们言归正传，您既然认识这枚玉佩，可知是谁经常佩戴?”曾靖缓缓说道。

“这和小胡同的命案有什么关系?”钟近楠端起桌子上的茶杯喝了一口茶说着。

“实不相瞒，这块玉佩正是在案发现场捡到的。”曾靖直截了当地说。只见钟近楠的表情微微停顿了一下，然后说：“原来是这样。”说着他慢慢地站了起来，背抄着手在大厅里来回踱着。

“钟老爷是不是有难言之隐?”曾靖看着钟近楠说。

“也没有什么，这块玉佩是我三年前买给小儿泰川的，不过他前两天才从日本留学回来，他不可能是杀人凶手。”钟近楠后背着手辩解道。

“您放心，我们一定会查清楚的！不会冤枉好人！既然这样，我先告辞了!”曾靖说着站起身来，径直走出了钟家会客厅。

深秋夜里，冷风阵阵，一股青烟缓缓飘起，像是鬼魅来临前的预兆，突然，从地底冒出一个披头散发的女人，面无表情，蓬头垢面，满目狰狞，发出幽魂般的哀叫：“还我命来！还我命来!”寒风吹过，院中一片冰冷，她拔出匕首从柳凤仪卧室窗前走过。匕首，刀光闪闪，伴着一阵阵风铃声，像呼喊，像埋怨，像泣诉……

“你为什么要这样做?还我孩子，还我命来，为什么要这样?”带着凄惨的声音，每走一步或快或慢，分明是冤魂。就这样慢慢地走过了柳凤仪的窗前。她走进丫鬟小翠的房间。这时的小翠早已熟睡，房间不大，除了一张床外还有一张书桌，书桌上面整齐而干净，桌角处摆放着一盆野蔷薇，是那样娇艳，那样野性。旁边的砚台下面压着小翠平时写的毛笔字。

蓬头垢面的陌生女人满脸是泪，她环顾四周，慢慢走到床边，靠近了小翠，举起匕首狠狠地刺了下去。

熟睡中的小翠丝毫没有感觉到自己的生命即将走到尽头，她满脸笑容，正沉浸在梦的喜悦中，她就像疯子一样将寒冷的匕首在小翠的身体上狠狠地挥洒，像是发泄埋藏了多年的怨恨。瞬间小翠面目全非，书桌上到处溅满鲜血，连那盆野蔷薇的叶子也挂上了欲滴欲止的血和泪。紧接着她指着桌子上的一盆野蔷薇呼喊着，像是自言自语："该死的东西，野蔷薇是吧？我让你喜欢，我让你喜欢！"一盆野蔷薇瞬间就被手中的刀折腾得支离破碎。

"小翠，小翠，啊……"柳凤仪呼喊着，从睡梦中惊醒，满身冷汗，她看看外面还不太明亮的天空，坐在床上喘着粗气。她擦着汗，自言自语道："原来是一场梦！好可怕的一场梦，野蔷薇？"她冷静下来慢慢回忆刚才那个可怕的梦。此刻她浑身颤抖，隐隐感觉梦中的东西或许正是记忆中最可怕的东西。她慢慢地下床，走到桌子前面，轻轻地倒了一杯水，水壶里的水慢慢流到杯子里，起初是清澈的，后来却慢慢红了起来。她盯着杯子惊诧地看着，最后整个杯子里的水都变成了红色，不对，是血色！

柳凤仪喊了一声，先前双手握紧的杯子瞬间就掉在地上。她一屁股坐在地上，大声呼喊着，像哀求，像痛哭。她害怕、恐惧。她再也没有以前的镇定，她在恐惧中，变了。

此时的钟近楠听到了柳凤仪房间里面的喊声，他急忙跑了过来。一推门，柳凤仪满脸是泪，坐在地上。钟近楠看着失声痛哭的柳凤仪，跑过去，一把把她搂在了怀里。

"别哭，别哭，到底怎么回事？你别哭哭啼啼的，说出来心里就好受些了。"钟近楠看着怀里的柳凤仪一脸疑惑地说。

柳凤仪还没有从恐惧中苏醒过来，她抬起头来，满眼是泪，看着钟近楠，用手指着地上摔碎的杯子喊着："血……是血水！"钟近楠盯着地上碎了的杯子，拍拍柳凤仪的肩膀说："就一个杯子嘛，哪有什么血水呢？你怎么了？"柳凤仪慢慢地转过头来看着眼前的杯子，洒在地上的什么也没有，只是微微的有点水。柳凤仪顿时松了一口气，慢慢地站起来。

"你又做噩梦了？"钟近楠问。

“是的，噩梦就噩梦吧！希望它永远不要变成现实！”柳凤仪淡淡地说。

这一晚，张敬生走进了小镇上最有名的妓院艳阳楼，一进去就点名要了名妓小月。他搂着小月的小蛮腰，一只手随着光滑的身子早就伸进了小月最隐秘的部位。小月则娇媚地笑着：“你就忍一会儿，还没有到房间呢！”张敬生笑着，可是伸进去的手怎么也舍不得出来，他揽着小月径直上了二楼的一间房间。正准备脱去小月的衣服，突然走进来一个女人，张敬生两眼盯着眼前的女人，只见她裸着半身，面带淫笑，不住地冲张敬生使媚眼，还不时地挤弄一下自己的乳房，她的面容简直如天女下凡，小月比起来她来，简直是丑小鸭遇到了白天鹅，自惭形秽。

张敬生咽着口水，他暗自惊叹：“艳阳楼什么时候来了这样的绝代美人？真是美人裙下死，做鬼也风流。”他淫笑着慢慢站起身来，径直走向了门口。只见眼前的美人微微一笑，伸出两个手指不断地勾引着张敬生，径直下了楼梯。张敬生像是着了魔，紧紧跟在后面。不一会儿美人在一间房间前面停下来，只见她回头笑着：“来啊！进去呀！”这一声软绵绵的销魂的叫声直把张敬生叫得浑身酥软，他走到房门前，正要推门而入，突然听见里面传来一个声音：“该死的东西，还我孩子！去死吧！野蔷薇是吧？我让你喜欢，我让你喜欢！”

张敬生隐隐约约透过窗户纸看见一个女人挥舞着匕首正在刺杀着什么，他凭着职业直觉认定这是一场谋杀，想到这里他顿时全身紧张起来，拔出了腰间的枪，猛地踹开房门。眼前出现的是一个披头散发的女人，她手握匕首正在拼命地向熟睡中的受害者刺着，看见张敬生进来，那个女人突然转身龇牙咧嘴地扑过来。张敬生随即大喊一声，还没等张敬生开枪，这个女人就扑在了张敬生的身上，用力地抓扯着，不断地用牙齿咬，张敬生用力地吼着：“你滚开！滚开！”

张敬生挣扎着，突然扑通一声，张敬生坐了起来，他发现自己此时正在警察署，原来刚才的扑通声，是张敬生从沙发上滚下来发出的声音。张敬生擦着额头上的冷汗，想着梦境里的女人，不禁打了个冷战。这间办公室是张敬生平时办公用的，不远处有一张办公桌，上面放着白天从停尸房里拿回来的那本书。张敬生慢慢地从地上站起来。

他径直走到办公桌前面，拿起电话想给曾靖打个电话，可是拿起电话后，他又停顿了一下，抬起胳膊看着手腕上的手表，午夜12点。张敬生慢慢地将电话放回原位。他坐在椅子上，一边思考着刚才的梦境，一边随手拿起眼前的这本书。

他慢慢地翻着，突然他像是受了惊吓似的失声叫了出来，只见在书的正中间夹着一片叶子，是野蔷薇，叶子上分明渗着鲜红的血。张敬生一把就将书扔得老远。他慢慢想起了小镇上人们的传言："这本书很邪乎的！搞不好会死人的!"

张敬生失神地坐在椅子上，自言自语道："难道又有一个人将要死去？那会是谁呢?"

天刚蒙蒙亮，丫鬟玉珠早早起来，端了一盆热水来到了柳凤仪的门前，喊着："夫人，起床了吗？热水给你端进去吧!"此时的柳凤仪早已坐在梳妆台前，梳着头发，她听见玉珠的喊声，轻轻地说了一句："放在门口吧！对了，泰川走了两天亲戚也该回来了，今天叫下人收拾一下庭院。"玉珠"嗯"了一声，转身就走了。

她来到丫鬟小翠的房间，轻轻地敲门喊着："小翠，起床了，再不起来夫人就过来骂了。"玉珠不住地敲着门，可是许久过后，里面却久久无声。玉珠等得不耐烦了，轻轻推开房门，没想到就在门被推开的瞬间，一股血腥味迎面扑来，满地都是鲜血。小翠睁着眼睛，满身鲜血地躺在床上。玉珠不禁惊恐地大叫出来："啊!"她在极度紧张和恐惧之中不住地叫着，一屁股坐在地上，捂住了双眼。

此时柳凤仪慢慢走进小翠的房间，她看着躺在床上的小翠，慢慢向前走了几步，她闭上眼睛，神情异常痛苦。许久以后，她慢慢睁开眼，向前走了几步，小翠的面部被抓得支离破碎，那副模样像魔鬼，像阴灵，更像是临死前的一种血泪的控诉。小翠的胸部被刺穿，血渗透了被子，沿着床单慢慢流了下来。柳凤仪缓缓走到小翠的床边，伸出双手将小翠的双眼合拢。她像塑像一样站在床前，眼角流下两滴眼泪。她转身看着桌子上那盆野蔷薇，眼中充满了愤怒。她嘶声喊着："这样的梦境终于还是实现了，天哪，这到底是为什么?"

钟近楠听到玉珠的喊声后，急忙从自己的房间里赶过来，一进门，钟近楠就捂住了鼻子，嘴里嘟嘟喃喃地喊着："搞什么搞？这是怎么了?"当他看见满身是血的小翠时，惊呆了，高喊着："赶紧通知警察署的人，这是怎么了?"说着，他的身子往后撤了撤，四姨太带着两个孩子也向这边走过来，钟近楠一出门看着四姨太没有好气地喊着："都回去吧！不要叫孩子来掺和，钟家已经够烦的了，怎么会出现这种事情?"他说着扭头走了。

柳凤仪走出房间，她想起在庙堂里自杀的张曼茹，在梦中被杀的小翠，不禁心如刀割，她失声说："钟家到底要死多少人，才算完?"

警察署的停尸房里又多了一具尸体，是小翠的。张敬生皱着眉头看着眼前小翠面目全非的脸。

"凶手的手段令人发指，把案发现场的情况给我重新说一遍!"张敬生指着曾靖问。

"署长，据钟家的丫鬟玉珠讲是早上发现死者的，可以推断小翠是夜间被杀死的。"曾靖回答。

"现场凶手可留下什么蛛丝马迹?"张敬生后背着手，来回走着，然后扭头问。

"基本没有，不过可疑的是小翠房间的一盆花被弄得光秃秃的。"曾靖回忆着刚进小翠房间的情形。

"花？是什么花?"听了曾靖的话，张敬生停住脚步，他紧紧盯着曾靖问。

"野蔷薇!"曾靖简短地回答。

就这样一个简短的回答，却让张敬生的眼睛开始发红，他的脸上略带着不安，他坐在椅子上，从口袋里掏出一根烟慢慢点着。"接着说下去!"张敬生没有抬头，只是静静地吐了一口烟圈说着。

“据钟家大太太讲，她昨晚做了一个梦，梦见小翠被杀了。”曾靖一边说，一边想，这些话，连他自己都感觉不可思议。

王瘪三看着正在一边发愁的张敬生，走到小翠的尸体旁边插话道：“我看就是那本《无字节宗》的诅咒，要不怎么连续几天就连伤三条人命？”

张敬生抬起头看着王瘪三，疑惑地问：“三条人命？”

王瘪三一看张敬生在和自己说话，急忙走到张敬生面前说：“姐夫，你还不知道，就在钟家祭祖那天，钟家未过门的媳妇从房顶跳下死了。”王瘪三边说边琢磨着张敬生的面部表情。

“那钟家为什么不把尸体送到警察署呢？”张敬生盯着王瘪三说。

只见王瘪三讪讪地低下头，支吾着说：“这个，我……我也不知道啊！我看就是那个钟老头杀的人。”

“胡说！没有证据之前，不要胡言乱语！”张敬生一听王瘪三不靠谱的推断顿时来了气，他拍着桌子怒斥着王瘪三，然后扭头看着曾靖问：“曾靖，钟家大太太昨晚是在几点梦见小翠被杀的？”

“午夜十二点！”曾靖脱口而出。

张敬生一听曾靖的回答，顿时站了起来，他的额头渗出冷汗，他抚摸着自己额头上的汗珠怔怔地说：“原来梦中杀人的现场在钟家？为什么会这样？难道钟家的事情和我有着千丝万缕的关系？”张敬生看着停尸房里放着的尸体，他第一次感觉眼前的事情匪夷所思，他慢慢走到了停尸房门前，嘴里嘀咕着：“那片叶子是怎么回事？我和她居然做了一样的梦，时间也一样，这到底是怎么回事？”他不禁回忆起昨晚那个奇怪的梦。

“署长，我看这个案子还得从钟家查起，至少眼下钟近楠的儿子钟泰川免除不了嫌疑！”曾靖看着张敬生的背影说道。

“也只有这么办了！”张敬生淡淡地说着，然后走出了停尸房。

# 街市问道

钟家大少爷钟泰川前几天刚从日本留学归来。没有想到他进门的第二天，柳凤仪就要让他去省城寻访张曼茹家在世的亲戚。钟泰川心里何尝不知道母亲的心思，可是实在有太多的难言之隐。此时他正和当年一起留学日本的上海籍同学白晨春在大街上走着，两人不时地说说笑笑。“想不到在省城还可以再见到你。”钟泰川嘴角带着微笑，看着白晨春说。

“很奇怪吗？我倒不感觉！”白晨春扭头看着钟泰川笑着说，一头乌黑的披肩发散落在肩膀上，手中拿着一本《圣经》。

“你还在翻看那本书？”钟泰川看着清纯可爱的白晨春，用手指了指白晨春手中的《圣经》问。

“是啊！三年前我就在翻看这本《圣经》。”白晨春笑着说，不禁想起在日本留学的那三年快乐的时光。

“那你来云南所为何事？”钟泰川简单地问，随后他和白晨春并排向前走着。

白晨春没有直接回答，她扭头看着钟泰川，眼神中略带深情地说：“泰川，你还记得《圣经》里面第961页吗？”

“那应该是关于道的一种解释吧！”钟泰川略带微笑地说着。

“对！道亦有道，寻道，认道，等道，但万物始于问道，我的道在哪呢？”白晨春深情地说。

“问道？”钟泰川有些疑惑地看着白晨春，像是在自言自语。

“问道，问的是一份坚贞，问的是一种隐藏在内心深处的执着。”白晨春接着说。

钟泰川仿佛若有所思，许久之后，他看着熙熙攘攘的人群，怔怔地说："问道，问的是一份坚贞？"

"我就知道会在这里遇见你，就像是上天早已为我安排了一条道。"白晨春看着钟泰川若有所思的样子，突然笑嘻嘻地说道，然后挽起钟泰川的胳膊徐徐向前走着。

"对了，泰川，你怎么会来到省城呢？"白晨春露出一丝甜蜜的微笑，然后问。看着白晨春纯洁的微笑，钟泰川刚才的凝重瞬间消失得无影无踪，他笑着说："说来话长。我母亲非要让我去寻访我妹妹的一个亲戚，其实，我很不愿意去！"话一说完，钟泰川的眉头闪过一丝不安。

"是什么样的亲戚？那你找到了吗？"白晨春问。钟泰川摇摇头说："没有。说起来暂时还不算我的亲戚！"

"这是什么话？你妹妹的亲戚不算你的亲戚吗？"白晨春有点疑惑地问。

"我们虽然从小青梅竹马，可是并没有血缘关系。"钟泰川淡淡地说。白晨春吐了吐小舌头，并没有在意，突然她指着路边的小摊喊着："泰川，你快看，这里居然也有野蔷薇，好漂亮啊！"

钟泰川顺着白晨春的手指看去，只见一个卖花的老头在路边摆弄着几盆花，其中有一盆野蔷薇，显得是那样高贵而含蓄。

"真是万花丛中一点白！"白晨春兴冲冲地穿过马路跑了过去，随即蹲下身子伸手抚摸着。

"这种东西在东京你又不是没有见过，怎么这么感兴趣？"钟泰川嘴上说着，却也跟着穿过马路。

"他乡遇故知！"白晨春抚摸着野蔷薇的叶子说道。

钟泰川听着白晨春的话，眼神中露出不屑，"行了，晨春，这种东西我家后院多的是，到时候让你看个够！"说着拉起白晨春的手离开了刚才的地方。在熙熙攘攘的人群里，钟泰川和白晨春不时地说说笑笑。突然，人群中冲出一个老头，他头戴一顶毡帽，驼着背，戴着一副墨镜，手里拄着十字招牌，上面写着算命看相。老头走到钟泰川的面前停了下来。“少爷，你印堂发黑，不祥之兆啊！”说着他摇头晃脑地掐着指头算着。钟泰川仰头一笑，神情中颇带不屑。“是吗？倒是说来听听。”钟泰川看着算命老头嘴角略带微笑地说。

“你命犯孤星，在身边的人都不会有好结果的。”算命的先生捋着小胡须说。

“我看您也这么大年纪了，还不如回家磨点豆腐喂驴。”白晨春上前一把指着算命老头夹枪带棒地说。钟泰川听着老头的话兴趣越来越浓，他伸手拦住了白晨春，走上前一步，轻轻拉着算命老头向前走了两步，口中说道：“哦？这边请！”说着拉着老头走进一个茶馆。

一进门，钟泰川就喊：“老板，上茶！”说着指着一个座位吆喝老头坐下。白晨春看着钟泰川离去的背影，悻悻地跟了进去，找了一个凳子，坐在钟泰川的身边。老头一看钟泰川悠闲地坐在了对面的凳子上，索性就不再拘束，他将凳子向后拉了拉，轻轻地坐下，一只手放在桌子上，看着钟泰川说：“少爷，你属水，阴之源矣，你的住宅，我没有猜错的话，应该是坐东朝西吧！那是渗阳之宅！”

钟泰川听着老头的话，顿时心里一怔，说道：“是啊！”原先那种悠闲的神情慢慢消失殆尽，因为在钟家大院，钟泰川的房间的确是坐东朝西。

“在你小的时候，一定经高人看过相，并且身上一定带着可以化解此命的吉祥物！”老头捋着胡须看着钟泰川淡淡地说。

“这倒没有，就是三岁那年，父亲给我买了个玉佩，不知道这可是你说的那个吉祥物！”钟泰川说着就从裤带上摸玉佩，准备交给老头，可惜摸了半天却始终没有。钟泰川只能憨厚地笑着说：“我看多半是丢在家里了，改天有缘的话，我拿给你看。”

“天意如此，总难逃此劫！”老头看着钟泰川说，然后扭头看着白晨春冷静地说：“这位少爷是个心胸宽厚之人，还望姑娘能够帮助他！”

白晨春一听老头的话，豁地站了起来，气愤地指着老头说：“你……你净说废话，我们同窗这么多年了，还轮到你个外人教我怎么做？”说着抡起拳头就要砸过去。老头只是轻轻抓住白晨春送过来的拳头，笑笑指着白晨春露出来的胳膊说："这块刺绣挺别致，都怪小老儿多嘴，告辞!"

钟泰川看着白晨春露出来的白皙皙的胳膊，隐约看见手腕处绣着一只蝴蝶，是那样刺眼。他吃惊地望着白晨春，不知道该说些什么。白晨春看着钟泰川投过来的异样的目光，急忙放下拳头将袖口往下拉了拉，然后气呼呼地坐下。

钟泰川看算命老头拿起十字招牌就要走，他急忙站起来喊道："老丈，您说的是什么意思?"

只见算命老头头也不回地走出了茶馆，就在出门的瞬间，他停顿了一下，轻轻地叹息着说："《无字节宗》出现，不是你死就是我活。少爷，小心驶得万年船，如果有事就到庙堂后院找我。"说完就消失在人群中。钟泰川站在门口，看着老头离去的背影，久久矗立在那儿一动不动。

直至白晨春气呼呼地拿着礼盒走出茶馆，钟泰川才缓过神来，他跟在白晨春身后喊着："晨春，等等我!"白晨春只是快步地向前走，丝毫不理会钟泰川。钟泰川在后面气喘吁吁地叫喊着。

柳凤仪在庭院中静静地坐着，旁边站着玉珠，她神情异常冷静。"玉珠，少爷走了几天了?"柳凤仪问。

"有三天了!"玉珠回答。

"是该回来的时候了。"柳凤仪淡淡地说。这时钟家的下人刘一凯神情慌张地老远跑了过来喊着："夫人，不好了。"

柳凤仪扭过头盯着刘一凯，淡淡地说："又怎么了?"

"少爷被警察署的人抓起来了，现在就在警察署。"刘一凯擦着额头上的汗珠说。

柳凤仪听到刘一凯的话，立刻就站了起来，大声喊道："什么?他们凭什么抓人?"

"他们说遗失在现场的玉佩就是证据。"刘一凯紧接着说。此时钟近楠从房间里慢慢走出来，他站在门前的台阶上，听着柳凤仪和刘一凯的对话，义愤填膺地喊着：“仅凭一块玉佩就抓人，太不把我钟近楠放在眼里了。”

柳凤仪循声望去，只见钟近楠神情愤怒地站在台阶上，她缓缓地走了过去开口说：“老爷，为今之计，我们需要尽快想办法救出泰川。”钟近楠点点头。刘一凯站在一旁气愤地喊着：“警察署也太欺负人，实在不行，我就冲进警察署救人。”

“放肆！还没有到那一步！我立即给张敬生打电话。”钟近楠后背着手说着下了台阶走向会客厅。

突然，钟家大院的门“吱”的一声被推开，钟泰川一扫疲惫的神色，高兴地站在门口看着庭院里的花花草草。

“泰川？你怎么回来了？”柳凤仪失声喊道。

钟泰川看着柳凤仪激动地说：“娘，我办完事就回来了，这几天又让你担心了。”钟泰川说着向前跑了几步来到柳凤仪的身前，一把抓住了柳凤仪的双手。这边刘一凯和钟近楠疑惑地相互对望着。

“泰川，这到底是怎么回事？你不是被警察署抓起来了吗？”钟近楠慢慢地向前走了一步说道。

“这都是哪跟哪呀？好好的，他们为什么要抓我？”钟泰川眉头一扬看着钟近楠说。

“那一凯你？”钟近楠疑惑地望着刘一凯。只见刘一凯一脸无奈地看着钟近楠说：“老爷，我没有看错，在大街上，我的确亲眼看见少爷被抓警察署的曾靖带走了。”

“没有进去就好！钟家看来是不太安宁了，泰川，你回来就好。对了，你身后的那位姑娘是谁？”柳凤仪说完看着钟泰川身后站着的白晨春。

白晨春听到柳凤仪的问话，很有礼貌地向前迈了一步，身子微微弓着说：“伯母，你好，我叫白晨春，省城来的，泰川的同学。”柳凤仪看着白晨春微微笑着说：“哦，是泰川的同学呀，那快进屋吧！你看泰川回来了，我都忘了招呼客人了。”说着冲着玉珠喊道：“快给白小姐上茶！”刘一凯没有跟进去，他为自己刚才的冒失心怀愧疚。

几人相跟着进了钟家会客厅，分主次坐开，白晨春坐在钟泰川的下方。柳凤仪则看着白晨春亲切地招呼着："喝茶……喝茶，这可是本地最好的茶。"几个人就这么聊着，突然刘一凯慌张地跑进来喊道："老爷，夫人，警察署的人冲进来了。"

钟近楠站起来望着门外，只见王瘪三带着两个警察正往钟家会客厅走来，他看着钟泰川，深情地说："泰川，爹从来就不相信你会杀人，你现在就告诉爹，你的玉佩是怎么丢的？"

钟泰川听着钟近楠的话，一头雾水，他失声说道："爹，我怎么会杀人呢？我的玉佩我也不知道什么时候掉的。"钟近楠慢慢走到门口淡淡地说："没有杀人就好，否则，爹也帮不了你。"此时王瘪三走进了客厅，他环视着客厅里的一切，目光落在了会客厅墙壁上挂着的书法大字，冷冷地说："义薄云天？狗屁！杀了人还越狱。"

"王队长，什么意思？"钟泰川冷眼看着王瘪三说。

王瘪三看着钟近楠带着怒火射来的目光，心里不禁打着战，可是如今他已经没有退路了。于是，他指着钟泰川说："你小子，真有能耐，能从警察署里逃出来。我看还得给你加一条罪，私自叛逃！"王瘪三走在会客厅的一侧拉了个凳子坐下来。

"你说什么？我逃？你有没有搞错，我刚从省城回来，为什么要逃？"钟泰川看着王瘪三一肚子火。

王瘪三跷着二郎腿，眉头一扬说："那是我冤枉你了？警察署那么多人，人人都看见你翻窗逃跑了，你以为你把所有人的眼都扎瞎了？"

"你不要血口喷人，我钟泰川什么时候逃过，再说了，我都不知道你们抓我干什么，我逃什么？"钟泰川忍不住站起来冲着王瘪三吼道。

"我看还是到警察署说吧！到时候是黑是白，什么都清楚了。"王瘪三站起来冲着门外站着的两个警察喊道："来人！带回去！"

钟近楠听着两人的对话，一直没有吭气，听到王瘪三要把钟泰川带走，钟近楠高声喊道："慢！"说完他转过身来看着王瘪三说："王队长，就算是泰川私自逃跑已成事实，可是我想问一句，你有什么证据证明他杀人了？”

这一句话一出口，直把王瘪三问得哑口无言，他一脸尴尬吞吞吐吐地说：“这个……这个还得慢慢查！”

“如果最终查证的结果，泰川是冤枉的，你能给我一个说法吗？”钟近楠冷眼盯着王瘪三步步紧逼。

“我能！”话音落地，紧接着一人从门外走了进来，他身材魁梧，此人正是张敬生。他扫视了一眼众人，然后看着钟近楠。钟近楠诧异地看着走进来的张敬生，他不知道张敬生此时出现葫芦里到底卖的是什么药。

“如果警察署最终查明钟泰川是无辜的，我自当登门道歉。钟兄，你看如何？”张敬生抖了抖袖口上的灰尘说道。

“仅仅是登门道歉？堂堂的钟家大少爷就在钟家被你们带走了，最终来个登门道歉，未免礼太轻了吧！”钟近楠丝毫不让步。

只见张敬生微微扭头，看着柳凤仪笑着说：“我看在这里的不仅仅只有钟夫人想知道凶手是谁吧？毕竟凶案在钟家！再说了，让少爷回警察署只是协助调查，有什么不妥吗？”这句话正中柳凤仪的心思，张曼茹自杀，小翠惨死都像一个疙瘩拧在胸口，许久许久喘不过气来，特别是那个可怕的噩梦，她不知道钟家还会发生什么事情。

想到这里，柳凤仪慢慢站起来，轻声说：“老爷，我看让泰川去一趟也未尝不可，第一可以查到凶手，第二可以还泰川一个清白，你看？”柳凤仪看着钟近楠想得到一个肯定的回答。此时钟近楠一言不发，片刻之后，他缓缓走出门，远远地传来一句：“张敬生，你好自为之！”

张敬生看着离去的钟近楠，心中的一块石头顿时落了下来，他微笑着说：“如此，多谢钟夫人谅解！另外，这本《无字节宗》也还给夫人，不过小心晚上睡不踏实！”说完冲着王瘪三喊道：“还愣着干什么？陪钟少爷回警察署！”

柳凤仪一脸茫然，她思索着：“张敬生想说什么呢？”她一手拿着那本书，站在门口看着钟泰川被带走。

## 真假凶手



凌晨两点，警察署内，钟泰川带着镣铐坐在牢房里的一堆草垛子上，牢房外面放着一张桌子和一张椅子，张敬生静静地坐在椅子上，身后站着曾靖，张敬生看着牢房里面的钟泰川冷静地说："你是不是有一块玉佩？"张敬生说着晃了晃手中的玉佩。

"是。怎么会在你手里？"钟泰川点着头疑惑地看着张敬生。

"奇怪吗？"张敬生像是自言自语，此时他认定钟泰川就是凶手。他一脸得意，然后接着问："那你为什么要逃呢？"

"我为什么要逃？"钟泰川怔怔地看着张敬生反问道。

听着钟泰川的话，张敬生瞬间一巴掌就拍在桌子上，然后怒吼道："我亲眼看到你刚进警察署的大门，转眼就逃得无影无踪了，你竟然不承认？"

钟泰川豁然站了起来吼道："你也太小看我钟泰川了，我没有犯罪，我为什么要逃？难道你有铁的证据？"

"难道我手中拿的这个东西还不够吗？"张敬生走到牢房跟前冷眼看着钟泰川。

钟泰川听着张敬生的话，他感觉有些莫名其妙，"我承认这个东西是我的，可是你们口口声声说我杀人了，那我到底杀谁了？"

"你看到有一个小偷去偷你家的那本《无字节宗》，你顺手在街市小胡同口杀死了他。但百密有一疏忽，你无意间将这块玉佩掉落在地。"张敬生怒吼着。

"我没有。我根本不知道你在说什么！"钟泰川紧接着张敬生的话坚定地说。

"到现在你还不承认，那我给你好好捋一捋。"张敬生愤怒地拍着牢房的铁栅栏，接着说道："张曼茹之死是因为你的移情别恋，你爱上了和你回家的那个女孩，对吗？"

"什么？你说曼茹死了？这怎么可能？"钟泰川惊诧地看着张敬生。

"你还在装疯卖傻？来人，给我拉出去动刑！"张敬生冲着身后的两名小警察喊道。突然曾靖站出来高喊了一声："等等！署长！"

张敬生扭过头来疑惑地看着曾靖，接着曾靖说话了，"要不，让他去停尸房去看看，或许会有新的发现。"张敬生没有吭气，只是静静地看着曾靖，最后他用手挥了挥身边的两个警察说道："去吧！带钟少爷去停尸房！"说着他转身离开了这里。

其中一个小警察听到张敬生的喊声，随即上前麻利地开了牢房门，钟泰川戴着镣铐，慢慢吞吞地走了出来。不一会儿就来到了停尸房，张敬生正站在一具尸体前面静静地看着。钟泰川慢慢地走过去，突然他的脚步再也迈不开了，他失声喊道："曼茹？是谁下的毒手？你告诉我！为什么会这样？"话还没有说完，就扑在张曼茹的尸体上嗷嗷大哭。

旁边站着的曾靖看着钟泰川此刻的情形，只是淡淡地说："她是自杀的！从庙堂的屋顶上跳下来的。"

"你闭嘴！她活得好好的，为什么要自杀？我们才刚刚离开三天，她不会这样做的！"钟泰川扭过头来冲着曾靖声严厉色地吼着。钟泰川抚摸着张曼茹已经发凉的手指哭诉着："咱们从小青梅竹马，娘还让咱们订婚呢！你听见了没有？曼茹，你醒醒！"

曾靖的脸上瞬间泛起一丝尴尬，他突然意识到事情并没有这么简单。他看着从停尸房慢慢走进来的张敬生，然后悄悄地说："署长，我看这里面恐怕有误会，要不我们再审审？"张敬生没有说话，许久之后，他微微点了点头。

曾靖走到钟泰川的身边轻轻地说着："钟少爷，节哀！请原谅我们的唐突。可是事情还没有查清楚之前，你还是嫌疑人！请跟我回牢房！"曾靖冲着身边的两名小警察使使眼神。钟泰川瞬间就被两名小警察架了起来，离开了停尸房。几人一前一后来到了牢房，曾靖随手将一张椅子放在牢房外面地上，嘴里说道："钟少爷，请坐！"

钟泰川还是依旧抽噎着，许久以后他慢慢冷静下来。曾靖微微咳嗽一声，然后说："钟少爷，你说你没有逃，可我亲眼看见你被抓进了警察署，然后趁我们吃饭的时间就逃跑了。"



钟泰川头也不抬淡淡地说："我没有杀人，为什么要逃？"

"我记得就在你逃的时候，我抓住了你长衫里面的衣服，并撕烂了一角。你可否脱掉外套让我看看。"曾靖说着从口袋里掏出一块撕烂的小块白布。

钟泰川目光呆滞地，慢慢地伸起了胳膊说着："自己看！最好看清楚一点！"曾靖瞬间就将钟泰川的衣服卷了起来，钟泰川内衣瞬间就裸露在外面。突然一个小警察惊诧地喊着："原来凶手真是你！"说着他随手就摸向自己腰间的手枪。

"慢！"曾靖看着身边小警察的举动，瞬间就高声喊了出来。只见他轻轻地将自己手中的一块小步压在了钟泰川掉了一角的内衣上，这时候身旁站着的两个小警察紧张的神情慢慢放松了。这块小布压在刚才那个角下略微偏大。曾靖轻轻地喘了口气，然后怔怔地说："凶手设置的这个陷阱真是天衣无缝，我们几乎上当了。钟少爷，你还去过什么地方？"

"什么地方都没去，刚到钟家大院屁股还没有坐热就被你们抓来了。"钟泰川淡淡地说。

"难道凶手隐藏在钟家大院之中？如果真是那样，那刚才的那个被抓的钟泰川也是凶手故意伪装出来的？"曾靖看着钟泰川说着，然后慢慢地陷入沉思，接着他自言自语道："那玉佩又作何解释？"

曾靖在牢房里走来走，像是发现了什么，接着他问："你离开钟家的时候，挂着这块玉佩吗？"

"本来我忘记了，可就在我出门的时候，父亲叫住了我，是他亲自给我挂在我的裤腰带上。"钟泰川思索着。

钟泰川的话还没有说完，曾靖瞬间撩起了钟泰川的长衫和内衣，只见那条裤腰带上缠绕着一截细细的红绳，原本红绳下面吊的是玉佩，可惜现在只留下一截细细的红绳，除此之外什么也没有。曾靖慢慢从裤腰带上解下那截短短的红绳，捏在手中。他的思绪慢慢回到了案发现场，死者当时慢慢倒下，就在倒下的时候，抓住了凶手腰间的玉佩，那么红绳子由于瞬间被抓断，留下的半截一定不会是一个整齐的接茬，可是为什么这根红绳接茬如此整齐，并且散发着一种药材味儿呢？

“那只有一个可能……”曾靖思索着突然转过头来，盯着钟泰川话没有说完。

“是什么？”钟泰川有点着急地问。

“你父亲给你挂的根本不是钟家的这块玉佩！”曾靖看着钟泰川说。

“什么？你怀疑是我父亲？”钟泰川失声地说了出来，此刻他几近发疯。

“钟少爷，你冷静点，我只不过是按照常理推测。你仔细想想，如果你父亲给你挂的真是这块玉佩，那么它现在就不会出现在这里。”曾靖有些愤怒地甩了甩手说。

钟泰川豁然站了起来，“我父亲为什么要这样做？既然怀疑是他，那么证据呢？”

“我只是按事实推断，你仔细闻闻这根小红绳子上面是什么味道？”曾靖说着将刚才的那根红绳子递给钟泰川。钟泰川慢慢接了过来，他不相信自己的亲生父亲会干这样的事情，可是就在将红绳子接过来的时候，一股淡淡地清香味飘然入鼻，钟泰川吃惊地喊出了两个字：“王水！”

“对！就是王水！钟家世代经商贩卖盐业，想必你比我更清楚它的作用。”曾靖看着钟泰川说。

此时钟泰川的表情显得异常复杂，他慢慢地吐着话：“它是一种添加剂，加在食盐里面，可以漂白食盐，使之更加白亮。”话还没有说完，这根红绳子就慢慢地从他手中飘落在地。他一屁股坐在椅子上，眼神呆滞地看着头顶上的天花板。这间牢房由于年久失修，顶子上随处可见几个小窟窿，一缕阳光射进来，他眨了眨眼睛，身体一动不动。

“错了！”曾靖打断钟泰川的话，紧接着他指着钟泰川说：“就在刚才去钟家会客厅的时候我闻到了同样的气息。为什么只有在钟家可以闻到？因为王水除了可以漂白，还有一种功效，就是清新空气。更加可怕的是，它还有另外一种功能，那就是遇玉化玉！”

“什么？玉佩那么坚硬的东西居然会被化掉？”其中一个小警察失声问道。

“难道钟老爷就是凶手？”另外一个警察惊诧地看着曾靖问。

“我不知道。”曾靖慢慢地摇摇头，紧接着说：“可是眼下似乎只有这一种解释才符合逻辑，那就是钟老爷子偷梁换柱地换掉了这块玉佩，然后再在那块假玉佩上悄悄地涂上王水，直到它慢慢地化掉，最后连系玉佩的红绳子也被化掉了。”曾靖淡淡地说着，似乎亲眼见证这一幕。

钟泰川一脸茫然，目光中充满呆滞，好像在思索，在痛苦。一缕阳光在他头顶上照射着，刺痛了他的双眼。曾靖静静地看着钟泰川，他上去一把抓起钟泰川的裤角，瞬间裤腿长衫外面裸露出一道像是被烧灼后留下的一道黑色线条轨迹。

曾靖抬头看着钟泰川，怔怔地问：“你为什么不肯面对现实呢？”

钟泰川轻轻地将曾靖的手扒拉了扒拉，然后低下头看着曾靖茫然地问：“他为什么要这样做？难道是因为诅咒致使他身不由己吗？”

“诅咒？”曾靖疑惑地问，许久以后他站起来淡淡地说：“诅咒？这个诅咒真的就像传言那么可怕吗？难道他知道你有危险，故意让我们抓你回来，难道他在刻意回避着什么？”曾靖想到这里，突然转身冲着身边的两个警察喊着：“快！快！打开钟少爷的镣铐！去钟家大院！”话还没有说完，他人已经冲出去了。

# 诅咒之惑

钟家大院里，钟近楠正在屋里叫骂着："你是怎么搞的？这点小事都做不好！滚！"玉珠擦着眼泪慢慢地离开了钟近楠的房间，她第一次见钟近楠那么凶地骂人，而且骂的还是自己，她转身将门关上，来到庭院里抽噎着。

此时柳凤仪正拿着那本《无字节宗》和白晨春在院子里漫步。白晨春看着柳凤仪手中的书，一边走，一边嘀咕："难道这真是一个诅咒？"迎面碰到了三姨太张妙龄，只见她老远就打开了招呼："大姐，你还有心思溜达，老爷刚才生气了，你知道吗？"

柳凤仪听着张妙龄的话，只是略带疑惑地说："是吗？那我一会儿过去看看。"

"三太太，你相信诅咒吗？"白晨春看着张妙龄突然问了一句。

只见张妙龄的神经顿时紧张起来，她看着柳凤仪手中的书声音低低地说："这都死了三人了，两人是咱们院子里的，你说能不邪乎吗？呸呸呸！不说了！"说完张妙龄看着柳凤仪。

"上官姑娘最近可好？好久没有见她了。"柳凤仪看着张妙龄问。

"你是说我那表妹啊？好什么呀！自从咱们院里发生这些事后，一天到晚吵着要离开这里。这孩子从小爹妈就死了，我怕她走了受罪，硬是不让她走！"张妙龄有些不好意思地说。

柳凤仪听着张妙龄的话，只是淡淡地说："该来的始终躲不过。"说完叹了口气就向前走去。白晨春看着柳凤仪的身影急忙赶了上去，就在她离开的时候，三姨太张妙龄突然抓住她的手说："姑娘，你还是离开这里吧！很邪乎的!”白晨春听着张妙龄的话，点点头，也不好再说什么。

此时，钟家大院的门突然被打开了，曾靖带着两个警察冲了进来，其中的一个喊着：“钟老爷在哪?”

张妙龄快步走了上去喊着：“你们又想干什么？泰川被你们抓了，现在还没有回来，你们又来寻老爷?”曾靖看着张妙龄，他不知道如何才能把这些事情说清楚，于是上前一步直截了当地说：“三姨太，钟老爷在哪？迟了可能会出人命的。”

“你说什么？老爷在屋里，就在这个屋里!”张妙龄吃惊地看着曾靖，随后手指指着正房东面。曾靖随手拔出了腰间的手枪，迅速朝着这间房间奔去。

就在推开门的瞬间，所有的人都惊呆了。屋里大梁上挂着一个人，双眼紧闭，脸色却十分怪异，像是有未尽的尘世，像黄泉路上的孤独舞者，他双手下垂，一身长衫没过鞋底，像奈何桥上苦苦不肯喝下孟婆汤的阴灵。紧接着张妙龄一声惊叫：“老爷？你怎么能这样啊?”她满眼的恐惧抓着曾靖的手不住地喊着，接着她晕倒在地。曾靖的额头渗着汗珠，他怔怔地看着吊在屋里的钟近楠，然后说：“来！赶紧将人放下来。”

柳凤仪听到钟近楠屋里传出来的喊声，她着急地赶了过来。看着躺在地上的钟近楠，柳凤仪静静的，她没有流泪，只是慢慢地走了过去，蹲下身子伸出一只颤抖的手慢慢地抚摸着钟近楠的脸，她的嘴角开始抽噎，直至泪珠滑到嘴里。她慢慢地站起来看着周围的人，眼睛里冒着怒火，许久之后，她咬着嘴唇说：“钟家的凶案，你们每个人都在见证着，每一个亲人就这样倒在了我们身边，一定要让凶手血债血还!”说到此处，她像是在怒吼，声音响彻了钟家的半边天空。

此时钟泰川慢慢地走了进来，他的心中燃起了熊熊大火，他走到钟近楠的尸体前，慢慢地跪倒在地，轻轻地说着：“爹，孩儿回来了，你不是一直怨我不懂事吗？现在我懂了。”他一只手整理着钟近楠的衣服，一只手抓住钟近楠冰凉的手指说着。钟泰川想起来了在他很小很小的时候，父亲在河里划船，自己坐在上面好奇地问：“我们要去哪里?”

“回家啊!”父亲微笑地划着船说。

“我好像记得这不是回家的路啊!”钟泰川懵懵懂懂地说。

“那是你记错了，以后你一定要记住你的家在河的那头，在一座大院子里。”父亲笑着。

“那河的另一头是哪呢?”钟泰川问。

父亲沉重地叹一口气说：“长大后你就会知道的!”

“是不是长大就会有好多烦恼?”钟泰川问。

“是的！孩子，但人总要长大的!”父亲憨厚的笑容逐渐荡漾在无边无际的水里，钟泰川的眼角开始湿润，大颗大颗的泪珠滴在了钟近楠的身上。许久许久以后，泪都滴完了。他缓缓地站起来，看着身边的人淡淡地说：“大家都走吧！我想静静!”

柳凤仪早已离开了，其余的人也慢慢散去。曾靖看看两名手下，挥了挥手，示意他们离去，接着他上前一步说：“钟少爷，节哀！在桌子上发现了这个，你看看!”说着递过来一张粉色的手绢，上面绣着一朵梅花。

钟泰川慢慢地接过手绢，他盯着看了许久。

“你拿着它在太阳下照一照。”曾靖看着钟泰川说。钟泰川走到窗户前，拿在太阳光下，只见上面隐隐约约地印着一个女人，头发缠绕着，佩戴着一支发髻，手中摇着一把羽扇，跪在地上。钟泰川失声喊道：“日本人?”

曾靖看着眼前的钟泰川没有说话，只是默默地点点头，接着说：“钟少爷，有什么事情到警察署找我！我先告辞了!”钟泰川没有说什么，他只是紧紧咬住嘴唇，一只手用力地抓捏着手中的手绢，直到满嘴是血。

钟家大院，一片宁静。此时，已经是钟近楠死后的第三个礼拜了。钟泰川穿着一身黑长衫，胳膊上挂着一个小牌子，上面写着一个“孝”字。他静静地站在庭院里，看着快要落山的太阳，一动不动。白晨春和刘一凯紧紧地站在他身后。许久以后钟泰川说话了，“将玉珠找来!”

刘一凯“哦”了一声，转身就找玉珠去了。不一会儿玉珠慌慌张张地大步走过来，“少爷，您找我?”

钟泰川转过身来，他的脸色异常严肃，“你来钟家几年了？”

“三年了。”玉珠低着头说。

“我听说是金管家介绍你过来的，是吗？”钟泰川问。

“是的！”玉珠简短地回答。

“我爹死的那天，他为什么骂你？”钟泰川慢慢地问着，突然来了这么一句。只见玉珠浑身一哆嗦，嘴角打着战说：“那天……那天中午老爷问我后院的野蔷薇长势怎么样。”

“那你怎么回答的？”钟泰川紧紧盯着玉珠问。

“其实，老爷一直就让我专门去管理那些野蔷薇。那天，我说野蔷薇长势很好，就是经常无缘无故地被人摘走了。老爷一听就大发雷霆，就这样了。”玉珠嘴唇颤抖着，边说边抬头看了一眼钟泰川。

“野蔷薇？”钟泰川有点惊诧地问。在他的记忆里，柳凤仪最爱这种花，什么时候父亲也爱上了这种花了？此时他眉头紧缩，思索着。紧接着，玉珠又说话了，“那天我进去上茶的时候，老爷就不高兴，都是白天来的那个日本人惹老爷生气。”

“日本人？”钟泰川失声问道。只见玉珠用力地点点头，接着说：“那天我进去上茶的时候，听见他们在屋里吵了起来，说有大日本驻云南大使撑腰什么的，然后老爷拍着桌子就把他赶走了。”

“男的？还是女的？”钟泰川吃惊地问。

“是男的，很年轻！”玉珠答道。钟泰川缓缓点点头，然后转过身子，抬起头思索着，很久后，他淡淡地说：“你下去吧！”

钟泰川慢慢地向前踱着步子，突然他回头看着白晨春说：“看来，这个日本人就是凶手？”

“即使他不是，难保凶手不是他派来的。”白晨春看着钟泰川说。这时刘一凯也插话了，“少爷，我看这个日本人还是有点问题，要不为什么这么巧呢？”

“如果钟家要是隐藏着日本人的内奸呢？”钟泰川一脸正色地说，随后掏出一块手绢，接着说：“这块手绢看来是一个日本女人用的，可是她到底藏在哪呢？”这句话一出口，白晨春和刘一凯顿时相对无言。钟泰川看着眼前的两人，慢慢地转过身子，他抬头看看天空，重重地喘了一口气，然后说：“或许揭开这个日本人的身份，一切就会真相大白！”

日本驻黑井小镇办事处一阵又一阵的电话铃声想起，在这间装饰比较豪华的办公室里，田中弘一正在看着天花板发呆。他今年二十多岁，是刚刚毕业的日本大学生，由于他的学长是大日本驻云南大使，所以他来到了黑井小镇。此时的他一身军装，一双擦得油亮的皮鞋，整齐的背头，一脸的自信和狂妄。前几天，他接到线报得知钟近楠死了。他顿时感觉手足无措，因为钟近楠是小镇盐业巨头，他的死意味着黑井小镇上的盐业市场要重新洗牌，大日本帝国想要建立一个稳固的后方供给不太可能把当地所有的富豪都拉拢过来。想到这里，他浑身发冷，此时，桌子上的电话响起，他急忙转身抓起电话。

“田中君，你那里似乎发展得并不太顺利。据我了解，钟老头已经死了？”日本驻云南少佐野田次郎在电话中质问道。

“是的，钟近楠已经死了。遇到一点小小的麻烦。”田中弘一诚恳地说。

电话那头的野田次郎听到田中弘一的回答停顿了好长一段时间，接着说道：“田中君，控制黑井的盐业就等于控制了整个云南的盐业。为了你能顺利拿下黑井小镇，我特地给你送份大礼，我想你应该会喜欢的！”

“大礼？”电话这头的田中弘一一边擦着头上的冷汗，一边说着。

“是！到时候你就知道了！”野田次郎在电话里简短地说。

“是！”田中弘一应道。

“当年我们派往小镇的虹本山平教授在给我们发了最后一份情报之后，就消失了，我想能够找到他的遗体，对于他的家人来说也是一种安慰。”野田次郎接着说。

“教授？死了？”田中弘一问。

“对！他生前留在黑井一些秘密，希望你能够找到。”野田次郎干脆地回答。

"是!"田中弘一点头应道，然后挂断了电话。

田中弘一放下电话，心情久久不能平静。他在办公室里走来走去，随后冲着门外站着的警卫喊道："叫小野君来我办公室!"不一会儿，一个穿着一身军服的日本人走进了田中的办公室。

"小野君，你在黑井多年，你应该知道，当地都有哪些势力？他们都从事什么职业？"田中看着小野问道。

"势力？那当然是军阀龙云驻黑井小镇的133旅。据我们情报了解，这个旅长姓文，叫文天，河北沧州人，治军很有一套，唯独喜欢抽大烟，玩女人!"小野滔滔不绝地说着。

田中弘一听了小野的话，冷笑着，他摸摸自已整齐的发型说："抽大烟？玩女人？治军还有一套？有意思，我倒有兴趣拜访一下。还有其他吗？"

"接下来就算是警察署的张敬生。此人做事冷静，笑里藏刀，往往在乎的是最实际的利益。"小野接着说。

"嗯，看来每个中国人身上都有一定的劣根性！小野君，你继续说。"田中弘一说。

"还有一股势力，当地称之为土匪，领头的叫彭三炮，独眼龙，没有野心，只想保存实力，混口饭吃!"小野继续说着。

"很好，有这些就已经足够了，一切就从这里开始吧!"田中弘一咬牙切齿地说，瞬间露出一副狰狞的面孔。

"马上跟张敬生联系，就说我请他吃饭，顺便带去两箱黄金!"田中弘一说着，嘴角抿出一个微笑。小野点头答应着，随后退了出去。

田中弘一离开了办公室，来到了二楼。在这栋二层小洋楼上，他既可以办公，又可以休闲。他来到客厅，轻轻拍了一下手掌，不一会儿在客厅里出现了几个歌女。几个歌女微微鞠躬，随后翩翩起舞，这是日本的盆舞。田中弘一慢慢走到前方的桌子前面，跪着坐了下来，故国风情在他心里依旧是个结，他轻轻地打着拍子，嘴里不时地嘀咕着几句日本歌词。此时下人进来通报："田中君，有一位自称是您的老同学的人造访。"田中弘一顿时收起他满脸的笑容，然后疑惑地说："哦?"随后他屏退了歌女，接着说："邀请!"

钟泰川和白晨春慢慢走进了田中弘一的房间，只见田中弘一正面带微笑地跪在一张小桌子前。看到钟泰川的到来，他的表情异常惊讶。

"是你？泰川君？一年别过，过得可好?"田中弘一看到钟泰川，有些意外地说。

"托田中君的福，还可以。不过田中君不远万里来到中国，故国的风景难道不如这里的?"钟泰川说着按照日本人的风俗跪在了小桌子前面，后面紧跟着白晨春。

田中弘一听着钟泰川话，他仰天笑着，接着说："泰川君，在学业上我们一直是对手，想不到再见面，你依旧咄咄逼人。有什么不对吗?"随后他轻拍了两下手掌，不一会儿，只见一个下人端着三杯茶扭扭捏捏地来到桌子前面，轻轻地放下。

"泰川君，请！这是你们本地的普洱，这是好东西！晨春，请自便。"田中弘一微微一笑说道。

白晨春端起眼前的小杯子，抿了一口，淡淡地说："好茶，田中君不仅中国话学得好，而且对本地茶也有一番品味。不过田中君眼下似乎对钟家更感兴趣吧!"

田中弘一的脸色微微一怔，随即恢复平静，他轻轻地抿着茶，然后说："怎么？两位对此也感兴趣?"

"田中君，你的冷静真让我有些佩服!"钟泰川冷笑着看着田中弘一说。

田中弘一的眼神有些呆滞，沉默许久后他开口了，"泰川君，何出此言呢？我们生在不同的国度，从根本上说我们只能各为其主了"。

"我们之间的这场交锋似乎从你踏上中国土地的那一刻就开始了吧!"钟泰川冷眼盯着田中说。

田中弘一摇摇头，淡淡地说："说实话，我在日本就知道你们钟家是黑井小镇的盐商!"

"所以你为了能得到钟家手里的盐矿杀害了我爹!"钟泰川说着胸中的怒

火再也忍不住了。

田中弘一缓缓端起眼前的茶杯，抿了一口说道："泰川君，现在下结论，你不认为太早了吗？"田中弘一抬头看着钟泰川，他的眼神显得特别平静。

此时，钟泰川的脸色异常凝重，他微微弓下身体，双手扶在面前的小桌子上，一双眼睛恶狠狠地盯着田中弘一，他咬牙切齿地说："我希望不是你，我希望日本战败的那天我还能像朋友一样送你离开。如果真是你，我保证你死得比警察署停尸房里的那位更惨！"钟泰川轻蔑地拍拍田中弘一的肩膀。

田中弘一怔怔地吐出几个字："停尸房的尸体？"

钟泰川只是冷笑着点点头，端起桌子上的茶一饮而尽，随后准备离开。就在他走到门口的时候，田中弘一说话了。"泰川君，有一本书叫作《无字节宗》，你知道吗？"田中弘一站起来看着钟泰川的背影问。

"它现在就在我手里，你很想要吗？想要就得开出足够的价码！"钟泰川头也不回地走了。

钟泰川走出了田中弘一的二层小楼，白晨春紧跟在后面。看着前面的钟泰川的身影，白晨春有些疑惑地说："我看田中弘一不像凶手！"

只见钟泰川轻轻地吸了一口气说："我也这么认为。可是有一点我们无法否认，那就是我们的身边确实隐藏着日本人。"

"那会是谁呢？"白晨春赶上了钟泰川说着，像是自言自语。

# 绝命追杀

一轮夕阳低低地悬挂在天边，夜晚即将来临。十月凉风吹过，一排排商队伴随着马匹上的发出的铜铃声，整齐地行走在这片崎岖而又荒凉的山路上。领头的是钟家的管家金锁子，他低着头，手牵着马匹，马匹上插着一面很小的旗帜，上面写着一个大大的“钟”字。紧接着是后面30余人的商队，骑着马，走在中间的是为这支商队护航的马帮首领马再发。

“金管家，这一趟买卖可真值，那些洋人一看我们的盐，白灿灿的，都傻眼了。老爷知道一定高兴坏了，我看天晚就可以回到钟家大院!”马再发骑着马瞬间就赶到了前面，对领头的中年人喊着。

中年人是钟家的管家，名叫金锁子。他是这群商队的带队人。他看着前方若隐若现的黑井小镇，轻轻地擦了擦额头上的汗水，回头对赶上来的马再发说：“是啊！这趟生意是钟家近20年来最好的生意了，可总算回来了。不过还是小心点好，这条路上可是不太平啊!”金锁子用手拍拍走在自己身边的马儿，心里一边高兴着，一边闪过一丝忧愁。

“这都快到黑井小镇了，你还这么担心？我看你是被土匪吓怕了，有我再发在怕什么?”马再发看到金锁子的担忧，拍拍胸脯，头一扬，眼神中充满不屑。紧跟在后面跑腿的潘六听到他俩的谈话，不禁跑了过来磕巴着说：“是啊！管……家，管家，发爷说得对啊！这过了黑井就是咱们的地头了，谁不知道咱们钟家势力大，您就别担心了。”

金锁子听到潘六的话，回头眼睛直勾勾地盯着潘六，只看得潘六浑身上下不舒服。潘六满带笑容的脸顿时尴尬得像碰了一鼻子屎，讪讪地低下头，牵着马走在了后面。金锁子没有说话，转过头继续牵着走在前面的马匹。

马队还在缓缓地向前移动着，走了一阵就看到了小镇那块赫赫有名的大招牌：艳香楼。艳香楼是个用木头搭建的二层建筑物，一层吃饭，二层专门供贵客们洗澡、娱乐。单是这三个字，明眼人一看就知道这里面是干什么的。可是对于商队里面的这些人来说，看见这个牌子每个人心中顿时轻松下来，因为他们终于到家了。为了养家糊口，他们跟着商队已经出来20多天了，虽然钟家不曾亏待他们，可是在这种乱世，土匪到处流窜的年头，这样提心吊胆地过日子，每个人心中还是捏了一把汗。

就要到艳香楼的门前时，金锁子突然扭头看着跟在后面的马队高喊一声："停！大家原地休息！"

听到金锁子的喊声，每个人心里都迟疑了一下，但片刻就听到众人低声调侃着："反正也到家了，老婆孩子热炕头也不差这一会儿时间。老六，你要是憋不住就先进艳香楼暖暖身子？"商队里的柳猫子看着潘六阴笑着，众人一听都乐了。只见潘六憋红了脸，争辩着说："你……你以为我没有进去过吗？就……就连那老么子我都……都摸过两把。"众人一听潘六的磕巴声和牛皮话，顿时笑得更大声了。这边金锁子正要开口说话，突然一声枪响，瞬间他们的马匹被一群不知道从哪里冲出来的人围了起来，黑洞洞的枪摆在了离金锁子几米之外的距离前。顿时，整个商队沉静下来。

此时的夜色漆黑一片，骑在马上的马再发正要摸向自己腰间的手枪，只听见对面传来一声："妈的，再动打爆你的头，干什么的？都举起手来！快点！"说着一枪打过来，瞬间马再发的胳膊中了一枪，他捂着流血的胳膊，从马上栽了下来。

站在前面的金锁子，看着眼前的情况，重重地叹了一口气："就要到家了，怎么……怎么还能遇到这事。"他扯着嗓子喊道："对面的兄弟，有话好说，何必动怒？"

此时艳香楼二层上的一个房间突然亮起灯来，紧接着窗户打开，伸出一个脑袋，是王瘪三。他充满怒气地高喊着："谁呀！大半夜的扫了老子的兴，老子活剥了你！小六子，你他娘的死了，听见老子的话了没有。”

紧接着小六子喊道：“是一支商队！”金锁子趁着夜色隐隐约约地看见像是警察署的人，他脸上闪过一丝希望。

只见窗户里的人不耐烦地喊着：“甭管了，男的拉出去枪毙，女人统统拉进来给老子暖床。”王瘪三没好话地喊着。那群人一听命令，瞬间就冲了过来。此时的金锁子像是遇到了救星，因为他听着王瘪三粗喉咙大嗓门的喊话，他镇静地高喊着：“王队长，这可能是一场误会。我们可是钟家的商队！路过这里搅了您的雅兴，多有冒犯，回头我给您赔礼。”

王瘪三听到金锁子的声音，先是一怔，可瞬间就恢复原样，阴冷地笑了一声：“钟家的商队，我看快成了终家的商队喽！”他冲着楼下喊了一声：“慢着，等我下去瞧瞧。”说着他慢慢地披了件衣服，只听见旁边的姑娘暧昧地说：“队长，什么狗屁商队，扫兴，老娘的被窝还没暖热了。”说着就要拉住下床的王瘪三。只见王瘪三胳膊用力一甩，“你知道个屁，老子等了这么多年了，今晚事情比较重要，改日再来！”说着就走下了楼。

看着王瘪三衣裳不整地走出来，金锁子颤巍巍地扒拉开一根枪杆子走上去打着圆场说道：“王队长真是好雅兴啊！这么晚了还在这里执勤，黑井小镇有您这样的人物真是三生有幸！”王瘪三走上前去，伸出手将金锁子扒拉在一边，阴着脸，咳嗽一声：“金管家，我接到举报，说有人要将洋人的毒品运进小镇，所以奉命行事赶到这里。”说着他眼神不住地朝后面马匹上的包裹上扫来扫去。

“哦？是吗？谁吃了熊心豹子胆了，张署长前脚命令一下，后脚就有人敢往小镇运毒品。既然如此，王队长也看看钟家的商队？”金锁子故意往身后指了指。

只见王瘪三摸着自己的小八字胡，眼角中满是贪婪，狡猾的眼珠骨碌骨碌的，他伸出手去挠挠后背，说道：“那就不客气了！搜！”说完对着手下就双手一挥。瞬间他的手下就跑到了马队里面，把行李一件一件地扔出来。只把金锁子看得满是狐疑，他感觉今晚的事情没有那么简单。

紧接着，其中一个小警察跑了过来，手中拿着一个油纸包裹说道："队长，在他们的马匹里发现了这个！"王瘪三冷笑着接过手下递过来的东西。他摘掉手套，慢慢地打开红包，用手指在红包里面蘸了蘸，咂摸着嘴说道："还是洋人的上品啊！真不错！你小子可是立了大功了。"说完，他正视着金锁子说："金管家，这怎么解释？难道这些东西是用来喂马的？"紧接着，王瘪三的手下统统跑过来，将马匹上藏着的毒品扔到了金锁子的面前。金锁子只是满脸诧异，商队里什么时候有的这些东西？在边界交易的时候，他已经严令商队成员一律不可以收购这些东西，怎么会这样？

他捡起其中一包，正要解释，只见王瘪三说话了，"金管家，有什么话咱们还是警察署里面说吧！将所有人连同物品一起带回去！"说完，他转身走在了前面。瞬间，钟家的马队连同伙计一起被押解在回警察署的路上。

张敬生正在办公室静静地坐着，此时的他显然很是疲惫，他手托在脑袋斜靠在办公桌上在思索着什么。突然，电话铃声响起，张敬生慢慢腾腾地抓起电话，电话那头传出一个声音。

"张署长，你的身体出了毛病了？"电话那头的田中弘一说。听着田中弘一的话，张敬生就来气，他低低地说了一句："你才出了毛病呢！"紧接着继续说："没有。多谢田中先生的关心。您有事吗？"

"当然，告诉你一个好消息，钟泰川已经找过我了，看样子鱼儿就要上钩了！"田中弘一有点得意地说。

"这算是个好消息吗？"张敬生似懂非懂地来了这么一句。

"八嘎！他暂时不会怀疑我和钟家的事情有关！"田中弘一有些不高兴地吼着。

"那你认为钟家的事情和你有关吗？"张敬生细声慢语地说，语气中充满不屑。

"八嘎！八嘎！你的什么的良心？你在质问我吗？"田中弘一在电话中大吼开了。张敬生悻悻地吐吐舌头，语气顿时软了下来，"田中先生，您别生气，此时此刻我对钟家的事情特别困惑，特别是在梦中……所以……请田中先生见谅!”张敬生准备将心中的疑惑向田中全盘托出，突然说了半句就停住了，此时在他看来还是暂时保密为好。没有想到的是田中弘一丝毫没有觉察，只是简单地在电话中询问着。

张敬生顺便借坡下驴，不住地点着头，口中“嗯嗯”地答应着。此时在这间办公室的窗外站着一个人，他静静地站在外面，像是在巡逻，又是像是在窃听。直到张敬生放下电话的一瞬间，窗外的身影顿时消失了。办公室的窗户外面阳光再次射了进来，分外明朗。张敬生抬头望向窗户陷入一片沉思。紧接着重重地叹了一口气说：“唉！黑井啊！黑井！看来你是不能安宁了，日本人也要蹚这潭浑水。”说完拿起电话，简短地说了一句：“通知王队长来我办公室!”说完就挂断了电话。

钟家大院里，钟泰川正在书房里看着那本《无字节宗》，他苦思冥想都没有想出个所以然来。因为这本《无字节宗》里面根本一个字也没有，只是一幅又一幅像是地图，又像是画的东西。钟泰川将书往桌子上一扔，走出了书房。此时已经进入十月，几丝凉风吹过，钟泰川打了个冷战，可是此时令他心更冷的，是刚从边境赶回来的钟家商队全部以贩卖毒品罪拘押在警察署。虽然几经周折去找张敬生周旋，但最终无果。好像张敬生在乎的不是钱，也不是名。钟泰川想到这里，想起那个可怕的田中弘一。

柳凤仪站在院子里，看着钟泰川走出了房间，随即向她走过来。

“娘，天冷了，你站在这儿干什么?”钟泰川问。

“我在想你爹，他就这么走了。”柳凤仪的话中充满凄凉。钟泰川看着柳凤仪凄凉的神情不知道该说些什么。他仰头叹息，片刻之后看着柳凤仪问：“娘，你知道《无字节宗》吗？它真的充满诅咒?”

“我不知道，只知道那是你爷爷留下来的。书中的那两句话已经流传很久了，或许真的和这本书有关系。”柳凤仪淡淡地说。

“两句话?”钟泰川疑惑地问。

“水上水，日月之间藏均剑；地中地，黑水触娇媚。前几天街上又有人唱起，这到底是诅咒还是……”柳凤仪说着说着，神情忧伤地不再说下去。

“书的后两页就写着这两句。有人唱？”钟泰川表情有些诧异。只见柳凤仪点点头，然后说：“找你爹的那个日本人似乎也知道这些，并且还提到一个叫作‘生命线’的东西。”

“日本人也知道这些？”钟泰川有些吃惊。

柳凤仪不再说话，她怔怔地站了许久，然后转身离去。

此时，玉珠从远处慢慢走了过来，随后有礼貌地说：“少爷，警察署的曾靖来了，在会客厅说有要事要见你！”

钟泰川慢慢地把思绪拉了回来，随后他像是在自言自语，“他来干什么？”说着朝着会客厅走去，边走边思索着。

一进门，钟泰川一双眼睛紧紧盯着曾靖，想从曾靖眼中看出些什么来。没有想到的是曾靖一看见钟泰川走了进来，就慌忙站起身来，客气地说：“钟少爷，我此行来是想告诉你一些事情……”说着他朝钟泰川身后望去。后面站的是丫鬟玉珠，钟泰川顿时明白了曾靖的意思。

“玉珠，你先下去吧！有事我叫你！”钟泰川朝后面看了看玉珠说道。只见玉珠点点头就退了出去。这时曾靖向前走了两步，一脸严肃地说：“眼下，田中那个小混蛋买通了张敬生，要一起对付你。”

钟泰川听完曾靖的话，丝毫都不感觉意外，只是往椅子上一坐，淡淡地说：“难怪呢！我猜也是这么回事！”

“有个代号叫作黑鱼的日本特工现在就隐藏在钟家大院里。”曾靖看着钟泰川一副漫不经心的表情有些不耐烦，但还是将这句重要的话说了出来。只见钟泰川听了这句话后顿时脸色变得相当难看，他口中嘀咕着：“黑鱼？特工？什么时候？”钟泰川思索着抬头问。

“具体时间我也不太清楚。另外小心彭三炮，他随时有可能行动！”曾靖一脸紧张地看着钟泰川。钟泰川听着曾靖的话，他慢慢地站了起来，他没有理由不相信曾靖的话，因为眼下钟家的情况让他不得不重新看待眼前的形势。

他缓缓地走到门口，看着外面静悄悄的大院淡淡地问：“你为什么要告诉我这些？”

“因为我不想让一个民族资本家死在一个侵略者手里。如今日本人磨刀霍霍，第一个下手的就是钟家。”曾靖神情有些黯然。

自从钟近楠去世后，钟泰川无时无刻不在想这些问题。曾靖的话就像一记响雷敲在了他的心坎上。听到这些话，钟泰川压抑在心底许久的话语和灵魂复活了。许久之后，他看着院中说：“我父亲这么多年不是这样做的吗？作为一个中国人，我们要自产自销，我们要有自己的企业和工厂！”钟泰川的声音渐渐地充满义愤和激情，他回过头来看着墙壁上挂着的那四个大字：义薄云天。然后淡淡地说：“义，要对朋友，对良心，对民族，对国家，义字当头，靠的是国人的觉醒和团结。”钟泰川铿锵有力地说道。

“钟少爷，我懂了，看来这场赌局我压根儿就没有压错。冲你这番话，上刀山下火海，我都无怨无悔！”曾靖说着，走到钟泰川面前伸出一只手。

“好，痛快，我钟泰川有你这样的兄弟，算是今生有幸！”钟泰川说着伸出自己的手紧紧地握住了曾靖的手。两人的眼神紧紧相扣，久久不愿分离。

突然白晨春急急忙忙走了进来喊道：“泰川，不好了，工人们罢工了，正朝钟家大院走来，口里还喊着‘还我血汗钱’！快进大门了，你快出去看看吧！”

“什么？工人们闹事？”听到白晨春的话，钟泰川大吃一惊。他看着曾靖，一时无语。

“看来一场暴风雨要来了。泰川，生在这样一个家庭，你别无选择，既然选择了，那么什么困难也要敢于面对！”曾靖看着钟泰川简短地说，话还没有说完就转身离去。

只见，一群长工走了进来，他们口中高喊着：“还我血汗钱！还我血汗钱！”领头的是前几天钟家缺人的时候，临时顾来的一个年轻人，他站在人群的最前面，怂恿着一群长工。钟泰川放眼望去，整个大院有60多号人，黑压压的一片，后面还有在钟家干了近20年的长工，他们也在叫嚷着：“这么长时间不给钱，给我们一个交代。”

钟泰川缓缓地走进了人群中间。长工们看到钟泰川到来，现场暂时平静了下来。一个领头的年轻人说话了："少东家，我们以前的工钱可是一天一结算，这都一个月了，大伙都等着钱吃饭呢！"

钟泰川紧紧地盯着眼前的年轻人，许久没有说话，紧接着，他高声喊道："大伙听我说，拖欠你们的钱，钟家一分一毫都不会少给你们。我爹死了，可钟家没有败，我也不会让它败！"

人群中突然冒出一个声音，"那什么时候给钱呀！不要整这些没用的！这些老少爷们儿可都是养家糊口的！"钟泰川寻着声音望去，只见此人头缠一条白色的毛巾，不像是钟家的人。此时的钟泰川表情却异常冷静，他高声叫道："各位，大家都是跟我爹几十年的人了，我想我爹在世的时候，并不曾亏待过大家。"当钟泰川说到此话时，人群中顿时响起了嘈杂声。其中的一个长工叫道："我听说钟老爷把钱都用来修这所大院子了，眼下上一批的货款也被警察署扣了。是不是这样？少爷！"

钟泰川没有回答，他看着人群中年纪稍微大点的纪老头，缓缓地向前走了几步，眼睛紧紧盯着纪老头。只见纪老头慢慢地低下了头，突然他带着痛苦的表情哽咽着说："少爷，我跟了老爷也有几十年了，可是眼下你婶子天天吃药，三个孩子还要吃饭，我……"说完他再次低下了头。钟泰川此时的表情异常痛苦，他轻吐一口气，缓缓地说："纪大叔，你是看着我长大的，这么多年一直陪伴我爹左右，钟家的情况你是最了解的。"说完他轻轻拍着纪老头的肩膀，然后眼光扫视着众人，高声喊道："钟家没有外界传扬的那样已经败了，钟家没有垮，只要有我在，我保证不会让大家挨饿。大家给我 10 天的时间，10 天后，大家的钱，一律照发。"站在后面头裹白毛巾的人再次低低地说话了，"如果 10 天后，我们拿不到钱咋办？"此时人群当中又是一阵沸腾。

钟泰川缓缓地转过身子慢慢地向前走着，突然他一个转身，像是发出宇宙间最后的呐喊："当然，如果你们当中，谁想现在就离开钟家，我立刻给你结算工钱，保证不为难你。"就在钟泰川喊出这句话的时候，长工们你看我一眼，我看你一眼的，谁都不说话了。此时纪老头缓缓地走在人群最前面，面向长工们，他的表情异常激动。

"大伙，听我一句，我们在钟家这么多年了，钟家可曾亏待过咱们？如今大伙为什么不能和少东家共渡难关呢？刚才少爷也说清楚了，大伙还想咋样？"纪老头一字一句地说着。此时跟随钟家多年的长工们再也说不出任何话来。大伙久久无言。最后纪老头摆摆手说着："大家散去，干活儿去吧！"

钟泰川看着长工们一个个散去，他闻到一股前所未有的火药味。钟泰川看着空荡荡的院子，突然高喊一声："一凯，给我拿来地图。"可是喊了许久，不见刘一凯的身影。一缕阳光透过远处的白桦树射在他的脸上，刺得他的眼睛睁也睁不开。刘一凯从不远处跑了过来。

"少爷，你找我？"刘一凯看着钟泰川说。

"你跑哪去了？"钟泰川简短地问。

"我去凑钱，咱们已经好久没有往外销盐，这工钱……"刘一凯吞吞吐吐地说。

钟泰川微微睁开眼睛，表情显得特别复杂，停顿了好长一阵子，简短地说："拿地图来！顺便把晨春找来！"说完就转身回到屋里，随手把门紧紧闭上。

"啊？少爷……此时您还有心思看地图？"刘一凯诧异地看着转身回屋的钟泰川说，可是他不敢违抗钟泰川的命令。他转身来到后院。后院是下人们住的地方，离钟泰川的屋子比较远。他小跑着手捧地图不一会儿就推开钟泰川的房门走了进去，在桌子上摊开地图。

这是一张云南的地图，由于带有地方特性，上面连云南的山、河流、道路都标得很清楚。钟泰川走到桌子前，盯着地图，不时地指指点点，然后说着："先前我爹在世的时候，大部分的盐都销往了国外，只有一少部分留在了中国。现在正是国难当头，我准备改变一下以往的销运路线。"钟泰川说着语气停顿了一下，看着眼前的两个人。

紧接着刘一凯插话了，"在国内我们的利润特别小，再说重新找销路需要摸索，眼下我们连长工的工资都给不了，我看……"刘一凯有些忧虑地说。

"我看泰川说得也不无道理，眼下日本人就要逼上门了，没有大家哪来的小家。虽然钟家作为商人不能上战场英勇抗敌，但作为一个民营资本家，不保家为民，他就不配做一个中国人。”白晨春斩钉截铁地说。

刘一凯听着白晨春的话，心里很生气，他嘴里嘟囔着：“你们这些知识分子呀！我就不明白了。”

只见钟泰川慢慢地走到刘一凯身边，拍着刘一凯的肩膀说：“有一天，你会明白的！来，我们一起看地图。东边是云峰岭，西边是黑虎寨，南边驻守着日本人的一个小队，正川岭则是军阀文天的133旅，我们不可能越过去！”

“云峰岭肯定是不能走了，金管家就是在这条路上出事的。黑虎寨那是彭三炮的地盘，这家伙仗着有几十条枪为非作歹，不过眼下我们还是不要招惹他为好。”刘一凯看着地图插着话。

“文天的133旅也不是省油的灯，这家伙吃人不吐骨头。”钟泰川看着地图淡淡地说。

“难道，现在我们只能走南边？”白晨春看着钟泰川来了这么一句。钟泰川怔怔地看着白晨春，“别无其他办法！我们间接地被包围在黑井小镇的牢笼里了，日本人要置我们于死地。”

“那里可有田中弘一的一个小队驻防，他会让我们过去吗？”刘一凯看着钟泰川失声地说。

钟泰川慢慢地将视线离开了地图，然后淡淡地说：“我们只有试一试了。”

夜间，地处黑井小镇西边的黑虎寨灯火通明。彭三炮正围在一堆火旁边烤着一只野鸡。他头上缠着一条黑绷带，一只右眼睛就在前几年和南头的地头蛇王二虎火拼的时候被弄瞎了，此时右眼上斜挂着一片塑料镜片，在灯火下，一闪一闪的。下面坐着的是二当家的李彪，后面坐的是一排山寨的弟兄。彭三炮抓起烤熟的野鸡，用力撕了一块野鸡肉放在嘴里，然后慢慢看着下面坐着的李彪喊道：“彪子，日本人来了。钟泰川那小子估计快撑不住了，终于等到这一天了！我的愿望就要实现了！”

李彪低头拾起一根小木棍，随手扒拉着眼前的篝火，听到彭三炮的话，他回头看着眼前的老大，满眼亮光，随口说道：“钟家迟早就是咱们嘴里的一块野鸡肉，况且眼下日本人也要除之而后快，真是顺风顺水。大哥，恕兄弟多问一句，你和钟家到底有什么冤仇，大哥为何这样恨钟家?”李彪看着彭三炮问。

“我们之间的矛盾没人能说得清，到时候你自会明白。”彭三炮咀嚼着嘴里的肉说。

“到时候，我将钟家老少一起抓来，交给大哥你，不就什么也结了!”李彪眼神中充满不屑，随后就是一声爽朗的笑声。

此时的钟家大院一片宁静，除了钟泰川的房间里亮着灯外，其余的都是一片漆黑。钟泰川在房间里走来走去，他盯着那本《无字节宗》不住地来回翻着，除了那片带血的野蔷薇，什么都没有发现。这本书共短短10页，里面有些曲折的线条来回交错着，说是地图，可是每一个交叉点上面标的名字却又不像地名。他翻开第一页，看到每一条直线上都有一个点，而这个点上面标着是乾休，而在这张图纸的下面画着一幅画，一个年轻少年骑着马，怒视着远方。他接着翻开第二页，上面标着坤生，下面的画的却是一个牧童骑着牛吹着笛子。他慢慢合上书，埋头苦思着。

旁边的白晨春和刘一凯早就趴在桌子上睡着了，这几天他俩一直没有回过自己的房间。钟泰川慢慢地走到桌子前面，轻轻地推了推刘一凯。只听见刘一凯的口中不住地说：“红娘，不要闹我，我们家少爷还没有起来呢，你闹我干啥?”

就这么几句，直把钟泰川说得云里来雾里去，他摇摇头，轻轻叹息着说道：“是该给你说个媳妇了!”说着他用力推着刘一凯的胳膊喊着：“一凯，醒醒。”刘一凯瞬间就从桌子上爬了起来，擦着流出来的口水，憨笑着：“少爷，我太困了，不好意思，睡着了。”

钟泰川轻轻拍着刘一凯的肩膀，紧接着说：“没关系，我交代给你几件事情!”说完，钟泰川在刘一凯的耳朵边不住地嘀咕着。刘一凯脸上的表情忽凝重，忽轻松。

钟家大院的院子里，黑漆漆一片，此时正是黎明来临之前。一个身穿黑衣的夜行人，静静地坐在自己的房间里。突然他站了起来，走到自己的桌子前面，伸手触摸着桌子上放着的一盆野蔷薇。一只手瞬间就插在了花盆里面，不一会儿从花盆里抓出几粒石子，然后慢慢地将石子装进了随身的口袋里。没有人知道这就是他自制的暗器，包括钟家的人。他拉开了门，露出一个小缝，朝院子里望着。在确定院子里已经没有人的情况下，他轻轻地推门而出，几步就跃到了大门口。随即一个翻身就上了墙头，瞬间就消失在漆黑的夜里。

## 不速之客

此人出了钟家大院后，一路狂奔，来到了田中弘一的住处。黑衣人趴在窗户上，用手指捅开一个小小的洞口，一只眼睛朝里望着。在确定田中弘一已经熟睡后，他轻轻地从怀中掏出一个小黑管，又从指甲缝里掏出一个米粒大的小黑颗粒，手脚麻利地装进了小黑管里，然后将小黑管的一头伸进了窗户里，用嘴轻轻地向里面吹着。瞬间屋子里黄烟四起，田中弘一顿时笼罩在烟雾里。黑衣人看着眼前的情形，悄悄地将小黑管拉出来放回怀中，轻轻地蹲在窗户下面，不时地左右看看。在停留了大约一刻钟的时间后，黑衣人蹑手蹑脚地打开了田中弘一的房门，然后慢慢走到他的床前。

看着熟睡中的田中弘一，黑衣人慢慢地伸出双手，只见露出的胳膊上，手腕处系着一个小铃铛。黑衣人顺势在田中弘一的眼前晃了晃，小铃铛瞬间就发出清脆的响声。突然，田中弘一慢慢睁开了眼睛，看着眼前的小铃铛陷入沉思。黑衣人再次摇摇小铃铛。田中弘一慢慢地从床上坐了起来了，但不说话，只是看着眼前的小铃铛。黑衣人边摇着铃铛边向后退着。田中弘一也跟着下了床，未穿鞋子跟着黑衣人从房间里走出来。

此时田中弘一好像记忆已经完全失去，像行尸走肉一样跟着黑衣人走着，只是头脑中慢慢地出现一幕：他坐着一艘小船，正漂泊在一片汪洋大海中，船上有一个中年人划着船，旁边站着一个和自己年龄相仿的小男孩。突然远处来了一只大船，上面有好多好多人。田中看了很害怕，可是摇船的人告诉他不要害怕，这些人是要接他回家。随后，他被带上了大船，就这样漂泊在这片汪洋大海上。他不知道要去哪儿，只是隐隐约约地看见小船上的那个小男孩不停地向他招手。

田中弘一就这样跟着黑衣人走出了住所，慢慢地走在大街上。黑衣人走在前面，不停地摇晃着铃铛。趁着夜色，黑衣人越走越快，田中弘一随即越走越快。天色越来越明亮，一阵冷风吹过，田中弘一顿时打了个冷战。此时黑衣人不再摇晃铃铛，他在一块高大的匾牌下面停下了脚步，眼睛盯着那块匾牌，露出了怒火，不过这怒火瞬间就被压抑得无影无踪。他转过头看着田中弘一，露出一个轻蔑的微笑。田中弘一扭头看着那块匾牌，不禁叫出声来："钟家大院?"他满脸惊诧和疑惑，话还没有全部说出来，黑衣人随手在他身上戳了几下，田中弘一就顺势倒在了门口。

清晨，刘一凯像往常一样打开钟家大院的大门，正在招呼着钟家的下人打扫庭院。他站在钟家大院的大门口伸伸懒腰，揉揉眼睛，口中打着哈欠。"啊？怎么洋鬼子跑这儿来了?"他睁开眼睛看着躺在钟家大门台阶下面的田中弘一，失声喊了出来。紧接着他飞快地跑回了庭院，来到钟泰川的房间前面，一边喊着，一边用力推开钟泰川的房门。突然，里面的一幕让刘一凯看得目瞪口呆：眼前是三姨太的表妹上官纯正和钟泰川坐在床上，相互嬉笑着，刘一凯大张着嘴一句话也说不出来，他低声嘀咕着："少爷什么时候喜欢这口？不是还有晨春姑娘吗?"

只见钟泰川微微笑着，然后看着刘一凯说："什么事？大早上扫本少爷的兴?"刘一凯第一次发现眼前的钟泰川不再有昨日的斗志，满眼泛着蓝光，活像一个淫棍。他怔怔地说："少爷，田中弘一不知道怎么回事，躺在钟家大院的门外。"

看着刘一凯异样的表情，上官纯有点不好意思，从钟泰川的床上站了起来，她的脸瞬间红得像樱桃，然后微微一笑说："我先走了，钟少爷!"钟泰川听着刘一凯的话，只是短暂的一怔，但没有开口说话，只是看着上官纯离去的背影意味深长地说："上官姑娘，我希望我们下一次可以继续……"

此时，上官纯刚走到房间的门口，听到钟泰川的话，她放慢了脚步，满足地说："好啊!"然后就走出了房间。

此时钟泰川斜视着刘一凯，双腿翘着，然后说："那还等什么呢？给我带进来啊！"一边说着，一边冲着已经走远的上官纯喊道："好啊！我等你！"刘一凯看着钟泰川，有些吃惊，他怎么也想不到一夜之间少爷竟然变成这样的人。他嘴角抽动着，却一句话也说不出来。

"我说一凯呀，你就是个死脑筋！本少爷现在的生活不好吗？愣着干什么？赶紧去把那个洋鬼子弄进来，老子要好好审一审！"钟泰川有些生气地说。

刘一凯垂着头，一声不吭地退了出来。就在他转身的瞬间看见白晨春正失望地倚靠在窗台上，看着远方的天空发呆。她的眼神第一次这么深邃。"想必少爷的话，白姑娘也听见了！"刘一凯叹着气低低地说着，走到白晨春身边，"白姑娘，想开点，一切都会过去的！"然后慢慢地朝大门的方向走去。

只见白晨春没有说话，她淡淡地叹着气，转身离开了钟泰川的房门，径直回到了自己的房间。

刘一凯带着两个家丁拖着田中弘一来到了钟泰川的房间里。此时的田中弘一依旧在熟睡中，两个家丁一进钟泰川的房间就重重地将他摔在了地上。只见田中弘一微微地叫了一声，随即缓缓醒来，但眼睛还是紧闭着。钟泰川斜眼看着躺在地上的田中弘一，嘴里轻蔑地哼了一声，接着他从床前站了起来，走到桌子前面，随手倒了一杯茶，轻轻地抿着。突然一个转身，钟泰川蹲在了田中弘一的身前，举着杯子，将杯子里面剩余的茶水奋力倒在了田中弘一的脸上。

"哎呀！"田中弘一叫了一声，睁开了眼睛。他抬头看着钟泰川，一脸惊诧，"泰川君？你怎么会在这里？"田中弘一双手撑着地慢慢地站了起来。

钟泰川手里拿着杯子微微一笑，"怎么？田中君这么快就对我的府第也打上主意了？"田中弘一摸摸发蒙的脑袋，回想着昨晚的事情，想着想着，他全身打了个冷战。"怎么会这样？太邪乎了。"田中弘一自言自语地说。

"田中君，有什么不对吗？"钟泰川随手拉了把椅子坐下来说。

"泰川君，实不相瞒，昨晚我是被一个蒙面人诱惑到这里的！"田中弘一拍着脑袋说道。

“莫不是，这个蒙面人是个女的吧！”身边的两个家丁看着眼前的田中弘一打趣道。

“混蛋！哪有你们说话的份？他进了钟家大院，我清楚地记得。我一定要把他找出来！”田中弘一有些生气地吼着。

“那你的意思是要在钟家住上几日了？”刘一凯有些不解地问。

“难道钟少爷不欢迎吗？还是怕我会玩出什么花样？”田中弘一笑着，意味深长地说。

钟泰川慢慢地从椅子上站起来，看着田中弘一，眼神中透着一丝冷漠，淡淡地说：“当然欢迎！”说完，看着刘一凯说：“一凯！安排一下！”刘一凯疑惑地看着钟泰川，正要说些什么，只见钟泰川已经走到了门口。刘一凯嘴里骂骂咧咧地说：“他娘的，你个小鬼子，钟家已经够乱的了，你还来添乱！”说完他指着两名家丁说：“让田中先生住在西屋，切记，一日三餐都得伺候好喽！”说完，坏笑着拍拍两名家丁的肩膀，然后走了出去。

刘一凯走出钟泰川房门的时候，看见钟泰川一个人静静地站在一棵白桦树下面发呆，刘一凯慢慢地走了过去，轻轻地喊了一声：“少爷……”只见钟泰川没有接话，只是深情地说：“晨春此刻一定失望至极！我也不想这样！”说着用手掌拍着眼前的白桦树。

“你为什么要这样做？白姑娘哪点做错了？”刘一凯听着钟泰川的话直截了当地问。

“你看看这个。其实有些事情，我们无法预测。就像我和晨春，我不知道该不该去选择，甚至不知道该不该相信身边的任何一个人。”钟泰川没有回头，看着远方的天空淡淡地说，随即将一张纸条从背后塞给了刘一凯。刘一凯快速地接过纸条看着，只见上面写着四个数字：5321。然后下面隐隐约约地盖着一个印章，写着“滇龙绥署”。刘一凯吃惊地说了一句：“龙云的阮血团？这是一种联络暗号？”

“其实，这个组织的成员只有两个人，叫作雌雄蔷薇，渗透力极强，在日本叫作特工。”钟泰川淡淡地说。

“听起来，他们应该是一男一女，难道这个组织已经进入到了钟家?”刘一凯顿时浑身发凉。

“钟家的女人我们熟知的又有几个呢?我娘?三姨太?四姨太?还是上官纯?但我不希望是晨春!”钟泰川转身看着刘一凯，眼神中充满期待。

“眼下，我们也没有证据证明就是白晨春。”刘一凯想为白晨春争辩。只见钟泰川轻轻拍拍刘一凯的肩膀说：“这张纸条是在后院的野蔷薇的花丛里发现的，是上官纯发现的。”

“啊?平时我们都不去那个地方，她去那个地方干什么?”刘一凯吃惊地问。

钟泰川淡淡地说：“不知道!田中来了，龙云的人来了，下一个倒霉的会是谁呢?”

“这个洋鬼子也真是的，来钟家干什么呢?”刘一凯嘴里骂着田中弘一。

“他来钟家，一时半会儿不会走，说不定马上就有一些大动作!”钟泰川说着转身就走，走了几步，他扭头盯着站在原地的刘一凯悄悄地伸出了两个手指，示意他过来。刘一凯看着钟泰川急忙走了过去。钟泰川低低地说了一番。说完后，钟泰川长长地吁了口气，然后说道：“我就不相信你不现形!”钟泰川看了刘一凯一眼，转身就走了。

只见刘一凯疑惑地看着钟泰川，许久之后，他怔怔地点点头。

田中弘一的办公室里，一位身挎佐官刀的日本军官正在训着两名卫士，此人是田中弘一的随从。“真是八嘎!昨晚我亲自看着田中君走进房间睡的，现在他到哪里了?”这名少佐吼道。

其中一名日本兵上前一步说道：“少佐阁下，昨夜我们守在田中阁下的门前，可惜就在天快亮的时候，突然困得挺不住，就倒在地上睡着了。”另一名卫士跟着说：“田中阁下的衣服和佩刀都在房间里，我估计他只是出去散散心。”

“混蛋，你见过只穿着内衣就去散步的日本军官吗?”眼前的少佐依旧怒吼着。

“我们这就去寻找。”先前的一名士兵悻悻地说。

少佐点点头说着：“既然无缘无故地消失，那么可能你们俩寻找也是徒劳，只好先动用当地的势力寻找了。”

第二天，一大早。田中弘一抱着肚子从房间里跑了出来。他看着扫院子的刘一凯用不太普通的中文喊道：“马桶的，在哪？”说完指指自己的肚子，一脸痛苦的表情。刘一凯停住手中的活，一只手叉着腰说：“马桶？哦，老六！你过来，把马棚里的那个喂马勺子拿来给他！”

只见老六诡秘地笑了一下，高声地喊着：“好！我知道了！”说着转身寻找马桶去了。田中弘一顿时急了，他捂着肚子，着急地拉着刘一凯的胳膊做了一个蹲坑的姿势，然后说着：“马桶的，不是勺子的！”

刘一凯故作疑惑地说：“管他是勺子还是桶，总之是马用的。别碍我事，你不看我正忙着吗？”说着顺势扫起了院子。钟泰川远远地看在眼里，他暂时不想激怒田中，于是冲着刘一凯喊道：“一凯，不要捣蛋，带他去！”刘一凯听到钟泰川的话后扫兴地领着田中来到茅厕。只见田中捏着连跑带爬地冲了进去。突然哎呀一声，他捂着屁股跑了出来，然后喊着：“里面什么的干活？”

刘一凯看着田中宏一的屁股，红得发青，像刚被蛇咬过。他暗笑着走进茅厕，不一会儿大笑着走了出来。好长一阵，刘一凯笑得前俯后仰。隔了片刻，他稍稍停住了笑声，然后说：“在日本，厕所里难道没有一根搅屎棍吗？你的太……太见识短！”刘一凯学着田中弘一的话说道。

田中弘一好像明白了一点点，微微点点头，然后说：“搅屎棍的？原来是这样。我的刚才来不及细看，下蹲的力道太猛，所以被戳了一下，幸好未流血。”

刘一凯听了田中弘一的话后，接着又是一阵大笑。他看着田中弘一慢慢地走进茅厕，随即口中恶狠狠地说：“下一次放根长的，我戳死你！”

好长一会儿，田中终于出来了。他仰着头深深地吸了一口气，然后缓缓吐出去，径直来到了钟泰川的房间。他轻轻地敲着钟泰川的房门，口中喊着：

“泰川君，泰川君……”过了许久，房间里不见回答。田中弘一慢慢推开房间走了进去。只见屋里异常干净，空无一人，正对面是一只大木头柜子，旁边放着一个低低的小木头桩子，上面放着一些洗漱用品。紧靠着窗台有一张桌子，桌子上放着砚台，下面压着一些练字的白纸。田中弘一慢慢地走到了桌子前面，纸上赫然写着八个大字：义薄云天，实业救国。

田中弘一自言自语道：“泰川君，滇人之兴，这样的人不为我所用，便是劲敌矣。”突然田中弘一的视线移到了桌子左前方，上面赫然放着那本《无字节宗》。田中弘一像是如获至宝，迅速拿起这本《无字节宗》翻看着，嘴里说道：“要西，原来你在这里。”他着急地抓起这本书，快速地翻看着，脸上的表情忽阴忽晴。

就在他全神贯注研究《无字节宗》的时候，钟泰川从门口缓缓走了进来，绕过桌子轻轻站在了田中弘一身后，面带微笑不做声。他看着田中弘一的手指不住地在书上比划着，想必也是看不懂，他声音低低地指着书说：“看起来像地图却又好像不是。”

此时，田中弘一看得太入神了，他浑然不觉，嘴里还嘟嘟囔囔说着：“是啊！是这样，这画代表什么呢？”

“我想地图和画应该是对应的，就像是一把钥匙开一把锁!”钟泰川依旧低低地说。

“是吗？有可能。”田中弘一接着说，话音一落，他才发现不对。他缓缓地转过身，看着钟泰川，脸顿时红得像是被人拍了一巴掌。要知道，在日本窥窃是最让人看不起的行为。他憨笑着，慢慢地将这本《无字节宗》放在桌子上，吞吞吐吐地说：“泰川君，是……是你？我太……冒……昧……了。”

钟泰川依旧是一脸笑容，他拉过一把椅子，慢慢地坐在椅子上说：“田中君，你看了这本书，不怕被诅咒吗？”说完，钟泰川翻开一张字帖，轻轻地拿起了毛笔。

“诅咒？在日本我还没有听说过。”田中弘一疑惑地看着钟泰川在纸上写字。

“既然你不相信，那就拿去看吧！祝你好运！”钟泰川随手在字帖上写下一个“黑”字。

“泰川君，你真允许我看?”田中弘一迟疑地说。钟泰川微微点点头，然后说：“田中君，我想让你把警察署那一杆人马放回来。不知道我的这个请求，你可以办吗?”钟泰川接着在纸上写下一个“黑”字。

只见田中弘一脸色微微一变，“可以，这不算什么。不知道泰川君要借我几天?”田中弘一指着桌子上的《无字节宗》说。

“看到你满意为止！”钟泰川说着，继续在纸上写下一个“虎”字。

“痛快！明天日落之前，你准能见到他们！那这本书?”田中弘一盯着桌子上的书说。

“你可以拿到自己的房间里仔细瞧瞧，不过千万要保管好，钟家现在可是家贼外贼太多了。”钟泰川扭头微笑地盯着田中弘一。可是这种微笑田中弘一老是有些读不懂。随后他略带不安地点点头，捡起桌子上的书说道：“好的！”说完悻悻地走出了房间。刚出门正好碰上了刘一凯路过。刘一凯斜眼看着田中弘一，嘴里吼着：“你个死洋鬼子，茅厕出来洗手了没有?敢往这里跑。再要瞎窜，小心我放狗咬你！”说完头也不回地来到了白晨春的房间门前。

白晨春正在房间里，用力踢着一个沙袋。这是在日本选修的课程，除此之外，她还在业余时间专门训练格斗。别看这样一个弱女子。双手提起两桶水，步行一公里，丝毫不喘气。可是，她今天心情很是不好，听着门外的敲门声，她停下来去开门。

“是你?一凯，进来吧！”白晨春擦着额头上的汗珠，把刘一凯让进来。旁边一个洗漱台的边上放着一个铁架子，上面吊着一个沙袋子，刘一凯抚摸着沙袋子淡淡地说：“你一个女孩子居然喜欢这个，真看不出来。”此时白晨春端着一杯茶水递到刘一凯手里，然后笑着说：“这都是在日本的时候学的，锻炼身体的，平时没事干，拉出来练练。”说完用力地捶着沙袋子。片刻之后，白晨春接着说：“一凯，你找我什么事情?”

刘一凯顺势从口袋里摸出一张纸条说道："白姑娘，你看这个！"说着将纸条给了白晨春。

白晨春疑惑地接过了刘一凯手中的纸条，突然脸色变得苍白，然后说："是她们？龙云的人？她们为什么要来钟家？"

刘一凯有些吃惊，他失声地问："你认识她们？"

白晨春抬头看了刘一凯一眼，然后说："我怎么会认识呢，只不过是来这儿之前，有一个算卦的老头告诉我的，原来还真是这么一回事。"

"算卦老头？"刘一凯奇怪地问。

"嗯，这个泰川也知道。"白晨春点点头，接着干脆地说。

"少爷也知道？"刘一凯越发奇怪了。

片刻之后，她好像明白了什么，看着刘一凯说："少爷，可知此事？"

刘一凯面对白晨春突如其来的问话，有些支吾地说："少爷，他……这两天根本没有心思打量这些东西，所以我特地来找你。"刘一凯说着，慢慢地低下了头。

白晨春看着这张纸条仔细地思索着，随后她像是自言自语，"难道是她？"

此时已到夜晚。上官纯的房间里灯光开始亮起。灯光下，上官纯正盯着一幅云南地图看着。门外隐隐约约地站着一个人影。上官纯警觉地朝门外看看，顺势将地图藏在了床上的被子下面，然后悄悄地从桌子下面的抽屉里拿出一把剪刀，一步一步地靠近了门口。

快到门口的时候，上官纯鼓足勇气吼了一声："谁？"只听见门外传来一个声音："上官姑娘，是我，一凯！"听着门外刘一凯的声音，上官纯顿时松了口气。她慢慢地将剪刀放入怀中，拍拍扑通扑通跳着的胸脯，缓缓地开了门。"是一凯啊！进来吧！这么晚了，我还以为是谁呢！吓死我了！"上官纯转身摸摸自己的脖子转身返回原地。

刘一凯缓缓走了进来说："这么晚了，打扰上官姑娘，实在是有要紧事情。"

"什么啊？有什么要紧事情需要向我禀报吗？"上官纯心直口快地说道。

平时刘一凯最看不惯的就是上官纯，年纪轻轻的打扮得像个交际花似的，说话有时候满口风骚，有时候却冷如冰块。此时，刘一凯听着上官纯的话，心里不禁来气，“你说话能不能委婉一点？”刘一凯气哼哼地将头扭在一边。

上官纯听了刘一凯的话，瞬间就像变了个人，她伸手拽着刘一凯的衣襟，手指向上慢慢地滑着，声音极具挑逗地说：“哎哟！我说一凯呀！你想让我怎么委婉一些呢？”此时上官纯的手指已经慢慢地滑到了刘一凯的胸部。

刘一凯用力将她的手拍了下去，紧接着说：“放下你的脏手，看看这张纸条！”上官纯哼了一声，接过纸条，上面写着四个字：小心内奸！上官纯的眼神顿时有些蒙了，她有些疑惑地问：“你给我看这个是什么意思？”

“这是在老爷的灵堂前面发现的。”刘一凯没有回答上官纯的话，反而绕开话题说着。

“难道是老爷临死前留下的？”上官纯好像是自言自语。“老爷都抬出去一个月了，这是我昨天发现的，你能不能有点脑子？”刘一凯有些不屑地说。

“那还有谁呢？是日本人？”上官纯有点吃惊地问。

刘一凯似乎不想再听上官纯的这些无厘头的推理，他慢慢地走到门口，扭头看着上官纯说：“少爷此时还不知道这回事，我看大家还是小心一点。”

“难道是她？”上官纯疑惑地说了这么一句。刘一凯没有说话，只是默默地离开了房间。

清晨，钟泰川缓缓地走进了田中弘一的房间。许久以后，他转身出来了，站在门口面无表情地思索着。刘一凯远远地走了过来。钟泰川看了刘一凯一眼，眼神中充满些许惆怅，“我让你办的事情，办了吗？”钟泰川看着走来的刘一凯，伸手挽了挽袖子。

“是的，我已经办了，不过我还是没有弄清楚，这和我们预想的根本是两回事。”刘一凯淡淡地说。

“其实，我们不应该怀疑晨春，她毕竟是我的同学甚至是战友。”钟泰川看着满园的桦树说。

“我也是这么想的。”刘一凯接着说。

“从田中弘一走进钟家的那一刻，凶手其实已经露出了马脚，所以真相离我们越来越近了。”钟泰川站在门口，慢慢地走到了庭院中。紧接着他扭头说：“小翠的死，我爹的自杀，甚至是曼茹的自杀，这些绝非偶然。”

“少爷，你是不是发现了什么？”刘一凯跟在钟泰川身后接着问。

钟泰川还是向前走着，停顿了许久以后接着说：“你还记得小翠死的时候，我娘说她听到了铃铛的声音了吗？而铃铛在这个时候再次出现了，那就不是巧合了。”刘一凯疑惑地说：“铃铛？是听夫人说过，可是我们都没有见过。”

“你还记得田中弘一是怎样来到钟家的吗？”钟泰川扭头看着刘一凯。听了钟泰川的话，刘一凯怔怔的，最后他疑惑地问：“是被一个手拿铃铛的人引到这里的。可是你真相信这些话？”

“我相信田中弘一没有必要骗我们，这可能也是他执意要留在钟家的原因之一。”钟泰川还是向前走着，径直来到了庭院的小亭子里，随后坐在了石头凳子上。

“如果真是这样的话，那么凶手极有可能是一个人。”刘一凯站在钟泰川身边说道。

“我也是这么想的。”钟泰川淡淡地说。

“那么梦中杀人又作何解释呢？而且两个人都在梦中见到了小翠的死。”刘一凯像是自言自语。

听到刘一凯的声音，钟泰川脸色微微一怔，随后说：“或许这就是日本的幻术吧！”

“日本？妈的！又和日本人有关系，这和梦中杀人有什么关系呢？”刘一凯嘴里骂着，再次疑惑地问钟泰川。

“有关系！凶手作案都需要一个密室，眼下，我们只需要查到这个作案密室，一切就会真相大白。”钟泰川扭头看着刘一凯说。

刘一凯看着钟泰川不知道该说什么，最后他疑惑地问：“少爷，他们为什么要这样做？”钟泰川慢慢地从凳子上站起来说：“无非就是要搞垮钟家，进而拿到钟家手中的盐矿开采权。我爹已经死了，那么下一个或许就是我。”钟泰川淡淡地说。

刘一凯看着钟泰川，神情顿时有些紧张，随后说：“按少爷你这么说，凶手很有可能就是黑鱼。少爷你要当心了。眼下，我们怎样才能找出那个密室?”

钟泰川看着刘一凯，感激地拍拍刘一凯的肩膀说：“暂时你就不要管了，你先去账房把以前的账本找出来重新核实一下。对了，记得叫上上官纯。”刘一凯有些茫然，他发现自己真的不了解钟泰川，他抬头疑惑地看着钟泰川问：“少爷，为什么要叫上她呢？再说那都是管家一手经管的。”此时钟泰川眉头紧锁着，轻轻地叹口气，然后说：“就当是人手不够用吧，其他的你别问了。”

“少爷，老爷这都走这么长时间了，你有什么打算?”刘一凯颤巍巍地看着钟泰川。

“我要开一家云南最大的盐厂，要将干净的盐销到中国的每一片土地上，让每一个人不再因为吃不上干净的盐而得病。”钟泰川说到这里，语气有些激动。只见刘一凯一脸惊诧，他发现钟泰川似乎在痴人说梦话，他疑惑地问：“少爷，你真要开盐厂？我们现在连长工的工钱都拿不出来，你拿什么开?”

钟泰川一个转身，怒目圆睁地看着刘一凯，他的表情有些激动，他的身体似乎在颤抖，然后重重地说：“一凯，你打开大门看看大街上的那些人，我们身边有多少人，耳朵聋了，脖子变得老粗，有的甚至成了哑巴，都是因为这些盐不仅没有过滤，甚至有毒，没有经过化学加工。如果这样下去，中国将会因盐而灭，你知道吗?”

刘一凯慢慢低下了头，对于钟泰川说的这些，他何尝不知道。他低声说：“同样的盐，不用经过过滤，更不用加工，销往国外，我们就可以赚很多钱；而卖到国内除去过滤的钱、化学加工的钱和长工的工钱，我们所剩无几了，钟家又能坚持几天呢?”

“你说的这些我都懂，既然钟家掌舵的重任落在我肩上，我一定义不容辞地走下去，哪怕失去眼下的一切都在所不惜。”钟泰川斩钉截铁地说。刘一凯不再说话了，他慢慢地转身走向了账房，他知道此时他再说什么都没有意义了。

钟泰川看着渐渐离去的刘一凯，长长地叹了一口气。随后他径直走出了钟家的大门。他看着熙熙攘攘的街市，此时已经是深秋，天气慢慢地转凉，路边坐着两个乞丐，其中一个眼睛瞎了，拄着一根木头棍，靠在墙角蜷缩着，嘴唇已经干裂。身边的那个双手紧紧地裹着脖子，喉结处突出一个红色的瘤子，活像练过蛤蟆功的人。他们身边放着一个破碗，打了一个豁口。钟泰川走了过去，蹲下来，伸手在腰间摸出两个银元扔了进去。伴随着银元掉在碗里的声音，两人齐声喊着："谢谢恩人！谢谢！"

钟泰川慢慢地站起身来，他的心里顿时波涛汹涌，嘴里低低地嘀咕着："其实这些人就是被当地这些黑心的盐商坑坏了。而我也是一个盐商，我同样在他们身上造了许多孽，可是如今他们还在谢谢我，对于一个有良知的中国人来说真是莫大的耻辱。"

"你能这样想，我打心眼儿里高兴。"身后一个声音传了过来。钟泰川扭头看着来人，顿时眼睛一亮叫了出来："原来是你？算命老头！"

只见眼前的老头拄着一根拐杖，身子微驼，口中笑着说："是啊！不过我不叫算命老头，我姓许，你可以叫我许老头。"许老头捋着胡须笑着说。钟泰川看着眼前的许老头，不禁闪过一丝兴奋。随后问道："你的十字招牌呢？你不算命了？"

看着钟泰川和他搭讪，许老头顿时乐得合不拢嘴，他双手拄着拐杖说："算！谁说不算了。我只给有缘人算，你这是上哪去呀？"许老头说着眯着眼睛望着钟泰川。钟泰川微微一怔，略显尴尬地说："实不相瞒，我正想去庙堂找你呢。"

钟泰川的话一落地，许老头顿时高兴地说："我就知道你会找我的。这不，我自己送上门了！怎么？就在大街上干站着吗？"许老头得意之余开口反问钟泰川。钟泰川一听许老头的话，顿时也乐了起来，于是他顺手搀起许老头，口中高声说道："您老这边请，咱们这就边喝边聊。"

许老头在前面走着，回头笑着说："那当然！酒足饭饱，那菜什么过五味，咱们再谈正事！"说着两人一起来到了这条街上比较好一点的饭店阁云楼。进了阁云楼，钟泰川一边吆喝着店小二，一边搀扶着许老头来到了二楼，找了一个僻静的位置坐了下来。店小二听到喊声，急忙跟着跑了过来。"哎呀！是钟少爷，您可是稀客呀！您要来点什么？"钟泰川正要开口，许老头将拐杖扔到一边抢先说道："一盘鸡腿，要肥哦！再来一盘茴香豆，两斤八两醉！"

店小二听着许老头的喊声，顺势回过头来看着钟泰川，钟泰川只是挥挥手说了一句："照办！"此时许老头还是笑吟吟地盯着钟泰川，随后他说："你找我，有啥事？"

"这个世界真的有诅咒一说？"钟泰川斜眼看着许老头问。此时店小二端上一盘热气腾腾的鸡腿，许老头看也没看钟泰川，只是一只手迅速地抓了一只鸡腿啃了起来。直把钟泰川看得傻了眼，眼前许老头的那吃相，好像几个月未见饭而偶遇一堆草，兴致勃勃地丝毫没有停下来说句话的意思。钟泰川有些着急地用筷子敲敲桌子喊道："唉！唉……我和你说话呢，真是的！"钟泰川说着放下手中的筷子盯着许老头。

只见许老头还是头也不抬地啃着鸡腿，许久以后，他说了一句："你真是饱汉子不知饿汉子饥，你知道我多长时间没有吃到这么好吃的鸡腿了。"钟泰川有些悻悻地说道："你……你至于吗？"

"你相信那就有了，你要不相信，那就没有喽！"许老头咂摸着嘴说。

"你这叫什么话？"钟泰川有些生气地说。只见许老头放下一个鸡腿骨架，然后笑吟吟地说："你心中有一个难解的疙瘩一直在纠缠着你，是不是？"

"你怎么知道？"钟泰川惊诧地问。

"你怀疑有一个和你长得一模一样的人！"许老头一语而出。此时钟泰川像是被人击中要害似的，坐在桌子上久久无语。许久之后，他看着许老头问："你相信吗？"

"信！当然信！既然发生了，那说明真有其人！只不过所有的事情都脱离不了一个障眼法。"许老头伸手抓了一把茴香豆说道。

钟泰川听了许老头的话，似乎明白了些许，紧接着他说："那梦中杀人或许也是一种障眼法了？"只见许老头瞟了他一眼，将一颗茴香豆放在嘴里咀嚼着，然后说："你能这样想，钟家有希望了。"

"我也是这么想的，在日本的时候，就有这样一种障眼法。"钟泰川接着许老头的话说。

"在云南就没有吗？我看未必！"许老头看了一眼钟泰川，说着站起来就要走。

"什么意思？干吗要走呀！说清楚再走！"钟泰川一把拉住了就要离开的许老头说。许老头随手抓了一根牙签，抠着嵌在牙齿的肉再次坐了下来。就这样两人聊了许久，直到下午，钟泰川才从酒馆出来。他一边走着，隐约看见街角一个小男孩扶着一个瞎老头，卖力地摇晃着手中的几束茉莉花，口中喊着："茉莉花了，一文一朵。"

钟泰川径直走了过去，掏出一文钱塞给小男孩说："赶紧回去吧！天就要黑了。"说完转身就要走。只听见小男孩说道："您不要花吗？您没有女朋友吗？"钟泰川慢慢停下了脚步，他转身看着小男孩水汪汪的眼睛，笑着接过了他手中的花，随后抚摸着小男孩的脑袋。只见瞎眼老头颤巍巍地说："希望这朵花能带给你好运。"钟泰川点点头，然后转身离开了。

一进钟家大院的门，只见钟家的老少都站成一排。白晨春站在最前面，她表情焦急，看到钟泰川走了进来，她脸上透着兴奋，上前一步喊道："泰川，你回来了，大家都着急死了，你去哪了？"钟泰川看看众人，心中暗暗闪过一丝感激，他上前一步说："我只是出去走了走，大伙都回去吧！"说着冲大家挥挥手。

"哦？金管家和再发也回来了？"钟泰川看着众人，突然发现这俩人也在人群中。金管家慢慢从人群中走了出来，声音有些沙哑地说："少爷，我们带回来所有的钱都被他们没收了，他们这是逼我们上绝路呀！"金管家说着声音有些哽咽。此时金锁子满身是伤，头发乱蓬蓬的，脚上的鞋子不知道什么时候丢了一只。钟泰川慢慢走上前去，难过地拍着金锁字的肩膀安慰他说："我知道，这一切都不怪你们，你们尽力了，放心，钟家不会倒下！"

金管家抬起头看着钟泰川，他的眼神中充满自责和感激，他想开口再说什么，钟泰川接着说："回去休息吧！都回去休息吧！再发，你来我屋里一下。"说着，钟泰川慢慢从人群中走了过去，径直回到自己的屋里，后面紧跟着马再发。

# 卧底匪巢

一进屋子，钟泰川就示意马再发关上门。然后钟泰川拉了一个凳子放在自己办公桌的前面，而自己坐在办公桌后面的椅子上。“坐！再发！”钟泰川看着马再发淡淡地说。

只见马再发微微一怔，不好意思地低下头说：“少爷，我还是……站着……站着就好了。”马再发说着嘴唇有些哆嗦。“没关系，再发，坐下说话！”钟泰川再次看着马再发说道。马再发抬头看着钟泰川，慢慢向前凑了凑，坐在了凳子上。

“眼下钟家是内忧外患，有日本人，有军阀，但这些我暂时并不担心。”钟泰川看着马再发说。

“那你担心什么？”马再发直截了当地问。

“彭三炮。这家伙仗着背后有日本人撑腰，他将会是日本人向钟家开炮的排头兵。”钟泰川说着表情不由得严肃起来。

“我又能做些什么呢？”马再发有些疑惑地说。

钟泰川慢慢站起身来，沿着桌子走过来说道：“我知道你有一身武功，眼下我们只有知己知彼方可百战不殆，你……”钟泰川看着马再发，他不知道这些话该怎么说出口。

马再发微微地一颤说道：“你是要我摸进黑虎寨去打听消息，监视彭三炮！”

钟泰川看着眼前的马再发，没有说话，只是默默地点点头。只见马再发慢慢地从凳子上站起身来，看着钟泰川斩钉截铁地说：“我这条命是大太太给的，如今钟家到了这般地步，我再发也是知恩图报之人，少爷，你就放心吧！只是麻烦你平时照顾一下我的老娘。”

钟泰川上前一步用力拍着马再发的肩膀，咬着嘴唇，眼里分明有快要滑落的泪水。最后他努力压制住内心的感情，干脆地说道：“你放心，你的老娘交给我了。不过我要你活着，活着回来。”马再发看着钟泰川，表情异常激动，一个五尺高的男人，第一次嘴角开始抽噎得说不出话。最后他深情地弯下腰，给钟泰川鞠了一躬，然后消失在即将沉寂的夜里。

钟泰川看着远去的马再发，久久无语。白晨春慢慢地走了进来，她看着钟泰川怔怔地说了四个字：“你怀疑我？”说完面无表情地看着钟泰川。听了白晨春的话，钟泰川顿时不知道该怎么回答。他慢慢转过身深深地叹了一口气说：“在这个时候，我知道这样做很不对，可是……”钟泰川不知道该怎样继续说下去。

“可是，你没有办法相信身边的任何一个人，是吗？”白晨春看着钟泰川的背影接着说。

“对不起。”钟泰川没有转身，声音低低地说道，慢慢地低下头。

“你以为一句对不起，就可以买回从前的信任吗？钟泰川，你不感觉你这样做有些太自私吗？”白晨春开始大声叫道。钟泰川转过身体，低着头缓缓地从怀里摸出一朵茉莉花，抬头说：“这花好漂亮，就像你一样，送给你。”说着将花往前一送。

白晨春看着钟泰川递过来的花朵，似乎再也升不起丝毫埋怨。她怔怔地看着茉莉花，这朵花异常芳香，慢慢地她的眼眶开始湿润。她颤抖地接过这朵茉莉花，脸上的泪珠开始忍不住滑落。看着白晨春的表情，钟泰川向前走了一步，深情地对她说：“这朵花和你一样，青春、靓丽，现在送给你还不算迟吧！”

白晨春含着眼泪点点头，扑进了钟泰川的怀抱。钟泰川感觉到一阵又一阵的窒息，因为白晨春抱得实在太紧了，两只手臂死死地将他夹在中间。他努力地喘着气，示意白晨春快点放开，“咳……晨春，你怎么这么大……手劲呢！我快喘不上气了。”钟泰川断断续续地说道。白晨春慢慢地放开了双臂看着钟泰川，此时钟泰川正在捂着嘴坏笑。白晨春轻轻地将拳头送了过去，钟泰川满地躲闪。过了好一会儿，白晨春一本正经地说：“今天下午，一凯把我叫了过去，说是要核对账本。”

“什么？他叫你去的？”钟泰川稍稍有些发怒。

“还有上官纯！我们三个！”白晨春干脆地说。

“发现了什么？”钟泰川正色问道。

白晨春从身上拿出一本账本，指着账本说：“你看，一直以来都有一笔钱在每个月的十号定时汇到了一个叫桃李村的地方。”钟泰川看着眼前的账本自言自语道：“这些我爹知道吗？”

“直到上个月，这笔钱就没有再汇过。200元不是个小数目，汇到乡下不可能不经过你爹的同意。”白晨春接着说。

“你的意思是这里面有文章？”钟泰川看着白晨春问。

“是不是有文章，派人去看一看就知道了嘛！”白晨春淡淡地说。钟泰川默默地点点头，不再说什么了。夜色渐渐地暗了下来，钟泰川和白晨春一直聊着。不知不觉，钟泰川伸伸懒腰，略显疲倦，张口打着哈欠。坐在凳子上的白晨春站了起来笑着说：“泰川，早点休息吧！明天还有许多事情等着你处理呢！”说着转身走出了房门。钟泰川从椅子上站了起来，目送白晨春离开后，走到门前关上了门。

他走到床边，取了一个脸盆，随手放在洗漱台上，拎起水壶将水倒进了盆里，简单地抹了一把脸，然后疲倦地和衣躺在床上。随着午夜一点的打更声刚刚落下，钟家所有的房间里漆黑一片，每个人都进入了梦乡。一个身穿黑衣的蒙面人蹑手蹑脚地走到了院子。他的脚步很轻，一看就知道是练过把式。他来到了钟泰川的房门前，伸手在窗户纸上捅了一个窟窿，将一根小黑管伸了进去，紧接着一股黑烟射出来。黑衣人向里张望着。好一会儿，在确定钟泰川已经睡熟之后，他从身上掏出一把匕首，从门缝里伸了进去，撬着门栓。

“哗啦”一声，门开了，发出低低的响声，黑衣人迅速走了进去，随手将门关上。他轻轻地走到了钟泰川的床前。此时钟泰川还在熟睡中，鼾声如雷。钟泰川和衣蜷缩在床上。黑衣人拔出匕首，一步一步靠近钟泰川，嘴角上带着一丝狰狞的微笑。

黑衣人走到了钟泰川的床边，将匕首举了起来，奋力地刺了下去。就在这千钧一发的时刻，钟泰川一个转身，眼看着匕首就要刺在他的胸口，他双手一伸，猛地抓住了黑衣人扎下来的手臂。黑衣人诧异地喊了出来：“原来你没有中我的迷药？”

钟泰川冷笑一声说：“狐狸即使再狡猾，也不可能每一次都运气那么好！”

黑衣人还是用力地往下刺着，钟泰川躺在床上，双手用力地顶着。钟泰川看着黑衣人冷冷地说：“此时，我只要稍稍喊一声，你就玩儿完了。”此时的形势黑衣人心里再明白不过了，他顺势抬起一只脚踢在钟泰川的胸前。钟泰川顿时胸口疼痛，两手瞬间松了开来。黑衣人抓住时机再次挥舞着匕首顺势刺了下来。钟泰川在恐惧中高吼一声，接着他身子迅速向后撤了撤，此时匕首刚好落在钟泰川正要往后退缩的胳膊上，钟泰川顿时疼得再次叫了出来，紧接着一股鲜血喷洒在床上。

黑衣人抓着匕首还想再刺钟泰川，此时钟家大院的护院听到钟泰川的叫声都向这边赶来。黑衣人看看外面的情形，无奈地转身迅速离开了钟泰川的房间。钟泰川咬着牙，捂着流血的胳膊慢慢地下了床，走到门口。紧接着白晨春着急地跑了进来。

“泰川，你怎么了？啊！你的胳膊……”白晨春失声地叫着，瞬间双手握住了钟泰川的胳膊。钟泰川苦笑着摇摇头，随后说：“我没有事，死不了，只是伤了胳膊。”一会儿几个护院急急忙忙地跑了过来，关切地看着钟泰川。钟泰川捂着胳膊看着这些钟家的护院，微微点点头，然后挥挥手说：“大家都回去吧！我没事！”几个护院你看我，我看你都不知道该怎么办。一会儿刘一凯走了进来，他关心地看着钟泰川说：“少爷，你不碍事吧？”钟泰川摸摸胳膊摇摇头，没有说话。刘一凯看着一个护院喊道：“你赶紧去找大夫来，其余的赶快寻找凶手，就是将钟家翻个底朝天也要把他找出来。”几个护院领命转身而去。

清晨，钟泰川默默地站在庭院中的小亭子下面。他的胳膊上缠着纱布，一根长长的绷带绕过胳膊系到了脖子上。他静静地站在那里一动不动。田中弘一从远处走了过来，他手拿着一本书说：“泰川君，我刚得知你昨晚遇刺了，你没事吧？”

钟泰川淡淡地笑了一声，转过身来说：“没事！谢谢田中君！田中君，你这是？”钟泰川看着田中弘一手中的书问。

“泰川君，黑井可有一个叫‘乾休’的地方？”田中翻着手中的书问。

钟泰川微微一笑，“你是说那本《无字节宗》吧！这个我也看到了，可惜到现在还是一筹莫展。不过我猜想乾属源，休则意味着一切停止了，而下面那张骑马的图，则表示从这个地方出发就可以发现这个秘密。”钟泰川看着田中弘一说。

“那或许指的就是不渊崖了。”田中弘一合上了书坦然地说。

“不渊崖？那在黑虎寨上。”钟泰川有些吃惊地说。

“不渊崖下面是踉跄江，那是个匪夷所思的地方，早晨，登山看水，整座山的影子在江里是个倒影，而在下午看，却又成了正影，正好和山的样子重合。”刘一凯接着钟泰川的话说。

“站在不渊崖，一览众山小，这可以归结为源，看见山的倒影，直至重合，那就意味着回到了起点，太阳即将落山，那么就意味着停止了。”田中弘一极力地推测着。钟泰川仔细想着，他发现田中弘一的这番话也不是没有道理，此刻他打定主意要让田中弘一将书中的秘密揭开。于是，他点点头，微微一笑说：“田中君，渊博。”说着冲着田中弘一竖起大拇指。

田中弘一听了钟泰川的赞赏并没有得意，反而依旧谦恭地说：“泰川君，过奖了，我来到黑井并不仅仅是对钟家的这本书感兴趣，而是……”田中弘一停顿了一下，不再说下去。

钟泰川淡淡地笑了出来，其实对于田中弘一来中国想干什么，那是司马昭之心，路人皆知，“哦？难道田中君还有其他未了的心愿？”钟泰川看着田中弘一故意问。

只见田中弘一长长叹了口气说：“的确！我来中国是想找我多年前失踪的哥哥。”听着田中弘一的话，钟泰川一阵愕然，停顿了足足一分钟后，钟泰川疑惑地问：“你的哥哥？他在中国？”

田中弘一语气中充满无奈，随后慢慢说：“我只记得我们在一片茫茫大海中分别，他坐着一只船离我越来越远，直到我再也看不到他。”田中弘一依旧淡淡地说着。钟泰川越发感到诧异，随后他看着田中弘一说：“原来田中君也有这么一段让人难以遗忘的往事。”

“是啊！这都是许多年前的事情了。”田中弘一看着庭院中远处的白桦树说。

“希望你能尽快找到你的哥哥。”钟泰川安慰道。

“嗯，泰川君，那我不打扰了。”田中弘一点点头，转身离开了。

黑井小镇上有一个茶馆，名字叫轩辕阁。这一天，王瘪三带着两个弟兄刚喝完茶走了出来。马再发刚好路过，此时他心想，反正上黑虎寨是需要本钱的，索性就拿王瘪三开刀，再说了，在警察署，马再发可没有少挨王瘪三的鞭子。

想到这里，马再发迅速进了一蔬菜店装扮了一番，不一会儿他头上裹着一条白毛巾，挑着两箩筐菜，边吆喝着边悄悄地跟在王瘪三后面。繁华的闹市，到处是叫卖声，有卖米的卖油的，还有几个小孩在大街上的嬉闹声，王瘪三慢慢腾腾地在街上溜达着。

他东看看，西望望，随后对后面的两个跟班说：“我姐夫也太胆小了，这还巡逻个屁，大白天的，我就不信土匪敢下来犯事。”后面一个跟班紧接着奉承道：“是啊！就咱们王三爷的名气，土匪听了都吓破胆，我看将来咱们署长的位置也非三爷莫属。”

听着部下的奉承，王瘪三更是飘飘然了，不过他还是虚伪地说：“话不能这样说，你以为我王瘪三是那种人？不说了不说了，带你们去个好地方耍耍去!”说着他哼着小调快步拐进了一条胡同。这条胡同里有小镇最红火的妓院，于是这条胡同也被当地人称作绿柳巷。每到夜晚这里总是人来人往，而此刻单身汉子一般都没有干完活儿，所以比较清静。一进门，一个老鸨趴在桌子上正在打盹儿，里面不大的客厅，摆着几张破烂的桌子，上面放在茶壶和几个杯子。

看到王瘪三走了进去，马再发将肩膀上的箩筐往路边一扔躲了起来。王瘪三一进门径直走到桌子前面，坐了下来，敲着桌子喊着:“唉！唉！接客的姑娘哪去了？快叫出来让老子瞧瞧。瞧你那睡相，老子看到你就不想脱裤子了。”

老鸨听到喊声，慢慢地从桌子上抬起头来，手捂着嘴打着哈欠，“什么人呀？这么早？难道中午姑娘们的洞洞，好进?”

“别废话，你那老洞老子还看不上呢？又臭又涩，和二斤猪肝差不多!”王瘪三说着，将头上的帽子摘下来甩在桌子上。老鸨看着甩在桌子上的帽子，此时才缓过神来了。她抬头看着王瘪三，瞬间脸上就挂了一副职业笑容，“原来是王三爷呀！我那东西早就老得不中用了，哪能玷污了您的贵老二呢?”说着朝里面的房间里看了一眼，急急忙忙喊着:“姑娘们，贵客来了，快出来，让王三爷感觉一下你们的功夫见长了没有。”说着站起来，挥舞着手中的手绢。

不一会儿就出来一群风骚的姑娘，扭扭捏捏地来到王瘪三的身边，围着王瘪三站成了一圈。王瘪三顺势站起来抱起其中的一个姑娘，在她的屁股上狠狠地捏了一把。此时躲在门外的马再发看见王瘪三的姿态，狠狠地吐了一口痰，嘴里嘀咕着:“别得意！一会儿老子剁掉你裤裆里的东西，喂狗!”

此时王瘪三搂着一个姑娘慢慢地向楼上走去，其余两人都被姑娘簇拥着进了一楼里面的房间。老鸨擦擦油脂粉黛的脸，发出了爽朗而又得意的笑声，“都他娘的色鬼，今天老娘就狠狠地宰你们一回！这一炮下来，下月的房租就有了。”说完，她一个转身就进了另外一个房间。躲在门外的马再发向里面望了望，确定里面暂时没有动静，他一个跟头就翻在了大厅里，迅速上了楼梯。

此时，他蹑手蹑脚地寻找着王瘪三的房间。

王瘪三刚一进房间就憋不住了，他三下五除二地脱得精光，将衣服随手扔在地上，一把就把带进来的小妓压在了床上。此时马再发就站在门外，隔着一张门帘，里面看得一清二楚。他轻轻地走了进去，捡起地上的衣服，随手从衣服里面拔出王瘪三的手枪，一步一步地走到了王瘪三的床前。此时王瘪三浑然不觉，马再发站在床前冷笑着看着浑身一丝不挂的王瘪三，上去轻轻地拍着王瘪三光溜溜的肩膀，一句话也不吭。床上的王瘪三正干得火热，他哪管身后有人，随手一扒拉喊着："去！去！去！你不看老子正忙着呢！一个一个来！"话刚说完，王瘪三就感觉不对，一只冰凉的手还在他的肩膀上一直拍着。他的动作渐渐地慢了下来，缓缓地转过头。

就在此刻，一只冰冷的枪顶在他的脑袋上，王瘪三颤抖着发出了一声低低的叫声。马再发得意地伸出两根指头，示意他不要说话。此时的王瘪三吓出了一身冷汗，他怔怔地说："是你？你想干什么？"边说边慢慢地从那个女人身上爬了起来。

"是我！难得你还认得我，要不你继续，我在一旁观战为你助威？"马再发晃晃手中的枪，冷笑着看着王瘪三说。

"马兄弟，这都是误会，在警察署，都是我姐夫叫我干的！"王瘪三稍稍压了压神，咽了口唾液说道。

"我可不认为这是误会。"马再发一屁股挨着王瘪三坐在床上说，他压根儿就没有把王瘪三放在眼里。

"那你想……你想怎么样？"王瘪三颤抖着坐在床上蜷缩成一团。

马再发轻蔑地看了王瘪三一眼，继续说："我只想要你身上的一样东西！你想好了，留下一样东西，你就可以走！"说完爽朗地笑着。此时床上的小娘儿们早就吓得将被子裹在头上，马再发一把走过去就拉开了被子，瞬间小娘儿们风骚的胴体就裸露在马再发面前，他上前边抚摸着小娘儿们的大腿，边说："王队长，你的眼光可真不错，这水淋淋的娘儿们，真是人见人爱，来！你继续来！"说完看着王瘪三。只见王瘪三一脸尴尬，脸上拧出一个像吃了狗屎似的笑容，吞吞吐吐地说："不……不……还是您来吧！"说着就下了床，趴在了床底下。

看着光着身子趴在床底的王瘪三，此刻马再发冷冷地哼了一声，"在黑井，没有人敢和我抢同样的东西！你警察署也不例外！"说完，他蹲下身看着王瘪三，只见王瘪三静静地躺在床底下，紧紧地闭上了眼睛。

"王队长，我看到床下面有根绳子，麻烦你拿出来给自己带上。"说着，马再发用枪口轻轻地推着王瘪三的脚。没等马再发说完，王瘪三迅速地捡起绳子把自己绑得结结实实的。马再发看着王瘪三，慢慢地站了起来，此刻他的表情显得特别复杂。许久以后，他慢慢地解开了自己的衣服，一把抓过眼前的小妓压在身下。不一会儿传来了小娘们儿嗯嗯啊啊的呻吟。王瘪三躺在床下只感觉一阵地动山摇，而床上的马再发像凶猛的野兽一阵又一阵发起了猛烈的攻击。

翻云覆雨之后，马再发缓缓地从床上坐了起来，慢慢地穿起衣服。他看着躲在床底下的王瘪三，一把就将他抓了出来，扔在地上。王瘪三满头冷汗地看着马再发颤抖地说："你……你不要乱来，我姐夫不会放过你的！"

马再发冷笑着说："你在吓唬我吗？我与钟家早已恩断义绝。从现在开始我就是一个土匪，你敢来找我吗？"马再发蹲下身子，拍着王瘪三的脑门说。王瘪三疑惑地看着马再发，突然跪倒在地，嘴里喊着："马爷，你饶了我吧！下辈子我给你做牛做马都行！"说完，抬头看着马再发，眼神中充满哀求。

马再发瞬间就换了一副狰狞的面孔，冷笑着说："要我饶了你，行！没问题！留下一根手指，我就放了你。"话音一出，王瘪三就失声叫了出来："别！别！马爷，你要钱，我给，你别要我的手指！"王瘪三不住地哀求着。此时马再发不再理会王瘪三，他快速从口袋里掏出一把匕首，随手抓起了王瘪三的左手，顺势一刀剁了下去。整个房间里顿时传出来一阵杀猪般的吼叫。王瘪三捂着左手在地上滚来滚去，嘴里疼痛地叫着。马再发从身上撕下一块布条，捡起地上的手指，轻轻地包了起来，转身走了出去。楼下的老鸨听到叫声，急忙冲了上来。她慌慌张张地刚上楼就和马再发撞了个满怀。她吃惊地看着马再发手中渗着血的红布，吓得一句话也说不出来。

马再发看着老鸨恶狠狠地说：“想看看吗？是王瘪三的手指！”他一脸冷峻地盯着老鸨。此时老鸨早已吓得失魂落魄，身子打着战说：“是马爷，我……我不看……我不看了。”

马再发顺势走下了楼。楼下两个跟班的警察听到王瘪三的喊声正好从里屋跑了出来。马再发看到两人，瞬间就从腰间拔出了手枪，指着两人冷冷地说：“回去告诉张敬生，就说土匪马再发正在黑虎寨恭候他的光临。”说完扬长而去。

十字坡是通往黑虎寨的必经之路。十字路口西面的小路绵延着通往黑虎寨。就在这条小路上，一匹马停在路上啃着路边的杂草，马背上无人，路的两旁是茂密的丛林，远处隐隐约约可见当地人种的几片庄稼地。丛林中的一棵大树上藏着一个人，此人正是马再发。他腰间插着一把手枪，正在向远处翘望着。因为他一直认为在钟家的长工里，隐藏着黑虎寨的眼线。想起在钟家大院里领头要饷钱闹事的那个年轻人，马再发不禁提起神来。

不一会儿，远处来了一辆马车，车厢随着马儿一路狂奔，颠簸着。车厢前面挂着一个帘子，从外面看，似乎不知道里面是个什么样的人物。一个马夫挥着手中的鞭子赶着马车飞快地朝十字路口奔来。马再发看着慢慢靠近的马车，神经顿时绷紧些许。可是眼看着马车快要走到此处的十字路口了，却缓缓地停了下来，马夫一个跟头从车上翻了下来，东张西望了一番，却掉头就跑。马再发看着眼前的这一幕很是纳闷，“难道我暴露了？”他嘀咕着。

离十字路口不远处，一辆马车就这样凝固在那里，久久没有动静，只有马车前面的那匹马不停地踢着地上的黄土，像是很疲倦了。马再发有点不耐烦了，他慢慢地从树上滑了下来，小心翼翼地靠近马车。走到了马车前面，他迅速地跑到马车的一侧，躲在车厢一边，随手摸出腰间的枪，一个转身，用左手挑开帘子。眼前的一幕让他吃惊，里面什么也没有，空无一人。他慢慢地将枪插回腰间，抚摸着车辕，陷入沉思。

黑虎寨的门口站着两个守门的土匪。向里面望去是一片丛林，丛林不过方圆十几里，却四面环山。丛林中间有一条小路，沿着小路走上半刻钟有一座小山，以防万一，彭三炮在这里布置了暗哨，而且不住地换人。只有能接上暗号的人才可以进去，否则连只苍蝇也别想飞进去。翻过这个山头，前面有个山洞敞着口子，里面中间放着一张虎皮椅子，前面是一张小桌子，小桌子上面有一个酒壶。大当家的彭三炮正在山洞里一边走来走去，一边看着刚从山下回来的两个兄弟破口大骂："怎么？寡妇床上暖炕，捞不到一点腥还沾了一身骚回来？你们不是要钟泰川的好看吗？"说完他愤怒地一巴掌拍在眼前的桌子上，顿时酒水洒了一桌子，下方站着的两个兄弟吓得向后退了几步，其中一个吞吞吐吐地说："我们都是按照……按照二当家的安排做的！"

"住口！现在二当家的还没有回来，不知道是不是出事了。我早说了，心急吃不了热豆腐，你们就是不听。"彭三炮看着两个弟兄叹了口气！"二当家的去哪了，你们知道吗？"彭三炮斜眼紧接着问道。

"我们见那些工人不闹事了，就和二当家的出来了。然后……然后他就……"其中一个弟兄颤巍巍地说道。

"然后去哪了？"彭三炮捡起桌子上的酒壶轻轻地抿了一口。

"好像是绿柳巷！"其中一个说道。

"妈的，老鼠干耗子，踏不对点儿都要上！他妈的做事就是不动脑子！"彭三炮一把将酒壶甩在地上。一名扛枪的土匪兴冲冲地走了进来，"大当家的，大当家的，二当家的回来了。"

"在哪？"彭三炮看着眼前的部下问。

李彪还没有走进去就在山洞外面高喊着："大哥，大哥……"声音中充满兴奋。彭三炮表情复杂地向外面望着。紧接着李彪走了进来，看着彭三炮的脸色，再看看摔在地上的酒壶，他疑惑地说："大哥……这……"

"你还知道回来？绿柳巷的嫩货估计这会儿温暖了你的心窝了吧！"彭三炮斜眼看着李彪。

"大哥，这是哪的话？我……"李彪满脸狐疑，他心想，怎么这事老大也知道，再说了，就算是吊马子那又怎样？

"你没有去？我冤枉你了？"彭三炮双手背在后面看着李彪。

“去是去了，不过……”李彪解释着。

“不过没被骚娘儿们暖热了心窝，倒是让钟泰川暖热了?”彭三炮冷笑着。

“大哥，你这样说可令做兄弟的寒心了!”李彪有点生气地说。此时，彭三炮突然仰天大笑。就在这时从山洞外面走进来一个人，他身穿黑布褂，脚下是一双破旧的布鞋。此人正是马再发。彭三炮看着慢慢走进来的马再发，笑容凝固在脸上，随后戛然而止。



“是你?”彭三炮咬着牙边说边摸出了腰间的手枪，瞬间就对准了马再发。

“是我!”马再发淡然地笑了一下说。旁边站着的李彪看着彭三炮手中的枪急忙站在了中间喊道：“大哥……误会!”

“你站开！这是我和他的个人恩怨!”彭三炮慢慢地走下台阶一步一步地靠近马再发，“三年前，你杀了我的兄弟，至今我做梦都想杀死你。”说完，将枪口近距离对准了马再发。

“三年前，你同样杀得我家破人亡，我做梦都不会忘记。”马再发泰然说道。

李彪看着眼前的两人，他再次站在彭三炮对面说道：“老大，就在刚才我在山底下被马兄弟截住了，没有想到他大义放了我……”

“放了你？为什么?”彭三炮看着眼前的李彪有点诧异地问。

“钟家现在是四面受敌，我只想奔个前程混口饭吃。有道是人往高处走，水往低处流!”马再发一脸正色地说。话还没有落地，彭三炮就仰头大笑，似乎打死都不相信马再发会背叛钟泰川。

这时，李彪从怀里拿出那块红布包着的手指头扔在了彭三炮的面前说：“大哥，你不是最痛恨张敬生嘛！现在马兄弟连他小舅子的手指头都拿来了，这份诚意足可以证明马兄弟是真心投靠我们了吧。”

“哦？拿一个手指头就想投靠我的山寨？这礼物未免有些冠冕堂皇吧!”彭三炮有些轻蔑地说。

此时，马再发伸手从怀里摸出一张地图，然后看着彭三炮淡淡地说：“大当家的，我想你对这个应该很感兴趣吧!”彭三炮一把从马再发手里把地图拿了过来翻看着，随后他的眼睛开始泛光，“钟家大院的城防图?”彭三炮惊诧地说。

马再发微微笑着点点头。此时彭三炮开口笑着，慢慢地将枪插回腰间。“好！我喜欢，这份厚礼我收了。”说完重重地拍着马再发的肩膀。随后他快步走到小桌子前，抓起酒壶，斟满三杯。然后转身来到了李彪和马再发面前，兴奋地递给两人。

“欢迎你，加入我们黑虎寨。从今以后你就是三当家的了，我们同生死共患难!”彭三炮说着仰起头，一杯酒瞬间进了肚子。马再发顿时豪情万分，他端着酒杯说：“多谢大哥，能放下往日的恩怨，小弟纵然上刀山下火海也没齿难忘。”说着一饮而尽。李彪看着两人的豪情，笑着喝掉了杯中酒。

黑虎寨依旧灯火通明，可此时钟家大院早已一片寂静。午夜的打更声刚刚响过，刘一凯实在憋不住了起来撒了一泡尿，然后打着哈欠返身回到自己的房门口。就在他进门的瞬间，突然发现身后一个身影一晃而过，他快速转身，猛然发现一个黑衣人的背影，在前面的走廊里转了一个弯就不见了。他紧跟着走了过去，那黑衣人正在狂奔，刘一凯远远地跟在后面，只见黑衣人来到钟泰川的房间前面停了下来。他在窗户上捅了一个小洞，向里面张望着，不一会儿熟练地掏出一根小黑管向里面使劲地吹着什么东西。

刘一凯屏住呼吸，蹲下身子，静静地看着黑衣人，一动不动。不一会儿黑衣人蹑手蹑脚地推开了钟泰川的房门，快速地进去之后关上了门。此时，刘一凯暗暗担心钟泰川的安危，可是眼下要冲进去的话，凭他俩的力量未必可以制住凶手，反而容易打草惊蛇。他嘴里嘀咕着：“如果过一分钟还不见有什么动静，就冲进去救少爷!”随后他的口中默默地数着：“1……2……3……”可是数到十的时候，房间里面还是没有动静。刘一凯猛地站了起来，深吸一口气，准备跑过去撞开门救出钟泰川。就在此时，门开了。黑衣人手中晃荡着一个小铃铛，口中好像念念有词，一步一步从钟泰川的房间里退了出来。紧接着，钟泰川也跟着走了出来。他活像一具僵尸，身体挺得直直的，眼神呆滞，慢慢地顺着黑衣人指引的方向走着。

此时刘一凯几乎叫了出来，他用力捂着自己的嘴巴，看着眼前的这一切。不一会儿，刘一凯看着他们来到了三姨太张妙龄的房间门前，黑衣人推门而入，钟泰川紧紧跟了进去，随后传来了关门声。此时的刘一凯再也不敢耽误时间了，他快步地向三姨太的房间跑去，边跑边造声势地喊着："快！来这里！他们进了三姨太的房间里，马上给我冲进去！"此时屋里的黑衣人听到外面的喊声，顿时慌了神，他急忙将小铃铛往怀里一揣。就在此刻，钟泰川缓缓地清醒过来。他大睁着眼看着眼前的黑衣人说了一句："又是你?"

黑衣人看到清醒过来的钟泰川，顺势就扑了上去，伸手在钟泰川身上戳了几下，钟泰川慢慢地倒了下去。此时房间里传来了手忙脚乱的声音，随后就是脸盆落地的声音。刘一凯跑过去，一脚就踹开了门，慌忙走了进去，里面漆黑一片。突然传来一声女人的尖叫："啊！你们是谁?"

听到喊声的钟家的护院也赶了过来。刘一凯摸索着找见了火折子，点起了油灯。在灯光下，他赫然发现三姨太张妙龄半裸着身子坐在床上蜷缩成一团，不住地哭啼着。钟泰川躺在地上，身边却放着一个女人的假发。张妙龄的眼神中充满恐惧，脸上挂着两行泪水，一只手拽着被子往身上搭了搭，然后看着进来的刘一凯失声喊道："你想干什么?"说着指指地上摆放着的大木头柜子。刘一凯环顾四周，走到大木头柜子前面，一把拉开了柜子的门栓，只见柜子没有后壁，上面挂着一块帘子。原来这是一个密道，透过帘子的缝隙隐约可以看见从此处可通向旁边的屋子。

刘一凯一脚踏进柜子里，伸手撩开门帘，快步走了进去。前面赫然出现一个木偶人。刘一凯转了个弯，前面却出现了一个巨大的幕墙玻璃，边框用木头防护着，透过玻璃可以清楚地看见外面是一间屋子。刘一凯轻轻地抚摸着这块巨大的玻璃，在钟家这么多年，他从来不知道三姨太的房间里居然有这么一个暗室，而且可以通向另一间屋子。他轻轻推着玻璃幕墙。突然，玻璃幕墙像一个旋转的门似的，瞬间开了。刘一凯快速走了过去，他猛然发现这块玻璃幕墙从外面看是一块梳妆镜，他仔细打量着这间屋子，却失声叫了出来，“是上官纯的房间！”刘一凯吃惊地叫了出来。

突然，一个身影从他身后一闪而过。此人手拿着一件黑衣，身手异常敏捷，瞬间就拉开门跑了出去。刘一凯一个转身紧跟着追到门口。就在这个时候，这人随手将手中的黑衣用力甩向刘一凯。黑暗之中刘一凯慌忙接住扔过来的黑衣。也就这么一会儿工夫，此人就消失在夜色中。

刘一凯冲着护院喊道：“把少爷扶回去，今夜的事情谁也不许声张，等少爷醒来再说。”几个护院搀扶着钟泰川回到了房间。这时白晨春走了进来，她看见眼前的情形失声叫了出来，“泰川？你怎么会去三姨太的房间里？”

刘一凯推了推白晨春，示意她赶快离开这里。白晨春一脸茫然地走了出来，就在出门的时候，上官纯突然从钟家的门口远远地走了过来。就在走到三姨太房间门口的时候，上官纯摸着自己的脑袋说：“这到底是怎么回事呢？”说着她就要冲进去。刘一凯一把拦住了上官纯说：“现在你还是不要进去了，等少爷醒来再说！”

上官纯向前凑了凑吼道：“她是我表姐，我为什么不能进去看看？”刘一凯颇有点不高兴地冲着钟家的护院说：“你们两个给我看好了，任何人不能进去！”说完头也不回地走了。

清晨，太阳刚刚升起，白晨春坐在床前看着躺在床上的钟泰川一脸愁容。刘一凯焦急地在屋里走来走去，叹着气。一会儿玉珠端来了一碗燕窝粥，白晨春起身接过来，一口一口地往钟泰川的嘴里喂着。不一会钟泰川微微地睁开眼睛，突然他一翻身斜着身子趴在床上开始呕吐。直把白晨春吓得又是捶背又是拍胸脯。好久之后，钟泰川慢慢地直起腰坐了起来，看着白晨春摆摆手说："我没事！几乎憋死我了。妈的！居然敢封我的气门。"

白晨春担心地看着钟泰川说："醒来就好了，真吓死我了，我还以为你……"说着她低下头不忍心再说下去。刘一凯急忙走了过来，看着钟泰川说："少爷，真是吓死我了。你说我这是干的什么事，昨晚你出门的时候，我就应该惊动那个黑衣人，少爷你就不会躺在这里了。"刘一凯不断地埋怨自己。

钟泰川慢慢下了床摆摆手说："不！那样做的话，他隐藏得更深了，怎么样？你看清楚了没有？"钟泰川抬头看着刘一凯。刘一凯淡淡地说："我看到他把你引到三姨太的房间里，然后我就不知道了。对了，是用一个小铃铛摇晃着。"刘一凯接着说。

"对！就是这样。我进了三姨太的房间，然后……"钟泰川拍着脑袋想着昨天的事情。停顿了一会儿，他像是突然想起了很多事情，接着说："我闻到一阵淡淡的清香，是什么发出来的呢？"钟泰川在屋里走来走去，极力思索着。白晨春有点担心地说："泰川，你身子刚好，还是暂时不要想了。"钟泰川一语打断了白晨春的话，他紧接着说："是野蔷薇的味道！我想到了。"钟泰川有些兴奋地说。

"少爷，那你看清楚那个黑衣人了吗？"刘一凯问。

"没有。我进去的时候，清楚地记得床上睡着一个人，黑衣人就站在我面前，可是我看不清楚，因为他蒙着脸。"钟泰川淡淡地说。

"三姨太的房间有一个密室，这个密室通往上官纯的房间。这么多年了，我居然还不知道。"刘一凯接着说。钟泰川没有说话，只是怔怔地说了一句："这些连我都不知道，你怎么能知道呢？"刘一凯看着神情异常的钟泰川，接着说："我从密室走了出去，在上官纯的房间里，发现了那个黑衣人，可惜让他逃走了。"

钟泰川微微点点头，没有说话。过了好长一段时间，他像是自言自语地说："这么说凶手就是上官纯，她就是潜伏在钟家的黑鱼？"听着钟泰川的话，刘一凯没有说话。因为昨晚他清楚地看见上官纯从钟家的大门外面走了进来，除此之外没有人比她更可疑。

此时钟家的人慢慢涌进了钟泰川的房间，大伙都关心钟泰川的安危。紧接着，大姨太柳凤仪、三姨太张妙龄和上官纯纷纷走了进来。上官纯最先开口了，她失声说道："泰川，你没事吧！"

钟泰川只是怔怔地看着她，没有说话。刘一凯看了上官纯一眼，语气中充满愤怒地说："当然没事！看来让你失望了。"上官纯听了刘一凯的话，瞬间就火冒三丈地吼道："你什么意思？昨晚我还纳闷呢，怎么好好的，我会走到大门外面呢？"

刘一凯正想说什么，三姨太张妙龄开口了，她眼圈红红的，一看就是没有睡好。"泰川，发生了这样的事情，你一定要查清楚。老爷死了，我们都指望你呢！"张妙龄声音中颇带委屈地说。此时田中弘一慢慢地从屋子外面走了进来。外面围满了钟家的老少爷们。钟泰川轻轻地咳嗽了一声说："人都到齐了，有些事情我也应该和大家说清楚了。"

刘一凯看着田中弘一，眼中顿时充满了怒火，他上前一把就抓住了田中弘一怒吼道："都是你这洋鬼子，给钟家安插内鬼，老子现在就弄死你。"说着就举起拳头冲田中弘一狠狠地砸了下去。就在此时，钟泰川猛然向前一步握住了刘一凯的拳头说："要打也不急在一时。"说完他扫视着钟家的人。

刘一凯气呼呼地放下了拳头，站在一边。钟泰川后背着手缓缓说道："最近钟家死了好几个人，曼茹跳楼了，小翠被杀了，我爹……我爹上吊了。"钟泰川说着声音有些哽咽。"大伙都感觉到奇怪甚至是恐惧，好好一个人想不开自杀了，上吊了。许多人都认为是诅咒，现在我告诉大家，他们都是被人杀死的。"钟泰川激动地说着。

话音一落，钟家上下顿时议论开了。张妙龄看着钟泰川问："这个凶手到底是谁？"钟泰川没有接话，只是慢慢地说："小翠死的那一天，我娘梦见了，张敬生也梦见了。其实，他们并不是真的梦见，而是真的看见凶手一刀一刀地将小翠杀死。"

柳凤仪上前一步疑惑地问："可是，我醒来的时候，我是在我的房间里。"钟泰川回过头来看着柳凤仪淡淡地说："刚开始，我也奇怪，我们都被外面说的关于那本《无字节宗》的诅咒误导了，直到昨晚我被莫名其妙地带到三姨太的房间我才明白。其实，凶手不过是将你引到案发现场，等你亲眼看见受害人惨死后，再将你带回来。”

此时白晨春点点头说：“在日本就有这样一种幻术，可以短暂地迷惑人的心智。难道是日本人?”白晨春说着看了一眼田中弘一。钟泰川接着说：“对！在日本是有一种幻术，可是在黑井小镇也有人懂这种幻术，那就是龙云手下的雌雄蔷薇。”

听到钟泰川的话，柳凤仪有些失声地说：“雌雄蔷薇？两个情报特工，一个擅长幻术，一个擅长易容，难道他们就在钟家?”钟泰川看着柳凤仪点点头说：“对！他们执行任务的时候身上带着一种迷药，一旦释放出来，就会有一股野蔷薇的味道。就在昨晚，我被带走的时候，它同样出现了。”

钟泰川说到这里，众人纷纷看向三姨太张妙龄，只见张妙龄满脸怒气地说：“都看我干什么？在这儿的大老爷们几乎都见我睡在床上，真是晦气!”说完脖子一扭气呼呼地站在一边。此时众人将目光转移到上官纯身上，只见上官纯一脸茫然，随后怔怔地说：“你们……你们不是怀疑我吧！我还纳闷呢，好端端的，怎么跑到大门外面了。”说完脸上充满不屑。

钟泰川看看张妙龄，随后淡淡地说：“既然两人都不承认，那就让我来说吧！昨晚我走进三姨太的房间，床上是有个人在睡觉，不过不是三姨太你!”钟泰川的声音极近吼叫。张妙龄吃惊地盯着钟泰川，她不相信钟泰川会这样说。钟泰川接着说：“当我走进你房间的时候，我记得很清楚，床上睡着一个长头发的女人，而这个人并不是你，是一个带着假发的木偶人。”

此言一出，张妙龄的脸上开始泛起一丝不安，钟泰川接着说：“这个木偶人在你的密室里或许已经放了三年了，只有晚上的时候，你悄悄地放出来，给它戴上假发，然后你再出去悄悄地刺探消息。所以凶手就是你!”

张妙龄一听钟泰川的话，立即反驳说：“既然你认为我是凶手，那我是怎么杀死小翠的?”钟泰川转身看着柳凤仪说：“你用迷药将我娘带进你的房间，然后给木偶人穿上小翠的衣服，一刀一刀地将她杀死。我没有猜错的话，你连夜又去了张敬生的住处故伎重演，目的不过是让人相信真的是那本书的诅咒。我说的可是这样？”钟泰川说到这里，一个转身走到了张妙龄的身边。

“那你爹呢？我是怎么杀死他的？”张妙龄依旧僵持着争辩。

钟泰川突然一拳拍在身边的桌子上，然后大声吼道：“你为了得到钟家手里的盐矿的采矿权，将我爹活活吊死。可惜就在你临走的时候，发现自己的手绢上无意沾了几点血，于是，你索性在手绢上多弄了点血，将它染成了一个小小的太阳，目的是让我怀疑是日本特工干的。”

此时白晨春插了一句说：“你怎么知道那是三姨太的手绢？”

“那是我爹在我20岁那天为她买的，我娘同样也有一块。我说得对吗？张妙龄！”钟泰川冲着张妙龄开始大吼。“难道田中这老鬼子也是她引来的？”刘一凯失声说。

“对！因为她也想知道黑鱼到底是谁？”钟泰川向前一步紧逼着张妙龄。只见张妙龄看着快要发疯的钟泰川突然仰天大笑。许久之后，她冷眼看着钟泰川说：“就算你说得没错，那从上官纯房间里冲出去的人难道是我吗？大伙可都看见我躺在床上的。”

“事到如今，你还不承认？你将我带到你的房间的时候，你的同伙早就在那里等候了，可是你们没有想到我会突然清醒过来。”钟泰川指着张妙龄吼道。

“真是笑话！”张妙龄不屑地争辩着。

“当我清醒的时候，你随手将我打昏。你知道事情就要败露了，赶紧招呼藏在密道中的同伙，将藏在床上的木偶人抬进了密道，然后嘱咐他尽快逃走。是这样吗？三姨太？你就是雌雄蔷薇之一——雌蔷薇！”钟泰川上前一把抓住了张妙龄的胳膊。只见张妙龄微微一怔，身子向后退了退，挣脱了钟泰川的手。许久后，她失声笑了出来，“你终于明白过来了，可惜知道的也太迟了吧！至少你父亲看不到此刻了。”说着又是一阵狂笑。

“你的那个同伙在哪儿？在警察署假扮我的就是雄蔷薇了吧！说，他到底是谁？”钟泰川向前一步厉声问道。

“你现在还有心思问这些。你听！外面的枪声马上就会摧毁钟家，钟家的好日子马上就要到头了，我在这里的使命也要完成了。”张妙龄得意地说。刘一凯吃惊地问：“你是说文天要来攻打钟家？”

只见张妙龄转过身，看着庭院里一株株白桦树淡淡地说：“在这里住久了就慢慢习惯了，真到离开的时候还有些不舍。用一支部队来攻打一个大院，你认为有这个必要吗？”说完她回头看着田中弘一说：“洋鬼子，咱俩也该走了。”话还没有落地，张妙龄从身上摸出一个小小的弹丸，随手一弹，这个小弹丸顺势就滚落在了钟泰川的脚下。瞬间，屋里到处是烟雾，白晨春拉着钟泰川的手咳嗽得睁不开眼睛。大家都争先恐后地跑到了房间外面。紧跟着钟家的大门被打开了，远远传来一声“吱呀”的声音。隐隐约约两个人影鱼贯而出，伴随着田中弘一的叫声越来越远。

钟泰川大吼了一声，指着眼前的两名护院说：“你们俩跟我走！其他人留守大院，没有我的命令，大家都不要乱动。”话还没有说完，钟泰川就冲了出去。刘一凯紧跟在背后喊道：“少爷还是让我去吧！你留在这里。”钟泰川的脚步微微停了一下，他没有转身，他只知道抓住雌蔷薇，钟家的一切迷案就迎刃而解了，那些死去的亲人就可以瞑目了。

“一凯，还是你留下吧！在钟家的任务远远要比追拿下雌蔷薇重要，我会随时和你联络的！对了，叫金管家一起和你守住大院。”钟泰川说完一脚跨出了大门。

“金管家？雄蔷薇还没有抓到，少爷你……”刘一凯还想说什么，可是钟泰川头也不回地走了。站在后面的上官纯低头思索着：“我是怎么跑到外面的？真是奇怪！”

两名护院奔到了大街上，其中一个看看大街上熙熙攘攘的人群问道：“少爷，我该朝哪儿追呢？”钟泰川略微沉思了一下说：“如果我没有猜错的话，他们应该在逃往正川岭的路上。”这时，另一个护院惊呼道：“少爷，你看，那不是他们吗？上了山坡了。”

钟泰川迅速地转身看着后面的山坡，只见一男一女爬上了后院的山坡，雌蔷薇拽着田中弘一边扒拉着荆棘，边迅速地扭着田中弘一的手腕向前跑，田中弘一不时疼痛地喊着。钟家大院的门前是一条空旷的道路，向东通往省城，向西通往黑井小镇的中心，过了秋水河就是正川岭。而在西墙处还有一条小胡同，直通后山，过了后山就进入了深山。钟泰川暗叫一声："好狡猾，想绕道而行，休想!"

话还没有说完，钟泰川就穿过巷子往山坡奔去。两名护院肩膀上挎着枪紧跟在后面。山坡上的雌蔷薇一边向前奔跑，一边朝山坡下面望，隐隐约约地看到钟泰川带着两个人追了上来。她看着身后冒着汗珠的田中弘一咬牙切齿地说："你这老鬼子，关键时刻坏老娘的大事，要不老娘我早跑远了。真不知道要你何用!"说完一把拽起田中弘一准备将他扔到山坡下面。田中弘一颤巍巍地看着雌蔷薇说："你……我实在走不动了。"

钟泰川带着两名护院已经爬到了半山坡，远远望去，只见雌蔷薇抓着田中弘一站在一块大石头上嘀咕着。他冲着身后的两名护院喊道："给我打她一枪，活的不行，死的也算。"身后的一名护院听了钟泰川的话，随手从肩膀上解下枪，冲着前面就是一枪。枪声一响，雌蔷薇远远地叫了出来，"好险！老娘差点死在这里。"话还没有说完，一粒弹片落在大石头的一侧。雌蔷薇回头看着越来越近的钟泰川，从腰间掏出一只小手枪，冲着远处的钟泰川连开两枪。

钟泰川早料到雌蔷薇会有这么一手，这是个不能吃亏，只能占便宜的家伙。钟泰川冲着身后的护院喊道："快卧倒!"说完自己斜着身子躺在山坡上。就在此时一粒子弹从钟泰川的头顶滑过。钟泰川摸摸额头上的汗珠子，微微地抬起头看着前方。只见雌蔷薇开了两枪就急忙抓起田中弘一，继续向上爬着，这次速度更快了。钟泰川一跃而起，紧跟着追了上去。慢慢地雌蔷薇和田中弘一爬上了山坡。山坡顶上是一片郁郁葱葱的树林，穿过树林就是快活峰，过了这座山峰就是正川岭。雌蔷薇看着还在山坡上的钟泰川，渐渐地露出了笑容，她轻轻地晃动着手里的枪，然后用嘴吹了一下枪口，淡淡地说："这个地方，老娘整整待了三年，没有想到被你这个小崽子识破了。"说完后，回头看着田中弘一。此时田中弘一早就累得虚脱了，他一到山顶就软软地躺在了草地上，眼睛瞪着上方的天空，口中不住地说："黑井？黑井？你到底有什么魅力值得这么多人慕名而来？"

雌蔷薇看着倒在地上的田中弘一，抬起脚踢着他的小腿说："真是熊包一个，还亏他娘的是大日本帝国的高材生，就这两下子，迟早是钟泰川嘴里的羔羊。不想死的话，赶快爬起来，跟我走！"说着转身走进了树林。田中弘一慢慢地坐了起来，看着消失在树林中的雌蔷薇，他环顾左右，悄无声息，偶尔山峰的那一边会传来野狼吼叫的声音。远处钟泰川就快爬上来了。田中弘一挣扎着站了起来，走进了树林。雌蔷薇不停地向前走着，隐隐约约听到后面田中弘一踩着树叶传来的沙沙的声音。

钟泰川和两名护院马不停蹄地爬上了山坡，跟在后面。其中的一名护院看着前面的钟泰川说："少爷，这一对狗男女还跑得真快，我看这会儿快进了快活峰了。"后面的那名护院一边应和一边接话："也不知道他们跑到正川岭干什么？不会是巢穴在那里吧？"

钟泰川喘着气，回头看着两名护院说："是她的巢穴。雌雄蔷薇是谁的部下？是龙云的。正川岭就是龙云133旅的驻地，她不往那儿跑往哪跑？"

"是啊！我倒忘了，这雌雄蔷薇是军阀的特工，迟早要将他们逮住。"后面的护院说。

"雌蔷薇是个女的，那么雄蔷薇顾名思义是个男的了。大院可真不安宁。"另一个护院说道。

钟泰川继续向前走着，他随手捡起一根长长的木棍拄在手里，然后慢慢地说："是啊！我也是这么想的，雄蔷薇一定是个男的。到底会是谁呢？"钟泰川看着树林中的一条小路，边走边陷入沉思。满山的树叶开始发黄，伴着一丝丝凉风，左右摇摆着，树林里不时传来一阵又一阵的狼叫声。在许多年前，钟近楠也曾带着钟泰川走过这条小路，不过那时候是背着私盐去边境换生活用品。想到这里，钟泰川心底升起淡淡的忧伤。

就这样走了半个时辰，依旧不见雌蔷薇的踪影，后面紧跟着的护院边走边说道：“少爷，快活峰就要过了，我们还要不要追下去?”

钟泰川不假思索地说：“追！就是跑到天涯海角也要找到她!”另一名护院听着钟泰川的话有些犹豫，“可是前面就是133旅的驻地了，那个……那个文天可是杀人不眨眼的。”

钟泰川回头看着这名护院，此时这名护院低下了头，钟泰川的口气慢慢地开始变得温和起来，紧接着说：“我知道你们都是上有老，下有小的，此去究竟吉凶如何，连我也不知道。你们就到此处吧！都回家吧!”钟泰川说完转身向前走着。两名护院听了钟泰川的话，你看我一眼，我看你一眼，可是脚步都没有停下来。许久之后，其中一名护院说：“少爷，少爷，我……我小三子自从13岁就来到钟家了，如今钟家突遇此难，我小三子中途退缩还算人吗？就算回去了，我老娘也会把我骂死。少爷，我愿意跟着你。”说着小三子的声音有些哽咽。紧接着另一名护院上前一步喊道：“少爷，我们都愿意跟着你!”

## 单刀缉凶



钟泰川听到两名护院的话，慢慢地停下了脚步，他感动地说：“谢谢!”说完大步流星地向前走着。转眼间就过了快活峰，钟泰川看见远处竖着一面旗帜，上面写着一个字，可是距离太远了，看不清楚。再往前走，穿过一片低低的草地，可以清楚地看见旗帜上绣着一条龙，中间写着一个大大的“文”字。这面旗帜下面是一座用木头搭成的栅栏，在栅栏的一侧挂着一块牌子，上面写着“滇遣 133 旅警备司令部”。栅栏的两侧各站着一个卫兵，全副武装。

从外面望去，偌大的操场上，五六十支枪交叉着架在一起，三五成群的士兵席地而坐，玩着纸牌，抽着烟，不时地叫骂着。有一个身穿军装，像是个军官模样的人坐在门口的一把椅子上。他微微地眯着眼，悠闲地跷着二郎腿，正在晒太阳。

钟泰川的脚步渐渐地慢了下来，他悄悄地对身后的护院说：“看，就这些人，足够一个团。里面的那个应该是他们的长官。”小三子随口说道：“少爷，还真不少，不知道这个文天他娘的长什么眉目?”

“管他什么眉目呢，眼下就算老子丢了这条命，也要闯闯这个龙潭虎穴。”说着钟泰川挺起腰杆径直朝着栅栏门走去。

突然“扑通”一声，紧接着操场西面冒起来一股红烟。正在操场上玩纸牌的士兵，看见这一切，迅速扔下了纸牌，从地上站了起来，用最快的时间捡起架在地上的枪，不一会儿就整整齐齐地站成了两排，瞪着眼睛朝栅栏外面望着。只有在门口坐着的军官好像对眼前的事情不屑一顾，他依旧悠闲地坐在椅子上，一动不动。此时，钟泰川就要走到栅栏门口了。

就在此时，两名士兵看到迎面走来的钟泰川，瞬间动作麻利地从肩膀上拉下枪对准了钟泰川一行三人，嘴里大喊道："什么人？站住！再往前走就要开枪了！"钟泰川听着喊话，脚步慢慢地停下来。提起嗓门远远地送出一句话："小镇钟家钟泰川想要拜访文长官，别无他意！"

此时栅栏里的士兵纷纷向外看着，眼光盯着他们。坐在门口椅子上的军官听到这句话后，嘴角微微抽动了一下，慢慢地睁开眼睛。他站起来看着门外站着的钟泰川。他抚摸着下巴上的小胡子，眼神中充满不屑地说："你还真来了？你还真敢来？"许久后他慢慢地朝门口走来。

这个军官走到钟泰川的面前，足足比钟泰川高出一头，就这样阴森森地盯着钟泰川一句话也不说。许久后，他清清嗓子，带着轻蔑的口吻问："你就是钟泰川？"

钟泰川笔直地站着，点点头。

"有种！不愧是钟近楠的儿子！你来干什么？"军官问。

"追拿凶手！"钟泰川铿锵有力地说。

"就凭你们？"军官打着哈哈，脸上的肌肉一动一动的。

"是。这已经足够了！"钟泰川不想废话。

"是吗？本人是文旅长手下的少校团长廖天辉，幸会！"军官说道。

钟泰川听了廖天辉的话，微微抱拳道："久仰！我可以见你们文旅长吗？"

钟泰川的话一出口，廖天辉微微一怔，停顿了一会儿，没有说话。随后他在大门口来回踱着步，不时地朝远处望着。突然远处传来"扑通"一声，紧接着又是一股红烟冲天而起。钟泰川转身疑惑地看着远处。

"少爷，是快活峰上！"小三子低低地说。

钟泰川没有接话，他的脑子在快速运转着，"是谁在放红烟？这些红烟代表什么？难道是一种信号？"此时廖天辉看着远方的红烟，嘴角露出一个微笑，他慢慢地走到钟泰川的身旁说："钟少爷，请！我们旅长在里面等你！"说完身子向右一撤，让开了一条路。钟泰川索性不再多想，大步流星地跨了进去。

就在钟泰川快要走到里面的一间屋子门口的时候，雌蔷薇和田中弘一突然出现在廖天辉的面前。雌蔷薇看着升起的红烟说：“钟泰川，有你好看的！”说完，冲着廖天辉一挥手喊道：“立刻给我准备饭菜，顺便将田中先生请到一个安静的地方！”说完，她迈着大步也走进了栅栏。廖天辉没有说什么，只是指着其中的一个士兵说：“照她刚才说的办！”

操场中央的士兵面对面站成两排，中间留出一条仅可以一个人行走的小路。钟泰川缓缓地从他们身边走过，他警觉地观察着周围的情况：对面是用木头临时搭建的一间比较华丽的房间，旁边是零零落落的小屋子，毋庸置疑，豪华的一定是文天召集开会办公的地方，其余的则是士兵睡觉的地方。

突然，廖天辉提高嗓门喊了一声：“全体立正！欢迎客人到来！”说完，他自己率先走在中间鼓起了掌，随后士兵们纷纷开始鼓掌。钟泰川脸色微微一怔，脚步并未因此停下来。身后的小三子和另一名护院紧跟在后面。廖天辉跟在不远处。钟泰川径直来到了这个豪华房间的门前。门前站着一个 20 岁左右的年轻小伙子，看见钟泰川走过来，身子向后挺了挺，待钟泰川走到门前的时候，他微微弯腰说：“里面请！我们旅长恭候你多时了。”钟泰川正要迈进门槛，这时，年轻人突然脸色一变，冲着后面的两名护院喊道：“你们俩这边！卸下你们的枪！”说着用手一指，率先走在前面，来到了旁边的小屋。

钟泰川听到年轻人的话，脚步微微停了一下，后面的廖天辉此时也跟了上来，两人一前一后走进了这间豪华的房间。整个房间布置得相当整洁，对面放着一张高雅的桌子，桌子上面放着一盆野蔷薇。“为什么这里也会有这种花？为什么这里的布置居然是这么熟悉？是哪里呢？”钟泰川不敢多想，后面的墙壁上挂着一幅中山先生的画像，周围的墙壁上挂满了字画。这时，廖天辉说道：“钟少爷，这边请！”说完，他走在钟泰川的前面，转了弯，进了内室。

里面是文天的作战指挥部，一张长长的桌子摆在中间，两侧放满了凳子。桌子中间平铺着一幅云南省的地图。文天正悠闲地坐在最前面的凳子上盯着钟泰川。他全副戎装，满脸络腮胡子，额头中间有一颗黑痣，嘴角留着八字胡，眼睛炯炯有神。他紧紧地盯着钟泰川，眼神中充满镇定，有一种说不出的威严。钟泰川站在最后一个凳子前面一动不动。此时，他不知道该说什么，也不知道该从何说起。就这样，两双眼睛相互盯着，足足有一刻钟。

“你就是钟泰川？”文天脸上依旧没有任何表情。

“是！你就是文天？”钟泰川坦然地问。

听到钟泰川直呼其名，文天有些疑惑，从来没有一个人敢这么叫他，就连龙云都亲切地叫他的小名雪阳。眼前的这个年轻人身材不算魁梧，唯独眼神放光。文天想到这里，站起身来，慢慢地朝着钟泰川这边走来，边走边说道：“廖团长，你先下去！”廖天辉转身退了出去。屋子里就剩下他们俩，此时这里静得几乎连呼吸都可以听得见。

文天走到钟泰川面前，说道：“我听说你想要办一个盐场？”

“这你都知道？你的特工可真是无孔不入呀！不错！我是想实业救国！”钟泰川淡淡地说。

“实业救国？文人应该干文人的事情，救国是军人的事情！我想你父亲也是这样教导你的吧！”文天的脸色微微缓和了些。

“我爹没有这样教过我，只是告诉我以后走盐的时候路过正川岭要小心些，千万别像他年轻时候那么冲动，那么没有眼光。”钟泰川淡淡地回答。

“哦？你是说三年前你父亲走盐路过这里被我劫了吧！不错，是我干的！我是军人，做过的事情，我从来都敢承认！”文天的脸色有些难堪。钟泰川听着文天的话，几乎不敢相信眼前站着的这个气度不凡的将军会是这么一个不懂民间疾苦的人。

文天看着钟泰川阴晴不定的脸色，随即轻轻地笑了一声，说道：“你是不是怨我不懂人情世故，不问民间疾苦？现在我告诉你，军人以服从命令为天职。好了，不谈这些了，这边来。”文天说着，绕到了钟泰川后面出了这间办公室，他盯着大门左侧墙壁上的一幅八骏图看了许久，突然他伸手拍了这幅画几下，瞬间墙上出现了一个敞开的门。文天慢慢地走了进去。钟泰川紧紧地跟在后面，也走了进去。

里面是一个收拾得很干净的卧室，整个地板铺满了大理石。令人难奇怪的是，在地板正中间，大理石铺出一个很大的太极八卦图案，而在这个太极八卦图上放着一张小桌子，桌子上摆了一场还没有下完的象棋残局。旁边放着两个凳子，文天坐在其中一个上，随后看着钟泰川说："请坐！"钟泰川一言不发地坐了下来。

"你对太极感兴趣？"钟泰川看着脚底下的图案问。

"对！太极者，无极即道。据说西洋的《圣经》里面对"道"有另一种释义，是这样吗？"文天边说边看着桌子上的棋盘。

"是的！《圣经》里将这一切都归结为问道。"钟泰川猛然想起白晨春的话。

"问道？"文天抬头疑惑地看着钟泰川问。钟泰川没有说话，只是微微点头。

"或许应该就是这样！就像这盘棋局，我已经下了五年了，可总也下不完。"文天淡淡地说。

"下了五年了？和谁？"钟泰川有些疑惑地问。

"和谁？和自己呗！"文天随手拿起其中的一个棋子，抬头看着钟泰川说道。

"和自己？"钟泰川有些不太相信自己的耳朵。

文天抬头盯着钟泰川，许久之后，他重新注视着棋盘，随后淡淡地说："民国二十六年，日本人踏进中国，到现在整整五年了。所有的一切到现在还是一个残局，你有兴趣陪我下完吗？"

此时的钟泰川看着文天，心底突然有种说不出的感觉，他点点头。突然，文天换了一副面孔，他冷冷地说："别忘了，闯进了我的地盘，你随时是我口中一块肉，我想什么时候吃就什么时候吃，想和我谈条件，那是需要本钱的。"

听了文天的话，钟泰川一脸茫然，随后他淡淡地说："我想知道本钱是什么？"

“这盘棋已经下了一半，你必须要赢了我，才有资格和我谈条件。快看！我的卒子都过河了。”说完，文天捋捋八字胡，发出了一阵又一阵阴险的笑声。

钟泰川有些无奈地看着眼前的棋子，他突然发现红棋和黑棋势均力敌，文天那边是一车一马，而自己这边则是一车两炮。可是红棋的一个卒子都已经过河了，甚至对方的马也刚好过了河。钟泰川慢慢地捡起棋子小心应对着。此时文天将全部的精力放在了棋盘上。可是钟泰川却无法集中精力，因为他是追拿凶手来了，并不是来陪文天下棋。突然，文天看着棋盘说道：“钟先生，从棋局上看，这不是一个文人的风格，整盘棋局里，你一直在进攻，甚至棋局里到处是血腥味儿，我低估你了。”

的确，钟泰川一上阵就是激烈冲锋，而文天只顾着防守，就是有机会，也不主动进攻，只是瞅准时机占据有利位置。钟泰川笑着应答：“文旅长也不像是一个久经沙场的将军，只是防守，丝毫没有进攻的意思。”

“别急，胜负还未分，结论不要下得太早。”文天淡淡地说。

此时的钟泰川再也坐不住了，他的脑子中有太多的事情要做，太多的疑惑需要解开，外面房间桌子上的野蔷薇怎么这里也有？是巧合，还是……快活峰的红烟到底是怎么回事？这一切都让他无心和文天对局。

“文旅长，你喜欢野蔷薇？”钟泰川直截了当地问。

文天听到钟泰川的话后，放在棋盘上的手指微微一颤，抬头看着钟泰川。许久之后，他再次将注意力集中在棋盘上，回答道：“是啊！我喜欢它的简单，喜欢它的长青！”

钟泰川有些听不懂，他不想再和文天继续下棋了，“文旅长，我想看看我的两个手下。”

文天抬起头淡淡地说：“他们很好，你放心。”说完这句话后，文天继续看着棋局。过了一会儿，他突然说：“既然你想见见他们，那就见见吧！”说着他站起来，走到墙角处，按住了一个门铃似的小按钮。不一会儿从外面走进来一个卫兵，文天看都没有看他一眼，喊道：“将钟先生的那两个人叫进来!”卫兵听到文天的命令后转身走了。

不一会儿小三子和另外一个护院慢慢走了过来。小三子看到坐在凳子上的钟泰川，慢慢将头凑到钟泰川的耳朵边说：“少爷，我们什么时候回去?”

钟泰川低低地说：“回个屁！你现在马上回钟家看看那边的情况，有什么事情马上跑来向我报告!”说完冲着小三子不住地使眼色。小三子看着钟泰川一脸严肃的表情，二话没有说就转身走了。看着小三子离去，钟泰川微微咳嗽一声，冲着另外一名护院喊道：“给本少爷找点水去!”



文天依旧没有抬头，仿佛对眼前的事情浑然不觉，只是淡淡地说：“钟少爷，可不能大意了，我的马可是快踩到你的老窝了。”说完后，文天抬头微微一笑，可是这个笑在钟泰川看来是那么神秘。

钟泰川看着棋局，的确，一匹马已经跨在老窝边了，幸运的是，老将还可以自由行动。钟泰川暗暗捏了一把汗，他在扭转局面的同时也在想着文天话中的含义。不知不觉地到了下午时分，双方不分胜负。文天的手下送进了饭菜。钟泰川思索着该怎么开口向文天要人，文天明明知道自己此行的目的，可他还是揣着明白装糊涂。

钟泰川低头扒拉着碗里的饭菜，偶然听见门外传来一阵争吵声。“让我进去！我们少爷在里面呢!”一个人喊着。钟泰川一阵兴奋，这个声音无疑是小三子的。文天此时正夹着一根菜叶往嘴里送，听见争吵声，他放下筷子，高声喊着：“让他进来!”

瞬间，小三子就走进了屋，他看看坐在对面的文天欲言又止。钟泰川有些不耐烦地说：“有什么话直说!”小三子思索了半天，索性心直口快地说：“少爷，锅里的饭菜快糊了。你看?”就这么一句话，直把钟泰川说得云里来雾里去。此刻，他知道，钟家一定发生了重大的事情，可是小三子又不想直接说破。是什么呢？钟泰川边吃着碗里的饭菜边思索着。

我追雎蔷薇一路到此，然后看见红烟，是两处发出了红烟，到底代表着什么呢？饭菜糊了？说明事情很是紧急，到底是什么呢？难道……难道有人要攻打钟家大院？红烟是一种联络的信号。想到这里，钟泰川浑身一阵颤抖。此刻，他才明白自己钻进了一个别人早已布置好的陷阱里。雌蔷薇先将自己调离钟家，然后来个釜底抽薪攻打钟家，叫自己两头无法兼顾。而这个给他设套的最高领导人应该就是对面坐着的文天了。钟泰川边思考边斜眼看了文天一眼，只见文天依旧是若无其事地吃着饭菜。

是部队攻打还是土匪？小三子的话里根本没有体现。钟泰川看了小三子一眼，希望从小三子的眼神中能得到提示，可是，他失望了。小三子除了期待他赶紧做出决定的表情外，什么也没有。钟泰川悄悄地再次看了文天一眼，文天依旧是异常冷静。索性就赌一赌，就当成彭三炮的人马要攻打钟家大院。钟泰川的脑袋正在高速地运转着。许久后，他慢慢地说出来一句话："饭菜糊了，那就多舀点水，加把火，多做点，本少爷说不定刚天黑还要回家吃饭呢！记住后院山坡上有竹子，那种东西最是好烧。"

小三子听着钟泰川的话，来不及说什么转身就走。正要出门，钟泰川再次开口了，"把他也带回去，在这里碍手碍脚的！回家去！烧把火！"说完就埋头吃着碗里的饭菜。屋里再次寂静起来，文天将一大盆米饭吃了个底朝天，然后满足地拍拍肚子，站起来在房间里悠闲地踱着小步。钟泰川慢慢地将碗里的米饭送进嘴里，最后直至吃完。他轻轻地将碗放在桌子上，然后扭头看着文天说："文旅长，这盘棋还要下吗？"

"你说呢？"文天淡淡地反问着。

"我看没有必要杀下去了。因为结果需要更长更长的时间才能看出来。"钟泰川说。

"是吗？我看未必！"文天说着重新坐在了凳子上看着钟泰川。"好了，不说这些了。你知道我为什么要雌蔷薇将田中弘一带来吗？"文天反问道。

钟泰川疑惑地摇摇头。"不知道，不过我的确想知道。"钟泰川直截了当地说。

"是啊！毕竟和钟家有关系，你有必要知道。"文天淡淡地说。

"和钟家有关系？"钟泰川疑惑地问。

文天点点头，接着说："那是二十年前的事情了。龙云的部队驻扎在黑井小镇的秋水河，那时候我在他手下当卫兵。在河的对岸有一个村子叫作李家庄，村里有一个女人叫李春梅，也就是失踪多年的钟家二姨太李春梅。"

"你说的是我二娘？我只是听我娘说过。她跳井自杀了。"钟泰川茫然地看着文天。文天点点头接着说："由于我们经常去村里面征粮，一来二去，就和李老汉一家熟了起来。那时候，李春梅刚刚18岁，正是风华正茂的年龄，而我整20岁。一来二去，我们竟然由相识到相爱，可是李老汉死活不同意我们在一起。那个时候我也在想，一个当兵的整天脑袋挎在裤腰带上，哪能……"文天的脸色开始松懈，刚才的硬汉形象荡然无存。

"于是你放弃了她？"钟泰川接着说。

"不！那天捎来信说她怀孕了。我思前想后，最终决定要去找她一起远走天涯，于是随手拿了几件衣服就去了李家庄。没有想到我前脚刚走，龙云后脚就带着人追赶到村里，说是要以叛逃罪枪毙我。惊慌失措之下，我拉着李春梅沿河岸一直向下跑着，可是……"文天的声音越来越低，最后带有轻轻的哀怨。

"她跳河了？"钟泰川问着。

"混账！你小子的话怎么听起来这么刺耳呢？"文天第一次这么大吼着，直把钟泰川吓得心里一阵哆嗦。

"我们俩沿着河岸使劲向前跑，可是追兵越来越近了。我们实在跑不动了，四肢无力地坐在河岸上准备等着最后的裁决。就在我们走投无路的时候，突然，河对岸划过一只小船来。我呐喊着，希望李春梅可以逃脱。"文天说着，像是在讲述一个故事。

"那你后来怎么又在龙云手下干了？"钟泰川问。

"船划过来后，我一看，此人正是当时小镇小有名气的盐商钟近楠……"文天说着看了钟泰川一眼。

"什么？是我爹？"钟泰川接着说。

"对！是你爹！当时我就哀求他将李春梅带走。他倒是没有拒绝，可是李春梅却死活不走。眼看追兵就要来了，我索性将她打晕扔到了船上。最后你爹硬要我上船。我知道我一上船，那么龙云就是走到天涯海角都会追杀我的，我不想连累无辜。最后索性回头朝龙云的追兵跑了过去。”文天说着眼角开始慢慢地渗出两行热泪。

“船慢慢地开了，我心里特别高兴。回头只见龙云骑着马赶了过来，一鞭子抽在我身上。就这样，我被押了回去。”文天说着深深地叹了口气。

“后来呢?”钟泰川问。

“后来，龙云念在我跟随他多年，并没有杀了我，只是关了我三个月。在这三个月里，我受尽煎熬。有一天，一个消息传来了过来，李春梅居然嫁了。他的夫君就是那个当初划船的人，也就是你爹。”文天说到此处，满眼怒气地盯着钟泰川。

“所以，在三年前将我爹连人带货扣在了正川岭!”钟泰川直截了当地说。

文天听到钟泰川的话，“你住口！我比起他来高尚多了。抢别人的老婆，枪毙他十次也不过分。要不是黑井小镇的那些外国商人的干预，他早就成为我的枪下鬼了。”文天大声吼着说。

钟泰川强忍着怒气，他知道此刻不是他应该发怒的时候。于是，他慢慢站起来，淡淡地说：“这和田中弘一有什么关系了呢?”

“太有关系了。李春梅去了钟家不久就生下一个孩子，她怕钟近楠加害孩子，就悄悄地派人送到我这里。可是我不愿节外生枝，于是我将他送到日本。如今他终于长大成人了，钟家的末日就要到了。我要你们钟家血债血还!”文天盯着钟泰川露出一副狰狞的面孔，钟泰川不禁心里微微打战。

此刻，他才明白文天为什么在外人看来是个杀人不眨眼的魔鬼，因为在他心中隐藏着想报却又报不了的仇恨，想说却又说不出的哀怨。

“原来如此!”钟泰川叹了口气说。此刻他想起了很小很小的时候，父亲在河里划船，自己坐在上面好奇地问：“我们要去哪里?”

“回家啊!”父亲微笑地划着船说。

“我好像记得这不是回家的路啊!”钟泰川懵懵懂懂地说。

“那是你记错了，以后你一定要记住你的家在河的那头，在一座大院子里。”父亲笑着。

“那河的另一头是哪呢?”钟泰川问。

父亲沉重地叹一口气说：“长大后你就会知道的!”

想着这些，钟泰川重重地叹了口气，许久后说：“原来他一直在寻找，只是这样的结果，似乎……”钟泰川的声音越来越低。

文天看着钟泰川说：“听了这些，你还认为你的父亲是一个义薄云天的人吗？他不配!”文天的声音有些沙哑。

“不！你错了，他并不是这样!”钟泰川极力地狡辩着。

“他自私、狭隘，他根本不配做个男人!”文天打断了钟泰川的话。

“那你想怎么样?”钟泰川问。

“我要你死！我要让你亲眼看见钟家是怎么灰飞烟灭的!”文天咬牙切齿地说出这几个字。

## 棋局献计

钟家大院的夜晚一片安宁，在这里并没有因为白天雌蔷薇的现身而混乱不堪。在钟家的会客厅里，刘一凯正在背着手来回踱着，白晨春站在一边满脸焦急。门口站着小三子和另外一个护院。墙上挂着的钟表在慢慢地摆动着，不时发出一阵又一阵的嘀嗒声。

“少爷还说什么了？”刘一凯问。

“没说什么，就是饭菜糊了，加点水，然后再加把火。”小三子说着。

“就这些？”刘一凯扭头盯着小三子，一脸的焦急。因为就在下午的时候，钟家的大门上突然被挂上了一只无头的血鸡，鸡血将两扇大门染得一片红。刘一凯当场就吓晕了。在黑井小镇有一句这样的话：门挂血头鸡，半夜杀尽贤良妻，血流一丈，刀洗全城。这是黑虎寨的暗号。

刘一凯思索着小三子的话，他怎么也想不明白钟泰川想要表达什么意思，凭他和钟泰川从小玩儿到大的这种相互了解，他确信钟泰川听明白了彭三炮马上就要攻打钟家了，这可是十万紧急呀！刘一凯想到这里，微微皱皱眉头，一屁股坐在椅子上，一言不发。

“少爷就没有别的话了？比如说如何应付彭三炮。”站在一边的白晨春有些忍不住，接着问。

小三子尽力思索着，生怕遗漏了半个字。好一会儿，他吞吞吐吐地说：“没……没有了。对了，少爷说后院山坡上的竹子最好烧。”小三子说完后，再次将头低下。

“后院山坡上的竹子？这是什么意思？难道这些可以对付彭三炮？”白晨

春自言自语地说。只见刘一凯慢慢地站了起来，若有所思地说："拿梯子上屋顶！"小三子疑惑地看着刘一凯转身就走。不一会儿一架高 6 米的梯子靠在了房檐上。刘一凯小心地抓住梯子上了屋顶，后面紧跟着白晨春。

屋顶上面是用瓦片盖着，里面木头大梁结构，这样的房子在小镇很少有人能盖得起。刘一凯沿着瓦楞缓缓地站了起来。这里是整个大院的制高点，从这里可以很清楚地看见后面山坡的情形。放眼望去，山坡上长满了竹子，可惜在这个秋天，叶子已经有些枯萎了。刘一凯看着这些竹子丝毫没有发现这东西能够克敌。他慢慢地转身沿着瓦楞向东面走着。屋子的东面是一条护城小河，这条小河环绕着钟家大院，是钟家的第一道屏障。唯独南面小河没有流淌过来，因为这里是一堵高墙。白晨春看着眼前的情形不禁茫然失措。

"钟泰川，你这个混蛋到底想说什么呢?"白晨春再也忍不住了，不禁骂开了。

"白小姐，不要埋怨少爷了，他现在还不知道活着没。"刘一凯扭头重重地说。

"死了好！死了索性就一了百了，最怕的是他想死都死不了。钟家还存在，敌人不会让他死的。"白晨春说话的语气极尽疯狂。

"眼下，我看就这么办吧！少爷的话总是有道理的，不妨一试！"刘一凯边说边在白晨春耳朵边嘀咕着。

黑虎寨的夜晚，篝火一片通红，一片草地上摆着一张长桌子，旁边放着两个凳子，后面站满了两排黑虎寨的土匪。马再发和彭三炮正在掰手腕，两排弟兄在旁边喊着："大哥，加油！大哥，加油！"彭三炮红着脸正和马再发坚持着，不一会儿彭三炮就占了上风。李彪这时走了过来，看着眼前的两人，露出了微笑，"我看这局马兄弟输定了，大哥，好手劲！"李彪随手拉了一张凳子坐了下来。不一会儿马再发将彭三炮压得喘不过气来，眼看就要压在桌子上了，李彪突然上去伸出双手，一只手握住了彭三炮，一只手握住了马再发，"手足情深，何必玩儿真呢?"李彪说着，将二人搀了起来。

"好！好！有种！"彭三炮连叫了两个好后，微笑地打量着马再发。

"大哥，我们去那边走走吧！"李彪接着说。

沿着小路，三人一直向前走着，不知不觉来到了不渊崖，李彪故意走在后面，和前面两人拉开一截距离。彭三炮向后看看，然后回头用手指指前面说："这是我安身立命的地方，有十五年了吧！"

"大哥，你威震一方，这么多年来杀人无数，不知道有多少人想要你的性命！"马再发憨笑着说。

"是啊！明天就是第三天，既然赏善罚恶牌都挂出去了，那么明天势在必行！江湖人重的是一诺千金。对了，你对这场战争怎么看？"彭三炮说着扭头看着马再发。

马再发微微笑着，略显难处。紧接着，彭三炮慢慢地走到马再发面前，深情地拍着马再发的肩膀说："再发，我知道在你心中，多多少少还顾念着钟家的一丝情义，我不会逼你，不过眼下钟家已经成为众矢之的了。雁过留声，人过留名，这是自古的规矩，你改变不了，我同样改变不了。"

马再发看着彭三炮，淡淡地说："我知道。"

"你可以拯救钟家，也可以毁掉钟家，这一切全看你的了。"彭三炮一边说着，一边走到不渊崖崖边。放眼看着下面的江水，他好像想起很多往事。随后他慢慢地从怀里掏出一幅画，久久凝望着。片刻之后，他淡淡地说："这么多年了，你还好吗？"声音中满是凄凉。马再发站在彭三炮的身后，可以看清楚他手中拿着的画：画中是一个女孩，手拿着一束花，坐在花丛中笑着。马再发迟疑地看着彭三炮的背影说："大哥，你想起了故人？"

彭三炮没有转身，只是冲着漆黑的江面点点头，然后问："你可见过画中的女子？"马再发微微一怔，然后说："大哥，我没有见过。不过这个女人和钟家的一个丫鬟倒是有几分相似。"

彭三炮听着马再发的话，略微一怔，扭头看着马再发，什么话也没说，只是叹着气。不一会儿，他转身朝山寨的方向走去，嘴里淡淡地说："不可能的，这都是多年以前的事情了，她怎么还会存在。"

此时的夜空整洁而清新，遥遥地闪烁着几颗星星。马再发望着江面，也陷入了深深的思索，“我真能挽救钟家？也可以毁掉钟家？真的可以吗？”

警察署里，张敬生在办公室走来走去，此刻他刚刚接到黑鱼的密令，要他明晚攻打钟家大院。虽然攻打钟家是他梦寐以求的事情，一旦拿下钟家，不仅可以拿到钱、女人，更重要的是黑井可以扩充自己的势力，以备后路。但是警察署是维持治安的，打家劫舍的勾当一旦传出去，那么，他这个署长也就做到头了。想到这里，张敬生命人把曾靖喊了进来。

“现在日本人要我们攻打钟家大院，你怎么看？”张敬生直截了当地问。

“攻打钟家？什么时候？”曾靖一听，他几乎着急地跳了起来。此刻，他在想钟泰川是不是已经知道了这件事，他的思绪慢慢地开始迟疑。当他抬头看张敬生的时候，只见张敬生似笑非笑地正看着自己，冷冷地看了一分钟，随后说：“怎么？你想要救他？你和他的交情不错？”张敬生反问道。

曾靖微微一怔，他发现张敬生似乎已经开始怀疑自己了，可是眼下还是不能承认与钟泰川有瓜葛。曾靖微微一笑说：“不！钟家散落是迟早的事，我还不想成为钟泰川的炮灰呢！”

“是啊！识时务者为俊杰。你不例外，我也同样不例外！”张敬生慢慢地伸出一只手在抽屉里摸着。就这样一个动作，把曾靖吓得心里直哆嗦。

“他在摸枪？难道他已经知道我和钟泰川的关系了？”曾靖心里思索着，慢慢地将手放在腰间的手枪上，准备先下手。

张敬生微微看了曾靖一眼，许久后，他迅速从抽屉里摸出一支烟，然后在上衣的口袋里摸出打火机，慢慢地点着。此时的曾靖才慢慢地放松了警惕。张敬生看了曾靖一眼，轻轻地吐了一口烟，随后他的手再次摸向了口袋。这次他掏出一张纸条，随后往桌子上一放说：“这是钟家的城防图，你仔细看看，然后给我一个详细的计划。”

曾靖慢慢走在桌子前面，他在想这张城防图的来源，到底是彭三炮送来的还是田中弘一送来的，可是此时却不能问。他点点头，扭头离开了张敬生的办公室。

第二天清晨，133 旅部操场上，周围站满了士兵。正中间有根木桩，钟泰川被绑在了这根木桩上，一动不动。他嘴角流着鲜血，衣服破烂不堪，身上到处是伤痕。一看就是被文天折磨的。在不远处有一把椅子，文天怒目威严地坐在上面，身边站着田中弘一和雌蔷薇。

雌蔷薇缓缓地朝钟泰川走过来。钟泰川微微睁着眼睛，口中吐着半口气。

“钟泰川，这种滋味好受吧！看在你曾经叫我一声三娘的份上，赶紧把《无字节宗》里面的秘密说出来，否则的话，我估计晚上你就会成为野狼的一顿美餐。”说着，她轻轻地抚摸着钟泰川裸露着的胸部。

“呸！你不配做钟家的人，你手上沾满了钟家的血，他们做鬼都不会放过你的！”钟泰川说着狠狠地将一口唾液唾在了雌蔷薇的脸上。

雌蔷薇并没有立刻发怒，只是轻轻地掏出一块白手绢擦拭着，瞬间她一巴掌就拍在了钟泰川的脸上。随后她用力地一脚踢在了钟泰川的身上。

“住手！”田中弘一边走边冲雌蔷薇喊着。钟泰川怒火冲天地望着眼前这个吃人不吐骨头的女人。

“泰川君，何必呢！我对钟家的盐矿可不感兴趣，我只想知道生命线在哪。”田中弘一慢慢说道。

此时，钟泰川感到脸上火辣辣，一阵又一阵，他挣扎着说：“生命线？我连听都没有听过。如果……如果我真的知道书中的秘密，那天何必和你说那么多呢！”钟泰川不想说谎。

田中弘一并没有生气，反而微微一笑，随后说：“我想你知道的不仅仅就那些吧！钟家就要被攻破，用不了一晚上，钟家的所有人都会变成俘虏。到时候，晨春，也不会例外吧？这里的每一个弟兄都是血性青年，如果将她也请到这里，你想会有什么样的好戏呢？你说不是吗？”此时的田中弘一慢慢露出了阴险的面孔。

“你……你简直不是人！”钟泰川听完田中弘一的话后，满嘴是血的牙齿气得格格地打战。说完后，他看着远方的文天，随后仰天大喊道：“中国有你们这样的部队，简直是军人的耻辱。中国完了！完了！一切都完了！”说着，钟泰川满脸是泪。

此时文天从椅子站起来，抬头看着天空。许久后，他走了过来，看着钟泰川说："在个人利益上，我今天非杀你不可，可是在民族大义上，我本应该放你一马。"

"你不配做一个军人，你们都是一丘之貉！"钟泰川看着眼前的三人大声骂着。

听了钟泰川的话，文天并没有生气。他看了看田中弘一，看了看雌蔷薇，然后说："我文天一生杀人无数，我是一个将军，但我还是一个人，还是一个很久没有见到过自己孩子的父亲。天底下哪有父亲不爱儿子的？我怎能不和他站在一起？"文天的话音越来越沉重。

此时钟泰川仰天大笑，随后他接着说："你忘记了最重要的一点，你还是一个中国人。中国人就应该有自己的尊严。"钟泰川说完恶狠狠地盯着文天。文天用手摸着自己的脑袋，然后轻轻地抓挠着自己的头发，最后眉头一扬，接着说："可他是我的种！是一个流着血液的中国人！"

"可他干的却不是中国人应该干的勾当！"钟泰川咬着牙说。

听着钟泰川的话，文天微微停顿了片刻，他伸手再次摸着自己已经发白的头发，似乎再也生不起丝毫埋怨，最后淡淡地说："或许，我真的老了，但是我还不糊涂！"说到最后，他的语气再次加重了。

"我钟泰川早已将生死置之度外，区区几个小日本，几个汉奸是杀不尽中国人的！"钟泰川说完仰天大笑。

"士兵，给我挑两桶水来！我让你笑！老子要冻死你！"文天怒喊着。不一会儿，一个士兵弄来了两桶水，他看看文天，又看看钟泰川。

"等什么，给我浇！"文天发疯般地怒喊着。瞬间士兵就提起一桶水浇在钟泰川的身上。钟泰川一阵一阵地叫喊着。雌蔷薇露出一个轻蔑的微笑。钟泰川从头到脚湿淋淋的，入冬的天气，钟泰川冻得直打战。

曾靖从张敬生的办公室走出来后，一个人慢慢地走在大街上，他在思索着张敬生给他这一张地图是什么意思。是试探？他不敢肯定。张敬生为什么会攻打钟家呢？以他的性格，他不会把自己的前程压在这种丝毫没有把握的事情上，因为只要枪炮一响，那就没有不透风的墙。难道还有人要攻打钟家？那一定是彭三炮了。张敬生是要借刀杀人？曾靖思索着，就这样一个人慢慢地在大街上溜达着，他慢慢地从口袋里掏出那张城防图。钟家大院坐北朝南，共有两道门，一道是正门，也就是北门，一道是南门，可是这座南门在哪呢？图上面的一行小字分明写着有两道门，可是这里明明是一堵高墙，这是为什么呢？

曾靖苦苦思索着。不知不觉已经到了下午。他快速地返回警察署，来到了张敬生的办公室，推开门径直走了进去。此时，张敬生正盯着一幅黑井小镇的详图看得聚精会神。听到有人进来后，他转身看着走进来的曾靖。

"怎么？有事？"张敬生问。

"是这样，我已经想好了怎样去攻打钟家。"曾靖直截了当地说。

"哦？具体说说。"张敬生看着曾靖慢慢地坐在了椅子上。

"从这张城防图上看，钟家两道门，一南一北，可是南门不清楚在什么地方，而北门钟泰川所有的防守力量都应该在这里。我看我们还是游过护城河翻墙而入，那是上策，这样我们也可以保存实力。"曾靖简单地说。

张敬生听着曾靖的话，眼神中闪烁着冷静甚至是轻蔑，随后说："我们保存了实力，那谁来攻打钟家？你难道知道还有人要攻打钟家吗？"

"这个……这个我只是猜的。以署长的性格绝不会干费力不赚钱的事情！"曾靖断断续续地说。

"哈哈……哈哈……"张敬生听完曾靖的话后仰头大笑，随即他接着说："我就喜欢像你这样的聪明人，爽快！你还知道些什么？都说出来，咱们一起合计合计！"

"我还知道你不会明目张胆地去攻打钟家大院！"曾靖索性袒露心扉，因为他知道只有把准张敬生的脉，才不会死在他的枪口下。"的确，我不会这样做。"张敬生微微仰起头，一双眼珠子骨碌骨碌地转着。

"那你准备？"曾靖疑惑地问。张敬生看着曾靖一脸茫然，突然他再次放声大笑。

“田中弘一让我攻打正门，后门由彭三炮负责。我可没有那么傻，逮不住耗子，还沾一身腥！”张敬生说着慢慢站起来，得意地笑着。

“那不去不合适吧！万一田中怪罪下来，那可是很麻烦的！”曾靖接着说。

“去，当然去！”张敬生胸有成竹地说。此时的曾靖一脸茫然，他琢磨不透张敬生葫芦里卖的是什么药。

一轮夕阳慢慢垂下，这个夜晚注定要来得早一些。此时钟家大院的会客厅里聚满了人，刘一凯、金锁子和白晨春三人坐在椅子上你看我一眼，我看你一眼，都不说话，旁边还有钟家的太太们和佣人。最后金锁子忍不住了，站起来喊着：“这样下去总不叫个事情，敌人马上就要打进来，我看咱们选一个人发号施令吧！要不大家都得死！”说完后，他甩甩袖子重新坐了下来。

“是啊！钟家这么多人，眼看就要完了，我看金管家，你就主持发号施令吧！”白晨春站起来说。

“这哪能行啊！少爷什么话也没有告诉我，我看还是一凯来吧！”金锁子推辞着说。

“好！既然这样，那我就先入为主了，大家都没有什么意见吧！”刘一凯没有推辞，直截了当地站起来说。他看看众人，可是会客厅里面依旧鸦雀无声。他微微咳嗽一声开口了。

“金管家听令！”刘一凯喊着。

金锁子微微一怔，慢慢地站起来，“好！你下令吧！”他仿佛觉得刘一凯这一声号令来得太突然了。

“你立刻将带回来的马队分成两队，你领一队去库房领东西，然后踏梯子上东屋顶，看见敌人打！记住，能不放枪就不要放，以免引起麻烦。”刘一凯一脸严肃地说。

“领东西？领什么东西？还不让放枪，那干脆缴枪投降算了！”金锁子看着刘一凯埋怨地吼道。

听着金锁子的话，刘一凯脸上闪过一丝怒色，但瞬间就消失得无踪无影了。因为他知道此时不是钟家内讧的时候。他微微停顿片刻，随后笑着说：

“白天我忘记告诉你了，我派人将后山的竹子全部砍了回来，削成了竹子箭，你只需将竹子的箭头沾上油，等敌人爬过护城河，指挥部下点着箭头，放在枪把上射他们，那些箭头是相当锋利的，只要射在他们身上，那绝对可以够他们好活一晚上。”

金锁子豁然省悟，此时他才明白为什么一下午的时间，钟家的那五个护院都没有见呢。他微微点点头，转身就走。

刘一凯看着白晨春继续说：“晨春，刚才的话听明白了吗？你带领马队的其他成员负责守护西墙！”白晨春点点头，随即转身走了出去。

“小三子，你马上召集其余四名护卫跟我守正门。记住，一定多带竹子箭！记住，将厨房里的油桶全部拿出来！”刘一凯看着门口站着的小三子喊道。

“是！我马上安排！”小三子干脆地回答。

瞬间，钟家会客厅里只留下了男女老少，他们每一个在此刻都似乎吓破了胆，浑身颤抖。“钟家其余的老少都躲在自己的屋子里，不要出来，更不要发出任何声音！”刘一凯看看众人说完后，快速地出了门。他来到了自己的房间，推开门，径直走到了桌子前面，拉开了抽屉。只见抽屉里是一把精致的小手枪，刘一凯迅速地拿了起来插进了后面裤腰里。

黑虎寨里，一片沸腾声，所有的土匪都全副武装，蒙着面集中起来站成5排。李彪站在最前面看着这些弟兄们，开始喊话了：“弟兄们，黑虎寨扬名立万的时刻到了，只要拿下钟家，那么吃香的喝辣的，都他娘的不是个事儿！弟兄们有信心吗？”李彪怂恿着手下的弟兄们。

他的话刚落下，黑虎寨响起一阵又一阵的呐喊声：“有！有！有！”

彭三炮站在山洞里，盯着一张城防图看着。看了一会儿，他摸摸脑袋嘀咕着：“田中这老小子让老子攻打南门。可这里是一堵高墙，这还打个鸟！难不成这里面有什么秘密？”彭三炮嘀咕着放下图纸，在山洞里来回踱着。

“这个秘密会不会在马再发身上？”彭三炮在苦苦思索着。突然他朝着洞外大喊道：“彪子！彪子！你进来！”

外面的李彪听到彭三炮喊话，扭头走了进来。“彪子！我们现在还不能出发，我们还差一样东西。”彭三炮看着李彪说。

“差什么？大哥，有我带兄弟们出马，一定能够扫平钟家，活捉钟泰川，你就等着我的好消息吧！”李彪满不在乎地说。

“不！缺了这一样东西，我们成功不了。”彭三炮摸着下巴上的小胡须说。



“那是什么？”李彪疑惑地问。

“缺少马再发的诚意！”彭三炮抑扬顿挫地说。彭三炮的话刚刚落下，洞外却传进来一个声音，这个声音听起来是那么熟悉。

“不！大哥！你错了！什么都不缺！”马再发不知道什么时候就站在了洞口。

彭三炮看着走进来的马再发，脸色慢慢变得红润起来。他兴奋得一双小眼睛眯成一条缝，慢慢地朝马再发走过来。

“再发，好兄弟！就看你的了！”彭三炮轻轻地拍了拍马再发的肩膀。

马再发微微笑着说：“大哥，我想清楚了，我知道那个秘密，你就等我的好消息吧！”

彭三炮随即转身拿着两个碗，右手提着一个坛子，重新站在了李彪和马再发面前。“来！拿着！”彭三炮说着将手中的碗递给了彭三炮和马再发。二人一人端起一个碗，彭三炮提起一坛子酒缓缓地倒在了他们的碗里，然后转身给自己倒了一碗。

“来！一起干！”彭三炮说着端起碗，一饮而尽，随后将碗摔得粉碎。

马再发看着彭三炮，他瞬间端起碗一饮而尽，随后将碗摔在地上，然后抱拳说道：“大哥如此厚爱，小弟万死不辞！你就等着听我的好消息吧！”说完转身就走。李彪喝完酒，马上也跟了出去。

# 血战黎明

趁着夜色，一伙土匪快速地冲下十字坡。他们整齐地排着队，没有丝毫声音。不一会儿，他们就奔进了黑井小镇。领头的当然是马再发，他一进黑井小镇就扯下一块黑布蒙住了脸。李彪紧紧跟在马再发后面。马再发沿着小路熟练地躲开了那些打更的。不一会儿他率先来到了钟家大院的后院高墙下面。钟家大院的后墙紧挨着一条很宽的胡同，而钟家的这堵墙高十米，就算有绳子也休想爬上去。此时他轻蔑地笑了一声，他在钟家三年，这个秘密终于被他知道了。

“三弟，这么高的墙，我看我们是上不去的！”李彪看着马再发说。

“我知道！”马再发冲着李彪低低地说。紧接着，他拔出一把匕首，顺着墙慢慢地走着，边走边嘴里喊着：“一步……两步……二十步。”刚数到二十步的时候，他停止了脚步，转而向左走着，继续数着步子。突然他的脚步再次停下来。

眼前的这个小胡同都铺满了小青砖，马再发慢慢地蹲下身子看着脚下的这块小青砖。他拿起匕首轻轻地敲打着，只听见刀柄敲击处发出“咚咚”的响声。李彪兴奋地喊着：“三弟，下面是空的。”

“废话！要不是这样！我敲它干吗？赶紧叫弟兄们过来挖！”马再发白了李彪一眼喊道。

钟家大院的正门上面，刘一凯正趴在墙上远远地看着远方。这块城墙足足有两米厚，唯独就是不够高。身边五个护院手里拿着枪，上面早已上了竹子箭头，就等着点火。身边放着一个大油桶，油桶是敞开的，上面放着一个瓢，随时准备战斗。不一会儿，远处一小队蒙面人趁着夜色向钟家赶来。刘一凯暗叫一声："弟兄们！注意了！他们来了！"身边的五个护院顿时绷紧了弦。

领头的一个手里拿着一支手枪，身上穿着夜行衣，连整个头也被包在一起。他带领着这只夜行队，急速地向钟家大门口奔过来，快要过护城河的时候，他突然迟疑了一下，让手下停止前进。他远远看着钟家大门上的黑影，微微露出一个微笑，然后打了一个手势，命令两名部下率先冲过了护城河。

趴在墙上的刘一凯看到眼前的这一刻，"真他娘的狡猾！弟兄们！来一个杀一个，来两个杀一双！"刘一凯悄悄地说道。眼看这两人就要从护城河上过来了，他低低地命令道："给我泼他两勺子！"小三子一听到命令，捡起勺子，舀了一瓢油泼了下去。

紧接着，下面传来一个女人的声音："这是啥呀！怎么油腻腻的！"她边抹着脑袋上的油，边破口大骂。

刘一凯听着下面的声音，他眉头一皱说："怎么是个女的？"

就在他迟疑的这时候，另外一个蒙面人已经跑到了大门下面，她麻利地从身后掏出一根绳子，瞬间就甩在了墙上，用力拉了拉，在确定绳子的另一头已经挂牢后，她纵身一跃，沿着墙快速地往上爬着。刘一凯顿时火冒三丈，他站起来吼道："小三子，你他娘瞎眼了，给老子把她泼下去！"说时迟那时快，小三子再次舀起一瓢油朝脑袋泼了下去。可是这人却丝毫不理会，反而越爬越快，总共一丈高的墙，她就要爬上来了。刘一凯一把夺过一名护院手里的枪，站了起来大声喊道："弟兄们，给我放箭！泰川，我今天就是死在这里也要保钟家一家老少的平安。"说着一箭射在了这人的肩头。刘一凯的这一声呐喊，顿时激起了几名护院心中的怒火，几名护院都站了起来，拿起手中的枪，顿时钟家的大门上万箭齐发。带火的竹子纷纷射到两人身上，泼在她们身上的油瞬间就被点着，她们身上顿时燃起熊熊大火。

钟家的大门下面，一阵哀叫，在绳子上挂着的这名蒙面人，火已经从肩头烧在了脖子上，下面的衣服也连着一起烧起来，可是她还是依旧牢牢地抓住绳子，在半空中挣扎。此时的刘一凯早就射红了眼，他看着还在垂死挣扎的便衣，冲着身边的小三子说："去给老子过去，将她的绳子割断！"

小三子慌慌张张地跃过大门上方的墙头，沿着墙头走着，老远他就看见绳子的另外一头挂在了一棵树上，小三子麻利地连滚带爬地跑了过去，他看看下面的全身烧得像火球的便衣，心里一阵痛快，随后他冲着下面的蒙面人喊道："叫你往上爬，我再叫你往上爬！"边说着，边从身上摸出一个小刀。

那人全身都快被烤焦了，连袖子也快烧没了，头上蒙着的一块黑布，瞬间就被烧得掉了下去，突然，小三子叫了出来："原来也是个女的！"他的话音还没有落地，绳子就断了。紧接着一个火球像石头一样掉了下去。他站起来微微喘口气，重新爬到了大门上。

"怎么是两个女人？我看她们也太惨了！"小三子站在刘一凯身边有些不忍地说。

刘一凯瞪了一眼小三子说："我哪知道！你不杀她，她就上来杀你，这时候还整这些没用的！"说完刘一凯继续注视着下面的动静。此时，这两名女蒙面人依旧在火里来回打着滚，其中一个满身是火的朝护城河上的小桥那边爬着，嘴里不时地叫喊着："小姐，救我！救救我！"她伸出一只被火烧着的手冲着在桥那边的众人呼喊着，可是那边再没有人过来。就这样停顿了一分钟，她扬起的手终于慢慢地垂了下去。而这边墙角下的女蒙面人早已一动不动，只有身上的火依旧燃烧着。"原来这就是传说中的日本特工，身手如此敏捷！"刘一凯盯着前方自言自语。

桥那边领头的蒙面人，看着这两名部下慢慢倒在火堆里，他没有向前继续迈一步，从他眼睛里似乎从来就不知道什么叫伤悲。他沉寂了片刻，冲着身后的人喊："作为大日本帝国的排头兵，我们要无所畏惧，她们两个死了，该我们了。"说完，他转身看着众人。

"现在我命令所有的特工小组队员分开两组，一组从东蹚过护城河，以最快速度爬上墙头，一定要以迅雷不及掩耳之势爬上墙头。另一队从西面，其他人员原地待命！"这名头领看着这些特工小组队员迅速改变了战略战术。瞬间，一小队蒙面人沿着马路奔到了路东，另一小队奔到了路西。而这个领头的则站在原地不动，身后还站着五六名特工人员。

刘一凯看着眼前的阵势，大喊一声："不好！真他娘的狡猾，他们怕是要蹚水过来！眼前的这个领头是要吸引我们在这里，不让我们救援！"

"我们的箭即使可以射到水里，也射不到他们身上啊！"旁边站着的小三子着急地说。

"马上告诉管家和晨春，实在不行，就开火！"刘一凯咬着牙说。可是刘一凯话还没有说完，东面，金锁子就喊道："狗日的！我叫你们爬！"说着金锁子拿起枪托子砸下一个便衣。刘一凯猛然朝东望去，只见有数十人已经从护城河里游到到了墙角，其中有两个已经快要爬到了墙上，而金锁子用脚用力地往下踹着。

"不好了！西面的敌人也上来了！"小三子推了刘一凯一下，用手指着西面的城墙说。可不是，西面的小队速度更快，这些小分队像是接受过专门的训练，蹚过护城河仅仅就是几分钟的时间，而他们攀爬城墙的速度更是吓人，已经有三个跃上了城墙，总共一米宽的城墙上已经站满了三个。白晨春正在和其中一个厮打着。

白晨春看着站在城墙上的敌人，飞起就是一脚，可是这个蒙面人似乎也有武术功底，他微微一笑，瞬间就躲开了。其余两名蒙面人冲进了人群中极力地与钟家的马帮厮杀着。这些马帮虽说也是久经沙场的，可是面对这样一群经过专业训练的特工队员，他们几乎没有还手之力。瞬间城头上又多了几名特工队员。

刘一凯仰天长叹，最后失落地说："少爷，钟家完了，我没有守住钟家！"说完用力地捶打着胸脯，满脸是泪地坐在城墙上。突然小三子推推他说："你看！那个领头的不见了！他们撤了？"小三子站在城墙上看着护城河桥那头，只见那边一个人影都没有了。

刘一凯站起来，放眼朝桥那头望去，果见那个领头的便衣不知道在什么时候就已经走了。他激动地站了起来喊着："弟兄们！走！跟我誓死保住钟家！小三子，你带两人援助金管家，我去救晨春！”说完，他踩着梯子下了正门上的城墙。

此时，有20多名特工队员已经沿着墙头进了钟家的大院，金锁子带着几个马帮早已在城墙上和其余的特工交上了火。刘一凯看着跳进院子中的20多个特工，他嘴里大吼着：“老子和你们拼了！”说着朝其中的一个特工放了一枪，瞬间就冲进了人群里面，后面紧跟着三名护院。顿时院子里一阵厮杀，刘一凯拿着枪却来不及开枪，他拿起枪托子朝几个特工身上迅猛地招呼着。突然，另外一个特工一脚踢在了他的胸部。刘一凯微微向后退了几步，一只手拄着枪，一只手捂着胸脯，嘴里不禁渗出一口血，此时他和三名护院被围困在中间。

向外望去，只见白晨春正赤手空拳地应付着两名特工，不一会儿，她身中两拳慢慢地倒在了墙角下面。那边金锁子被几个特工踢了几脚后，扔在了院子的一边。此时钟家所有的人都是死的死，伤的伤。刘一凯看看大伙，只有眼前的这三名护院，他们还是依旧拿着枪和自己背靠着站着。可是他们的身上早已伤痕累累。

刘一凯微微站直了身子，看看左右的护院，发出了最后一丝呐喊：“弟兄们！不成仁，便成鬼！咱们活够了！少爷知道了，一定会为咱们报仇的！我先走一步了！”说着从裤腰后面慢慢地摸出一把小手枪，然后缓缓地指向了脑袋。这时，突然后院响起了一阵激烈的枪声。刘一凯猛然惊醒，他扣在扳机上的手指顿时停了下来。

紧接着，后院传来了一阵惨叫声，“当家的，我们中了埋伏，再不撤弟兄们就全完了。”刘一凯疑惑地竖起耳朵听着，枪声依旧没有停止。小三子冷笑一声说：“先生，我们终于抵挡了他们一阵子了，即使少爷知道了，也会为我们立碑的！”

另外一名护院接着说：“先生，咱们下午沿着墙角挖下的坑终于派上用场了，杀一个赚一个。至少他们现在是撤退了！”

“不！你听枪声！越来越近！”刘一凯疑惑地看着前方，后院被高高的正房遮挡着，只是由远而近地传来了一个女人和一个男人呐喊的声音。

紧接着后院东面墙角处慢慢地走出一男一女，他们浑身是血，一人手里抱着一支枪。他们怒目圆睁地看着这边的情形。一切就在停滞在此刻，此时包围刘一凯和几名护院的特工小队也在惊诧，对于他们的出现，似乎太突然了。

刘一凯的眼珠子几乎快要瞪得掉出来。因为此时出现在不远处的是白晨春和金锁子。白晨春的胳膊上中了一枪，她一只手拎着枪，站在那里，活像一个即将就义的勇士。金锁子则是像发了疯一般，拿着枪乱射，一身长马褂被烧得支离破碎，满脸的污秽，额头上碰了一个大包，两手紧握着枪，注视着这边。

“去死吧！走进来，就不要回去了！”白晨春怒喊着。话还没有落地，一排子弹射了过来。这边领头的便衣看着射过来的子弹，原地向后打了个滚儿，躲在门框后面，然后冲着部下喊着：“大家！隐蔽！（日语）”可是话还没有说完，金锁子的子弹紧接着也射了过来，瞬间便衣特工队员倒下三个，其余都原地散开躲在院子的大树后面。

此时的刘一凯看着正在激烈扫射的白晨春，她嘴角渗着鲜血，隐约透着一丝悲哀的微笑。“弟兄们！给我杀！”刘一凯咬紧嘴唇，他的眼里闪烁着泪珠，看着闪在一边的便衣特工，边说着边朝他们开了一枪，然后瞬间就滚在一棵树后面。

“少爷，金锁子我就算死在这，也算是对得起死去的老爷了。”金锁子边开着枪，边高吼着，语气中充满感慨和哀怨。话还没有说完，突然一颗子弹打在了他的肚子上。他“哎呀”一声，手中的步枪再也拿不住了，瞬间翻倒在地，可是一双眼睛却像狼一样地瞪着前面。他断断续续地喘着粗气，看着身边的白晨春。

白晨春看着倒下去的金锁子，她的眼神中顿时燃起熊熊大火，她的眉头第一次拧得那么紧，她高呼一声：“管家……”话还没有说完，就连开两枪，然后回头看着金锁子，她的神情呆滞，然后说道：“泰川，我也尽力了，就算死了也不枉我们相约一场。”

“白姑娘，你得活着，一定要等到少爷回来。”金锁子口中吐出一大口血，喘着气说。

“可是我永远不知道他心里在想什么!”白晨春话语中充满深情，充满哀怨。

这边蒙面特工也在猛烈地还击着。两人就这样沿着墙角昂首挺胸地向前扫射着。躲在树后面的刘一凯看着眼前的情形，心里直打战。紧接着，这边的便衣又倒下三四个，其余的还在顽强地反击着。突然，白晨春右肩中了一枪。刹那间，白晨春发出了一声撕心裂肺的痛叫。她右手再也握不住沉重的冲锋枪，身子向前倾倒，一支枪慢慢地掉在地上，她慢慢地跪倒在地，伸起左手捂住了受伤的肩膀。不远处的金锁子看着倒下的白晨春惊叫道“白姑娘……”说着，他慢慢地向前爬着。

“我……我还能撑住。”白晨春口中渗着血水，断断续续地说着。金锁子看着倒下去的白晨春，突然他抓起旁边的枪，一个翻身滚在墙角下，慢慢地靠着墙角，坐了起来。他浑身是血地看着前面靠近白晨春的鬼子特工就是一枪。可是终究孤掌难鸣，一阵激烈的枪声过后，金锁子慢慢地垂下了头。白晨春嘶声呐喊着：“管家……”金锁子这次再也没有回应，只是倚靠在墙角的身子慢慢地向一侧倒下。眼睛瞪得很大，仿佛很快就要咽气。白晨春支撑着身子，抓起手中的步枪，她怒喊着，在冷风中，微微站起了身，发起了最后一次射击。

躲在树后面的刘一凯一直观察着那边的情形，他看着慢慢倒下去的白晨春牙齿咬得咯咯响。片刻之后，他从树后面跳了出来大吼着：“小日本，我和你拼了。钟家的所有人都站出来，就算死，我们也要死在一起!”说着，他握着小手枪用力朝着门框那边的领头便衣连开几枪。

就这样一声呐喊，似乎震醒了钟家屋里的每一个人，紧接着，领头蒙面人身后的门“咣啷”一声开了。从屋里一下子出来 5 名老妇女，她们都是钟家的下人。她们看着眼前的便衣特工，没有等他反应过来，就一拥而上将他摁倒在地。

紧接着，西屋的门也打开了，四姨太刘仙音拎着一根木棍冲了出来，她跑到一棵树后面，冲着一个便衣一棍子打下去。只见便衣脑袋晃悠一下，就倒在地上。一直在厨房里躲藏着的伙夫米老头，提着一把菜刀也跑了出来，他照着一个便衣扑头就砍，吓得这名便衣一溜烟儿抱头鼠窜。此时钟家大院的便衣死的死，伤的伤，他们顷刻间像是被包围了一般，招呼在他们身上的不是棍子，就是扫把，甚至是铁锹。剩下的这七八名便衣一边躲闪着白晨春射来的子弹，一边惊慌失措地看看后面，生怕被袭击。许久后，他们抱成了团，慢慢地向刚才领头便衣倒下的房间靠近。

此时的白晨春像是杀红了眼，她步履蹒跚地向前走着，一步一步地逼近这几名蒙面特工。刘一凯和三名护院同时跳了出来，向这几名便衣扫射着。紧接着，他们中间再次倒下了两个。可是刘一凯身后的小三子也身中一弹，倒在地上。这几名便衣迅速地退进了领头便衣落脚的房间。

他们一进去，门还没有全部关上，迎面的子弹就在门上射了几个洞。他们看着被一群老妇女压在身子下面的便衣领头，其中一个顿时火冒三丈，“八嘎！举起手来！别动！”话刚说完，另外几名蒙面特工顿时将她们围了起来。几个老妇女抬头看看顶在脑袋上的黑洞洞的枪口，顿时吓得举起了双手，慢慢地从地上站了起来。

许久以后，领头特工慢慢地从地上站起来，他看着眼前的这些老妇女怒吼着：“支那猪！简直是支那猪！”说着一巴掌拍在了一个老妇女脸上。紧接着他转身，看着眼前的几名部下说：“不知道宫本少佐去哪了？这么关键的时候，没有他的指挥，我们能不败吗？”说完他气呼呼地从地上捡起自己的手枪。

“外面钟家的人，我想和你们谈谈，不知道你们哪个是当家的？”领头的特工冲着门外喊。

“别废话！先打开门！”刘一凯站在外面回应。

“我知道一开门，就会有一排子弹打过来，我个人的牺牲在这场战斗中并不重要，重要的是，你们愿意让这些人作为我们的殉葬品吗?”领头特工喊着。

“那你想怎么样?”白晨春直截了当地问。

“你们最好退到一边，让我们走!”领头的特工说。

“好！我答应你!”刘一凯爽快地说。

身后的一名护院正要出言制止，刘一凯使使眼色让所有人退在一边。接着门慢慢打开了，露出一个蒙着面的脑袋。一双骨碌骨碌的眼珠左右环视一圈后，门缝越开越大。最后他率先走出了这间房门。白晨春立刻举起枪来，准备一阵乱射将他射死。突然，几名特工押着五名老妇女慢慢地走了出来。

刘一凯看着他们已经全部走出了房间，冲着身边的护院和其他几名还没有牺牲的马帮打了个手势。瞬间，众人一拥而上将他们围了起来。前面领头的看着这一举动，迅速从后面拉了一个老妇女，举起手中的枪，对着这名老妇女的胸口就是一枪。这名妇女大家都叫她王婶，她哼都没有来得及哼一声就倒在了地上。

白晨春看着倒下去的王婶，顿时像是发了疯的野兽，可是她没有开枪，只是怒喊着：“你们能不能不要再杀人了？她们都是无辜的。你们难道没有一点人性?”说着，她将手中的枪一扔慢慢地坐到地上。

“晨春，你?”刘一凯疑惑地看着白晨春，可是他手里的枪却丝毫没有松懈。

此时，钟家大院的天空渐渐发白，时间一秒一秒地晃动着，而在这里枪声似乎已经停止了，但对峙远远没有结束。突然，钟家大院的门被狠狠地撞开了，紧接着曾靖带着一队警察走了进来。

“放下枪！都别动！动就打爆你的头!”一名警察指着钟家的护院喊着。刘一凯慢慢地放下手中的枪，他看着曾靖说：“曾队长，你来得真及时，这些人夜攻钟家，现在他们都在这里。”

曾靖没有说话，只是点点头。过了一会儿，他高喊一声：“将他们的枪都卸下！统统带回警局!”曾靖话一说完，几个警察就扑过去将所有人的枪卸下。刘一凯疑惑地看着曾靖说："曾队长，钟家这回可是受害者呀！"说完，刘一凯看着曾靖。

曾靖没有说话，仿佛对刘一凯的话完全没有听见。突然，此时从大门外又走进来一个人。此人缓缓走到刘一凯身边，笑着拍着刘一凯的肩膀说："一凯呀！你说钟家是受害者，那谁看见了？"说话的人正是张敬生。只见他一脸笑吟吟地围着众人慢慢地踱着。就这样一句话，直把刘一凯说得哑口无言。

"这……"刘一凯看着正在转悠的张敬生一时不该说些什么。

"凡事要讲证据，你说是吗？如今，这日本人也进来了，这更得讲证据，要不人家会笑话的！"张敬生阴笑着看着坐在地上的白晨春。

"你没有看见这么多人挂彩了吗？要不是他们攻进来，能死这么多人吗？"其中的一个护院气愤地喊着。

"哦？挂彩？这我倒是看见了，不过你们钟家的人自杀的还少吗？来人！把作案现场封了！"张敬生说着脸色一变，冲着手下喊着。

刘一凯听着这一句话就像晴天响雷，他大睁着眼冲着张敬生喊："你凭什么这样做？"

"就凭我身上穿着的这一身衣服，这还不够吗？"张敬生随手捡起院子里散落的一支枪淡淡地说。突然，他拿起枪指着刘一凯的脑袋，嘴里叫着"砰……砰……砰……"，然后枪杆子晃动了几下之后，仰天大笑。

领头的特工看到张敬生的到来，似乎松了口气。此时，他渐渐地不再紧张，听到张敬生的话后，他慢慢地抬起头，看着天空，最后爽朗地笑着。

"谁能证明钟家是受害者？谁能？"张敬生背对着众人怒吼着。突然一个声音传了过来，"我能！"话音还没有落地，门口豁然站着三个人，文天和一个副官，身边站着的却是钟泰川。

刘一凯看着后面的钟泰川失声地叫道："少爷！你……你终于回来了。"此时的钟泰川略显憔悴，可眼睛却炯炯有神。这时，文天慢慢地跨进了门槛，他边走边说："张署长，我来做这个证人，你看合适吗？"

张敬生猛然回头，他看见文天正大步流星地走过来。他的神情一怔，满脸的不屑。他不明白，文天怎么会来？钟泰川怎么会和文天扯上关系呢？可是事到如今，文天的出现似乎让事态急转而下，他身后可是有一个整编旅，在黑井这儿相当于皇帝。

张敬生稍稍整理了一下思路，瞬间就想出一个全身而退的办法。此时他的脸上再次挂上了笑容，“文将军，什么风把你给吹来了，张某有失远迎呀！”说着抱拳走了过去。文天气宇轩昂地站在了张敬生面前，微微咳嗽一声说：“张署长，你们警察署怎么办案，我不管。我来这里，只是暂时想给钟家做一个证人，以我的人格和信誉，你看够吗？”

张敬生听着文天的话，知道此时强压已经是不可能了。他打定主意后，缓缓地说：“当然够了！”说完他看了曾靖一眼，随后喊着：“曾队长，把这几个闹事的给我带回警察局！”话还没有说完就大步流星地走到了大门口。

领头的特工听着文天的话，突然举起手枪，冲着站在大门的文天吼着一口日本话，站在文天身旁的钟泰川暗暗捏了把汗。没有想到是，眼疾手快的刘一凯在领头特工刚刚举起枪的时候，就将一把小手枪顶在了这个领头特工的脑袋上，然后冲着身边的其他特工喊着：“早知道，你这个王八蛋会这样做！其他人都不要动，一动就打爆他的脑袋。”

张敬生看着眼前的情势，回头他分明看见文天一双冷峻的眼睛在盯着他。他摸摸下巴，脑袋在急速地转着，许久后他仰天打了个哈哈，然后冷静地看着曾靖喊道：“来人！将这几个闹事的特工带回警察局！”领头的特工听着张敬生的话，像是愤怒到了极点，正想说什么，站在院子里的警察已经一拥而上，其中一个将一块白布子瞬间就塞在了领头特工的嘴里，其他的几个将他五花大绑起来。转瞬间，院子里的特工，一个一个都被捆起来连拉带拽地走出了大门。

领头的特工极力地挣扎着，就在走到钟泰川身边的时候，他微微慢下来脚步，看着钟泰川，眼神中充满愤怒，最后他用力将口中的白布子挣脱着吐了出来，“算你狠！我还会再来的！”钟泰川看着眼前的蒙面特工，他真想伸手摘下这个人的面纱。可惜还没有等到他动手，曾靖就已经冲了上来，捡起白布子重新塞在领头特工的嘴里，然后恶狠狠地骂着："小日本，你少摆谱。"说完冲着他屁股上就是一脚。紧接着张敬生走到了大门口，他含蓄地抱拳，笑笑说："张某还有事！改天再讨教！文将军，在下告辞！"说完走出了大门。

钟泰川终于松了口气，他回头冲着文天说："谢谢！你今天能够帮我这个忙，看来，你不完全是个坏人！"文天听着钟泰川的话，突然仰天大笑。许久后，他盯着钟泰川说："你记住，我不是好人。别忘了，你答应过一件事。"文天说到此处，轻蔑一笑。

钟泰川没有说话，只是静静地看着文天。许久以后，他接着说："我想知道雄蔷薇是谁？"

"这个我无可奉告！军人应该遵守军人的天职！"文天简单地回答。

"那黑鱼呢？"钟泰川问。

"这个……"文天说着，眼神中充满迟疑。

"这是个日本人，你应该知道他是谁！田中弘一一定给过你提示。"钟泰川瞪着眼睛看着文天。

"田中弘一？那只是个日本名字。我和他之间的事情，外人还是不知道的为好。"文天说着大踏步向外走去。

"如果有一天发生了你不愿面对的事情，你会怎么办？"钟泰川看着离去的文天接着问。走到大门口，文天突然回头看着钟泰川说："这个我还真没有想过，如果你想通了，可以随时来告诉我！"

钟泰川看着倒在地上的众人，他的眼眶渐渐发红。他看着坐在地上的白晨春，只见她满手鲜血，头发凌乱，一只手捂着受伤的肩头，眼睛里闪烁着泪花。他慢慢走了过来，走到白晨春的身旁蹲下身子，紧紧地抓住了白晨春的手，哽咽着说："晨春……"他不知道该说什么。

白晨春握着钟泰川的手，仿佛抓住最后一根救命的稻草，她颤抖着说："泰川，我终于等到你了。你终于回来了。"钟泰川伸出一只手，抚摸着白晨春的已经弄脏的小花脸用力地点点头，然后说："是的！我回来了。"说完两人深情地抱在一起。

“金管家在那边，他一直等你回来，你一定要过去看看。”白晨春抱着钟泰川，慢慢地松开了钟泰川的双臂。钟泰川的眼光慢慢地落在了躺在地上的金锁子。此时的金锁子眼睛睁得很大，斜着身子躺在墙角，一只胳膊渗着鲜血，一只手伸出来，仿佛想抓住钟泰川。钟泰川看着倒在地上的金锁子，拼命地跑了过去。他扶起了金锁子，然后用手擦拭着金锁子脸上的血，两滴眼泪落在地上。

“少爷，我终于还能见你一面！”金锁子苍白的嘴唇，眼中满是泪水。

“管家，你不会死的！”钟泰川看着金锁子悲痛地说。

只见金锁子努力地笑了一下，摇摇头，然后用力地抓着钟泰川的胳膊。“少爷，自从你回来后，你就一直怀疑我。其实，一凯的确比我强。”金锁子用力地说着。

“不！不！不是这样。”钟泰川紧紧抓住金锁子的两只胳膊，他生怕金锁子就此倒下去。钟泰川的两滴眼泪顺着脸颊滑了下来。此时的金锁子脸色一片苍白，丝毫没有血色，眼睛微微睁着，嘴唇一动一动的。

“不！少爷，我知道雌蔷薇出现的那一天你就开始怀疑我了，因为那天自始至终我都没有露面。”金锁子断断续续地说。钟泰川没有说话，只是悲痛地用力咬着牙关。许久后，他失声问道：“那你是雄蔷薇？我只想你亲口告诉我。”

“少爷，事到如今，就算我承认了，还有什么意义呢。”金锁子的眼睛闪着泪光，接着说。“老爷不是我杀的，我从来没有做过一件对不起钟家的事情。我想你应该知道的！”金锁子说着。

“是的！其实我早知道你的身份，可是你从来没有做错事情。”钟泰川看着即将断气的金锁子，开始放声哭泣。此刻仿佛过去的一切仇恨都烟消云散了。“现在还不晚，我们从头来过，有你在钟家才会兴盛！”钟泰川眼中含着泪说。

“每个人总有归属，我想这就是我的命运吧！少爷！此刻我才知道什么叫作身不由己！”金锁子的声音越来越低了。

钟泰川嘴唇慢慢地动着，可是一句话也说不出来，他深深地吸了口气，他怕眼泪会落在金锁子的面前。此刻他才明白，原来有一句话叫作“相见不如不见”，原来有一句话叫作“无言以对”。钟泰川抬起头，他想将流出的泪水重新倒回去。许久以后，他慢慢地说：“我知道的，我懂！你安息吧！”

可惜话还没有说完，金锁子的手就慢慢地滑落下去了。他像一阵风飘走了。此时的天空飘下一阵又一阵的野蔷薇花朵，像雨，像雪，更像风。钟泰川撕心裂肺地怒喊和痛哭着。不知道什么时候，上官纯慢慢地走了过来，她双手颤抖着，捧着几朵野蔷薇，脚步极度沉重。边走边说：“走好！一路走好，但愿忧愁不再陪伴你。”紧接着，她扑通一声跪倒在地，哀号着。钟家大院顿时一片哭声，伴随着寒风扫过，此情此景，让人不禁心生哀怜。

# 容情在等

133旅部，田中弘一正生气地在旅部办公室走来走去，看着走进来的雌蔷薇说："这个老家伙，怎么把人说放就放了，钟泰川身上有太多我们不知道的东西。"

"你说话客气点，他是我的上司！"雌蔷薇翻着白眼怒斥着田中弘一。田中弘一听着雌蔷薇的话，慢慢停下了脚步，扭头似笑非笑地看着雌蔷薇，随后他向雌蔷薇慢慢走过去，满脸淫笑。

"哦？我是应该叫你三姨太好呢？还是接着叫你雌蔷薇呢！"说着他伸出一根手指摸向了雌蔷薇的脸。

"你放尊重点！"雌蔷薇向后一闪，躲开了田中弘一。

"依我看还是继续叫雌蔷薇吧！这名字多性感呀！"田中弘一说着，扑向了雌蔷薇。雌蔷薇毕竟是受过专业训练的特工，她看见田中弘一扑过来了，瞬间就蹲下身子向左侧闪开。田中弘一这一扑由于用力太猛，一骨碌扑在了门口，整个身子都趴在了地上。

此时从门外迈进一只脚，不一会儿又迈进另一只。田中弘一看看眼前的这两只脚，心中不禁怒烦。他沿着脚慢慢地往上看，想看清楚站在自己面前的是谁，直至眼光落在了那人的胸脯上，豁然看见那人胸前挂着一颗闪闪金星。田中弘一顿时心中一怔，他的眼光瞬间就落在了那人的脸上。这人就是文天。文天看着趴在地上的田中弘一，正想冲他发一肚子火，没有想到的是田中弘一先开口了。

"你是怎么搞的？钟泰川说放就放了？"田中弘一慢慢地从地上爬起来，

话中充满埋怨和指责。

文天自从当了旅长后，在黑井还没有一个人敢和他这样说话，他看着眼前的田中弘一，顿时伸出手去抓田中弘一的衣领，然后瞪着眼睛说："你个小兔崽子，在这里还没有一个人敢和老子这样说话！"田中弘一脸上略显不安，最后他勉强笑着说："那是大日本帝国的劲敌呀！你这么做就不怕野田次郎怪罪？"

田中弘一不说话还好，一说话，文天越发忍无可忍，他一把将田中弘一推倒在地，然后喊道："不要在老子面前说什么大日本帝国，那和老子没关系，和你也没关系！"田中弘一摔在地上，他怔怔地看着文天，然后疑惑地说："和我没关系？你疯了吧！"

"我没有疯，我才是你老子。你今天给我认清楚了，我才是你老子，大日本帝国算个屁！"文天冲着田中弘一叫喊，眼睛甚至喷出了火花。

"你是我老子？"田中弘一一脸茫然地看着文天。

文天看看坐在地上的田中弘一，看着他穿在脚上的一双木屐，再也忍不住了。"你昨晚去哪了？什么时候回来的？"文天盯着坐在地上的田中弘一问。

"我？哪也没有去，我就屋子里待着。"田中弘一稍稍坐了起来，简单地说。

"你干的那些坏事最好不要让我发现，如果有一天让我逮住，我第一个枪毙你！"说完，他一拳砸在了门框上，愤然离去。

清晨，钟泰川躺在床上，他静静地闭着眼睛，仿佛还在熟睡着。身边坐着刘一凯，他微微弓着身子，胳膊上绑着一条绷带，显然是昨天枪伤后经过包扎了。许久以后，钟泰川猛然坐了起来，口中惊叫道："晨春，你不要走！你不要走！"叫了几声后，他用双手用力揉搓着自己的脑袋。许久后，他淡淡地说："或许离开了，你就可以摆脱钟家的这些繁琐尘世！"说着，他缓缓地下了床。身边的刘一凯看钟泰川醒来了，随后说："少爷，你要不一会儿过去看看白姑娘。"刘一凯说到这里，声音有些吞吞吐吐。

"她怎么了？"钟泰川抬头看着刘一凯问。

“她直到现在也不起床，不让任何人进她的房间。”刘一凯有些担心地说。钟泰川没有说什么，只是走到桌子前面慢慢地坐了下来。

“好吧！去看看！”钟泰川说着站起来披了件衣服。一打开门，外面却站着一个人，是白晨春。只见她整个人像变了一样，眼神中毫无光彩。

“晨春，你怎么了？”钟泰川失声问。

白晨春微微抬头看着钟泰川，她慢慢朝院子中间走去，钟泰川紧紧跟在后面。许久后，她回头淡淡地说：“泰川，我想是我该离开的时候，我是特意向你告别来的！”白晨春说完，轻轻地拉起钟泰川的胳膊。钟泰川一脸迷茫地看着白晨春，他失声地说：“为什么？不是说好了，你怎么了？”

钟泰川的话还没有说完，白晨春就打断了他的话，“有留下的理由吗？”白晨春此刻眼睛里泛着深情，她只需要一个肯定的回答，哪怕一个点头，一个微笑都可以让她为了这段爱情赴汤蹈火。可惜钟泰川的眼睛里，除了茫然，留下的只有平静。白晨春的手渐渐从钟泰川的胳膊上放了下来。她的表情有些沮丧，只是轻轻地拍着钟泰川的手掌说：“我知道，是有这么一天的！这一天似乎是早就注定的！”

身后的刘一凯，一个劲儿地推推钟泰川，示意他开口挽留一下白晨春。可是钟泰川却没有任何举动，他只是静静地站在那里，看着白晨春。紧接着白晨春的手从钟泰川的胳膊上滑落下来，许久后，她淡淡地说：“保重！”说完后转身就走。在这一刻，刘一凯分明看到白晨春脸庞上两颗豆大的泪珠流了下来。而这两颗泪珠和昨日的伤与痛完全不一样，昨日是身痛，今日是心痛。

白晨春迈着沉重的步伐，她多么希望此刻钟泰川能够说一句话，哪怕是无关紧要的安慰，可惜，除了几缕冬天的寒风拂过脸颊，什么也没有。只是脸颊上的泪水在滚落的瞬间隐隐生痛。她慢慢地走着，此刻天空万里无云，只是地上的落叶被风吹得沙沙地响。突然，一个声音传了过来。

“等等！你有留下来的理由！”一个声音从后面传了过来。白晨春的脚步慢慢地停了下来，似乎这种久违的声音来得太迟了，她开始忍不住抽噎着。她本以为这句话是钟泰川说的，可是这分明是个女人的声音。她哭泣着，脚步慢慢地向前挪着。紧接着一阵哗啦声传来了。正屋的门打开了，柳凤仪一脸怒容地站在台阶上看着钟泰川。紧接着，她快速走了过来，径直走到了白晨春的身后。

“晨春，我现在就给你一个理由，你就是钟家的儿媳妇，今天这个主我做定了。”柳凤仪说着，走到白晨春的面前，拉起白晨春的手。不远处的钟泰川脸上的神情变得越来越复杂了。他向前走了几步，不知道该说什么，他是爱白晨春的，可是如今钟家四面受敌，名存实亡，自己哪有心思去成家。他看着自己的母亲，怔怔地说：“娘……”再也说不下去，只是低着头深深叹了口气。



“今天这事就这么定了。晨春，你不要担心，有我在，谁也不敢让你走！”柳凤仪白了钟泰川一眼，回头看着白晨春说。

“娘，眼下钟家名存实亡，我怎么能够……我……”钟泰川神情有些激动，一句话没有说完。柳凤仪看着钟泰川那痛苦的神情，她何尝不了解自己儿子的想法，她只是慢慢地走过去握着钟泰川的手说：“钟家就算是败了，娘也不怨你！那是天数，凡事问心无愧就好。眼下，库房里还有些银两，我看你和晨春就把这事给办了吧！”

钟泰川再次抬头看着自己的母亲，此刻他从柳凤仪的眼中读出的是一种期待和无法抗拒的温情。他再次失声地叫了一声“娘”然后叹了口气，扭头就向自己的房间走去。刘一凯紧跟在后面。走到门口，钟泰川伸手推开了门，然后回头将门紧紧地合上。刘一凯被关在门外。

柳凤仪看着离去的钟泰川，微微仰起头，闭上了双眼。此刻她心如刀割。许久后，她慢慢地睁开眼睛看着天空，叹口气说：“如果钟家能像这片天空这么宁静，那该有多好！”说完，她拉起白晨春的手朝自己的房间走去。

一阵又一阵的寒号鸟的叫声传来，夜色终于拉下了帷幕。钟泰川慢慢地从屋子里走了出来，刚要迈出门槛，猛然抬头，却见刘一凯像木雕一样站在门口，一双黑黝黝的眼睛正盯着自己。这样一副神情真把钟泰川吓了一跳。

“一凯，你干什么呢？站在这一动不动的，想吓死人呀？”钟泰川埋怨着，走出了门。刘一凯讪讪地笑了一下，紧跟在钟泰川的身后。两人一前一后走到院子中间。此时的钟泰川看起来不像白天那么憔悴和无奈，他悠闲地迈着步子向前慢慢地踱着。许久后他开口说："一凯，你找我不会是白天的事情吧！"

刘一凯听着钟泰川的问话，急忙快速地向前和钟泰川走成一排，然后笑笑说："少爷，不瞒你说，我真感觉晨春姑娘挺好的。"

"你看你又来了，我说过她不好吗？"钟泰川扭头看了刘一凯一眼说。

"其实成家和挽救钟家一点儿也不矛盾。你想，你要是和晨春姑娘结婚后，那可是珠联璧合，一文一武，振兴钟家有望啊！"刘一凯接着说。钟泰川微微笑着，看着刘一凯，突然他冷冷地说："是吗？你还有什么好主意？"

刘一凯微微一怔，随即尴尬地说："少爷不妨借此机会邀请各界名流参加宴会，目的是要向外界传递这样一个消息：钟家并没有倒下。当下最重要的是稳定人心啊！咱们工人的工钱可还没有兑现呢！"

钟泰川听着刘一凯的话，微微点点头。其实，白天回屋后，他也想了许久，此时造势或许是最好的办法。他淡淡地说："接着说下去！"

"你想，要是张敬生接到这样的请帖，他会怎么想？"刘一凯简短地反问道。

"他一定感到奇怪，钟家为什么会在这个时候举行婚宴？他一定暂时不敢轻举妄动！"钟泰川接着刘一凯的话说。

"这样我们就可以逐一击破，找准时机，消灭那股土匪！"刘一凯说道。

钟泰川听到刘一凯的话，猛然转身正面看着刘一凯，他的神情有些激动，一把抓住刘一凯的手说："一凯，咱们想到一块儿了，就这么办！马上给张敬生发请帖！"话一落地，刘一凯略微迟疑地说："少爷，我说实话，你可别怨我！"

"什么呀？你说！不要吞吞吐吐的！"刘一凯一挥手，直截了当地说。

"请帖已经发出去了，是我和老夫人商量过的！"刘一凯怯怯地说道，低下了头。钟泰川一听刘一凯的话，脸色一变，随即一巴掌就拍向刘一凯的脸。

刘一凯微微一躲，钟泰川的这巴掌顿时落了空。钟泰川盯着站在旁边浑身颤抖的刘一凯，片刻之后，他突然仰天大笑。

“有你们这样的助手，我钟泰川何愁振兴不了钟家。”钟泰川面色缓和了许多。刘一凯微微抬头看了钟泰川一眼，确定钟泰川不生气之后，刘一凯慢慢地向前凑了凑说：“少爷，你别高兴得太早了。有句话不知当讲不当讲？”

钟泰川微微一皱眉头，骂骂咧咧地说：“娘的，你别扫我的兴！什么时候变得婆婆妈妈了？”

“我们指望不上再发了，他彻底投靠彭三炮了。”刘一凯低沉地说。钟泰川刚刚还是一副高兴的神情，听了刘一凯的话后，他的脸色慢慢冷了下来。他的眼神中充满了怒火。他相信刘一凯更甚于马再发，可是此时他不愿意相信这个事实。许久后他淡淡地说：“有什么依据吗？”

“那天土匪从后院攻了进来，除了再发没有人知道后院的那条秘密暗门。我知道你不愿接受，可这是事实！”刘一凯情绪有些激动地说。

钟泰川没有说话，只是静静地看着冷冷的夜空。他想起父亲当年是如何赏识马再发，仿佛看到当年意气风发的马再发为钟家立下的汗马功劳，可是如今的再发在何处？他不再是钟家的一分子，不再是那个浑身充满的正义的马帮帮主。

“幸好，我在墙角下面挖下了一道深深的战壕，里面埋满了竹子削成的利箭，要不钟家就完了。”刘一凯说到此处有些哀伤。

钟泰川淡淡地说：“原来是这样！”

“还有，就算金管家是雄蔷薇，可是他为什么不承认呢？”刘一凯接着说。

钟泰川微微低下头，深深地吸了一口气，然后淡淡地说：“你的意思是他不想骗我，雄蔷薇另有其人？”刘一凯听了钟泰川话后，顿时不知道该说什么。许久后，刘一凯接着说：“我只是感觉管家话中有话。”

“够了！他已经死了，就不要糟蹋他了。”钟泰川打断了刘一凯的话，随后他淡淡地说：“一凯，你先回去吧！我想一个人静一静。”

刘一凯好像有太多的话要说，可他看到正在发怒的钟泰川，也只能慢慢地转身离开了。走了没有多远，他突然转身说："他是不是雄蔷薇，你我心里都清楚。少爷，你为什么不肯面对现实呢？"说完头一扭离开了。

就这样，在冷冷的寒风中，钟泰川站在院子中间，一动不动。他在沉默，他在思索。许久后，一个身影慢慢地向他走了过来，紧接着一件羊皮大衣轻轻地披在了钟泰川的身上。钟泰川微微一转身，原来是白晨春。钟泰川看着白晨春，只见她为自己披上大衣后面无表情地站在一边。

钟泰川慢慢地走了过去，抓起了白晨春的手，他不知道该说什么，他知道自己欠白晨春的太多了，不是一句话就可以说明白。他只是默默地看着白晨春的眼睛。许久以后，白晨春抬头，一双温柔的眼睛深情地看着钟泰川。钟泰川一把将白晨春搂在怀里。

"泰川，我想就这样让你抱着我一辈子，你说好吗？"白晨春在钟泰川怀里柔情万种地说。钟泰川再也找不出拒绝的理由，他满含深情地说："好，就这样一辈子。"

"你知道吗？那天我几乎死在了那帮特工手里，那时候我想，我再也见不到你了。"白晨春轻轻地说。

"你怎么会死呢？有我在，你死不了。就算是死也要死在一起！"钟泰川轻轻抚摸着白晨春的背说。

"那天日本人来，土匪紧接着也来了，钟家好像要倒塌了一般。泰川，我看到到处是厮杀，到处是血，我整个人疯了，仿佛这个世界并没有我们留学的那个时候美好，我们离开这里好不好？"白晨春慢慢地从钟泰川的怀里挣脱，再次深情地看着钟泰川。只见钟泰川微微地叹了口气说："平静的生活，何尝不是我所想，可是如今我可以摆脱吗？或许从我出世的那天就注定要走这么一段路。你能陪我一起走下去吗？"

"只要有你在，哪里都是一样的，可是我不想你流血，不想看到纷争！"白晨春接着说。

"总有一天会结束的，我们一定会等到那一天的。"钟泰川淡淡地说。白晨春微微点点头，再没有说什么。许久以后她说："那天我看到再发了，是他带着土匪攻打的后院。”

“我知道!”钟泰川直截了当地说。

“你知道?”白晨春疑惑地问。

钟泰川点点头。白晨春接着说：“那天他率先走了进来，朝天放了几枪后转身就走。”白晨春接着说。

“等等，你是说他第一个进来的?”钟泰川打断了白晨春的话问。

“是的!”白晨春回答。

“为什么他没有掉进一凯挖下的陷阱里去?”钟泰川反问道。“难道他事先已经知道了?”钟泰川接着说。

“他走了后，接着几个土匪就走了进来，他们纷纷掉进了陷阱里，再发却再次走了进来。”白晨春接着说。

“这是为什么?”钟泰川越来越疑惑。

“我去过外面那条胡同，那里动过土，他好像对钟家的布置相当了解。”白晨春说。

“不是了解，那条密道就是他修的，他进钟家根本不需要那条密道。”钟泰川直截了当地说。

“是他修的?那他还挖它干什么呢?难道是为了骗过土匪?”白晨春反问道。“对了，趁乱他塞给我一张纸条。”白晨春说着，从口袋里掏出一张纸条递给了钟泰川。钟泰川一把接了过来，只见这张纸条上就写着两个字“密道”。钟泰川用力捏着手中的这张纸条，他盯着这张纸条，眉头紧锁，他不知道马再发的这张纸条在向他传达着什么。就这样，钟泰川在院子中间来来回回地转悠着。突然他惊呼道：“难道是密道出现了问题?”

白晨春一脸茫然地说：“密道不是已经被挖开了吗，还有什么问题?”

“不是那条密道，快叫一凯来!”钟泰川边说着边走向自己的房间。院子中只剩下白晨春一个人，她慢慢地回忆着钟泰川刚才的话，低低地嘀咕着：“难道还有一条密道?”

黑虎寨里，彭三炮、李彪和马再发正坐在桌子边喝着闷酒。彭三炮一只手提着酒坛，一只手抓着一只羊腿，边吃边喝。李彪拿着一个碗，仰起头咕咚咕咚地往肚子里灌着酒，一碗酒瞬间就被他喝掉了。他用力地抓住碗，一把扔在地上，满眼怒火地说："老子在黑井混了这么多年，从来没有受过这么大的窝囊气！偷鸡不成反蚀一把米！"

马再发只是静静地坐在一边，擦拭着手里的枪，一声不吭。许久后，彭三炮用力地咬了一块肥肉，冲着李彪说："我倒是不这么看。这么一来，未必是坏事。"

"什么？大哥，死去的那都是咱们的弟兄呀，你这样说弟兄们听了会寒心的。"李彪听着彭三炮的话，一下子站了起来，看着彭三炮。彭三炮慢慢地走过来，示意李彪坐下。许久后，他淡淡地说："我并不是那个意思，弟兄们的血我彭三炮不会让他们白流。"他说着，慢慢转身看着马再发接着说："眼下钟泰川经过这么一折腾，钟家上下都拧成了一团，钟泰川此刻相信钟家的每一个人。咱们只要将那根内线牢牢地攥在手里，一切都有希望。"

"什么？内线？大哥在钟家也有内线？"马再发有些不太相信彭三炮的话。彭三炮再没有说什么，只是用力地点点头。隔了好一会儿，彭山炮突然扭头盯着马再发，他的眼神透着一丝狡猾，嘴角微微一笑问："三弟，难道攻打钟家就没有别的好办法了吗？"

听到这句突如其来的问话，马再发顿时怔住了。片刻之后，他缓缓站了起来，看着彭三炮说："大哥，你什么意思？"话语中充满了质问。彭三炮盯着马再发的眼睛，瞬间就恢复了刚才的和蔼，他拍拍马再发的肩膀说："没有什么，随便问问。"说完，他转身似乎在思索着什么，走到酒桌子旁边坐了下来。

警察署里，张敬生后背着手在办公室里走来走去，桌子上放着一张钟家送来的请帖。门口站着曾靖和两名警察，大气也不敢出。此时的张敬生一脸怒气，他一巴掌拍在桌子上吼道："妈的，文天怎么会突然冒出来？他到底想干什么？"站在一边的曾靖悄悄抬头看了张敬生一眼，然后说："我看文天铁了心要帮钟家了，咱们暂时还是稍安勿躁为好，弄不好惹一身骚！"

张敬生没有接话，只是转过身来看着曾靖身后的两名警察问："抓回来的那几个小日本都放走了没有?"

"都走了，还没来得及教训几下就走了，真他娘的火人!"其中一个警察生气地说。

"你知道个屁，眼下咱们是哪路财神都惹不起。"张敬生一句话打断了这名警察的话。



张敬生随手抓起桌子上的请帖，愤愤地说："钟泰川到底想给老子下一个什么套?"说完一把就将请帖摔在地上。"我看这趟宴会是非去不可，如果不去，别人还以为我们警察署心虚呢!"曾靖讪讪地说。张敬生看了看说话的曾靖，然后慢慢地坐在椅子上，随手掏出一根烟，他用力地吸了一口，仿佛要排解出心中的困惑和压抑。一个接一个的大烟圈环绕在他身边。他盯着眼前的部下，最后冷冷地笑了一声，随后说："准时参加宴会，我就看看你到底要的什么花招?"

"一凯，你来了?"钟泰川看着刚进门的刘一凯喊道。刘一凯微微点点头，然后说："少爷，你找我什么事?"

钟泰川正坐在桌子边翻看着《无字节宗》这本书，幸亏那天田中弘一被抓走的时候并没有随身携带着这本书。钟泰川随手指着书桌前面的一个凳子说："坐！一凯!"

刘一凯看了钟泰川一眼后缓缓地坐了下来。紧接着钟泰川问道："晨春说那天见过再发了，他是挖通后院的密道，然后让土匪攻进来的?"只见刘一凯微微停顿了一下，然后说："当时很急，我也没有看清楚，后来我也是听晨春说的。"钟泰川点点头，接着问："那前门的鬼子特工是怎么进来的?"

"起先，他们派了两个女人攀爬上了墙，不过后来都被我用火烧死了。最后他们游过了护城河，然后就……"刘一凯没有说下去。

"两个女人?"钟泰川反问。

"是的!"刘一凯坚定地回答。

"那说明这是两部分特工，一男一女带队，这个女人会是谁呢?"钟泰川像是在自言自语。

“最后死的死，伤的伤，可是剩下的那些特工都是男的，我可是和他们近距离接触过的。”刘一凯接着说。

“一定是这样。在日本有这样一个规矩，不管是将军还是士兵，如果他是一个男人，他绝对不会允许自己的部队里有女人出现。除非在慰安妇集中营。”钟泰川说着慢慢陷入了沉思。他记得刚去东京时，他们几个中国留学生被编成一组接受残酷的训练，其中就有他和白晨春，正当他们高兴之余，教官却让白晨春和其他几个女生离开，白晨春死活不肯，一直叫嚷着：“我就要和他们一组，你们凭什么这样做？”白晨春质问着教官。想不到教官一个耳光扇了过去，然后指着白晨春说：“这是规矩！懂吗？”随后白晨春和几个女中国留学生被无情地拖走。

“那这个女领头特工，难道被我们打死了？可是大伙在搬运尸体的时候，仅仅是那具烧焦的尸体呀！”刘一凯看着沉思中的钟泰川说。

“这就是问题的关键！”钟泰川简短地说。

“难道她就是黑鱼？”刘一凯停顿了一下，猛然抬头看着钟泰川问。

“其实，护城河下面就是攻进钟家的密道，她为什么不派人潜到水底看一看，她是根本不知道这些？还是故意虚张声势？”钟泰川自言自语地说着。

“什么？少爷，你怎么知道？我在钟家这么多年也不知道呀！”刘一凯惊奇地看着钟泰川。

“全在这本书里。这本书并没有他们所说的充满诅咒，这里不仅藏有钟家的城防暗道，还有一个叫作‘生命线’的东西。我想她一定是看过这本书了，但是并没有完全看懂，因为要解开书中的秘密，缺一不可。”钟泰川淡淡地说。

刘一凯听了钟泰川话后更加一头雾水，随后他惊奇地问道：“少爷，这书我也看过，可是除了像地图一样的曲线外什么也没有，你怎么能看出其中的奥妙？”

“刚开始我也看不懂，我们把那本书想得太神秘了。其实第一页上的乾休并不是田中弘一所说的那个意思。”钟泰川淡淡地说。

“那你那天是故意要混乱田中弘一的思路？”刘一凯问。钟泰川点点头说：“乾为源，休为止。而下面的那幅图，所有人的视线都会集中在那个人身上，而忽略了马。在八卦里，乾另一种引申意指的是马。”

“这和护城河有什么关系？”刘一凯问。



“护城河从东一直环绕直至南而断，这就是书中所说的止。而乾为马，所以密道的入口正是马棚的正对面，护城河下。”钟泰川微微转身不再说话。

“原来是这样。”刘一凯慢慢地翻开书的第一页，那个标着乾止的位置赫然印在醒目的位置。随后他接着问：“少爷，你是怎么发现的？”

“那是晨春来的第三天，那会儿护城河的水还未上冻，她路过护城河的时候，失手将一块手绢掉在了河里。起初手绢并没有沉下去，当到了河中间的时候，却突然急速沉下去了。”钟泰川慢慢地回忆着这些事情。

“那下面一定是个漩涡。”刘一凯直截了当地说。钟泰川只是微微点头。接着他说：“直到后来我看到这本书，我才慢慢想清楚，可是他们所说的‘生命线’到底在哪儿呢？”刘一凯缓缓地坐在椅子上，思索着。

“幸亏那个女领头不知道这些，要不钟家还真要遭受灭顶之灾。”刘一凯翻着桌子上的书，抬头看着钟泰川说。

钟泰川没有接话，站起身来，推开书桌一侧的窗户，仿佛他想让这股憋闷的气息快些散去，站在窗户前望去，钟家的院子一切尽揽眼中，在寒风中孤零零的桦树，一堵古老的院墙隐隐约约地挡住了钟家的大门。钟泰川微微叹口气，然后淡淡地说：“再发，你现在在干什么呢？”

突然，刘一凯问：“少爷，这后院的院墙处是不是也有一个密道的入口？要不马再发不会冲着那里动土的。”钟泰川没有回头，也没有说话，许久后他慢慢转身走出了房间。

# 府底密道

深夜，钟泰川翻来覆去睡不着，他在思考着白天的事情。他确定黑鱼就在钟家，而且就在自己的身边，可是他不敢去想，更不敢去猜。雌蔷薇走了，雄蔷薇死了，黑鱼这颗毒瘤不尽快找出来，钟家就别想安宁。他慢慢地披上衣服走出了房间，边走边思索着。趁结婚大喜的日子去消灭彭三炮，就算张敬生不插手也没有几成胜算。想来想去，钟泰川有些疲倦了，他坐在院子中间的一个石头凳子上，冷风吹过，他用力地将身上的衣服重新裹紧了一些。突然右手碰到了口袋里的那张纸条。他随手掏了出来，那是马再发借白晨春之手送给了他的。上面的两个字让他看了心里一阵惊吓。

“密道？”钟泰川反复念叨着。突然他眉头一皱，“难不成下面的密道出现了什么问题？”想到这里，他快速返回自己的屋里。仅仅一刻钟的时间，他重新走出了自己的房间，快速来到了刘一凯的房间门前。

“一凯，睡了吗？”钟泰川急切地敲着门。刘一凯刚刚上床，正要解衣休息，猛然间听到钟泰川的喊叫，他一骨碌翻下床，来不及穿鞋就开了门。“少爷，这么晚了，你找我有事？”刘一凯看着钟泰川问。

“废话，赶紧走！”话还没有说完，钟泰川就拉着刘一凯来到院子中间。

“少爷，你要去哪？我还没有穿鞋呢。”刘一凯挣脱钟泰川的手说。

“悄悄召集两名心腹护院去挖密道。”钟泰川看看左右，悄悄地在刘一凯耳朵边说。

“什么？你要挖后院的……”刘一凯还没有回过神来，嗓门比较大。还没有等他说完这句话，钟泰川就一把摁住了他的嘴，然后低声吼道：“你小声点，生怕别人不知道！”说完两眼瞪着刘一凯。刘一凯憨笑着，转身就回到房间提着两只鞋跑了出来。

午夜的打更声刚刚响过，钟泰川一行四人每人身上扛了一把铁锹溜出了钟家大院。他们来到了钟家的后院墙角，钟泰川一声令下，刘一凯率先沿着墙角刨了起来。随后两名护院紧跟着用力地刨着。刘一凯嘴里嘟嘟囔囔地说：“少爷，你怎么不早说，那天被别人刨开后，前天我刚带人填回来。”

“废话，你不知道的东西还多着呢！一会儿看着。”钟泰川抡起铁锹向外铲着土，看着刘一凯说。

“要说我不知道的东西还真是不少啊！你说那天那个领头的男特工会是谁呢？我怎么看他挺眼熟的。”刘一凯用力地刨着，不忘嘴上唠叨几句。

“我看准是田中那龟小子，前几天他上茅房捅烂屁股后，右腿就有点拐，那天那家伙也有点拐。”护院小三子说。

“那你具体看清楚他哪一只腿拐了吗？”钟泰川对眼前的这个话题突然来了兴趣。

“这倒没有看清楚。”小三子讪讪地低下头继续用力地干着。

钟泰川没有再说什么。“你说这金管家可真是人不可貌相，居然是特工。”另一名护院搭着话。此时刘一凯轻轻地白了这名护院一眼，他怕此时说起金管家，钟泰川会不由得伤心。果不其然，钟泰川慢慢地停下了手中的铁锹，可是依旧什么都没有说。刘一凯看着眼前的情形，一巴掌拍在了这名护院的脑袋上，然后略带火气地说：“叫你多嘴！”说完他捡起铁锹用力地铲着土。

“金管家在钟家也有20年了吧！”钟泰川站在土堆旁边，突然问了这么一句，可是语气中明显带着淡淡的忧伤。刘一凯微微抬头简单地说：“嗯，少爷，事情既然发生了，就让它过去吧。”刘一凯安慰着钟泰川。

“我回来后，金管家身上有没有发生什么事情？”钟泰川淡淡地问。

“发生事情？”刘一凯停下了手中的活儿，疑惑地反问道，紧接着他说：“他能有什么事情，你一回来就被抓了，后面的事情你都知道的。”刘一凯简单地回答。

“金管家走了后还真发生了点事情，那天我看见曼茹小姐了。”小三子嘴快地说。

刘一凯听了小三子的话后，一脚踢在小三子屁股上，“你小子，再胡扯小心回去扒了你的皮，这是哪跟哪呀，他俩能扯上关系吗？”刘一凯盯着小三子骂道。没有想到小三子竟然一躲闪站在坑边反驳着说：“你还别说，那天我上街又碰到曼茹小姐了，我和她打招呼，可是她好像不认识我似的，一溜烟儿就进了油记煎肉铺，后来我也没有跟进去。”

“你确信是曼茹？”此时钟泰川好像想起了什么，他着急地问。

“她化成灰我都认识，她和水墨模样简直太像了，唯一脸上缺少一颗小黑痣，你要不仔细观察根本看不出来。”小三子接着说。

“水墨？”钟泰川迟疑地问。刘一凯看着钟泰川迟疑的神情，急忙解释说：“水墨以前是四姨太的一个贴身丫鬟，可是后来失踪了，和曼茹长得的确有些相似。”

“曼茹不是跳楼自杀了吗？”钟泰川自言自语道。

“不会错的！那天我和小三子一起看见的。水墨可是小三子的梦中情人，他怎么会认错！”另一名护院接着说。

“你胡说！你小子欠揍！”小三子的心思被拆穿后，极力冲眼前的这名护院怒喊着。

“要说发生的事情，还真有那么一点，那天我路过管家的灵堂，隐约看见有一个人在烧纸钱，可是还没有走进去，那人就嗖的不见了。”刘一凯看着钟泰川慢慢地说。

“莫不是管家的灵魂显灵了吧！”小三子极力地转移着话题。

“你小子，净胡说，我走进去，分明纸盆里还有没烧尽的纸钱。”刘一凯继续说着。突然他的榔头重重地响了一声，好像刨见什么硬邦邦的东西。钟泰川来不及多想，他跳下坑去，极力地用手刨着覆盖在上面的泥土。大约过了十分钟，一块醒目的大石板呈现在眼前。钟泰川喘着粗气，坐在坑里，指着这块石板说：“这就是密道的入口了，一会儿你们几个用力撬开。”说完，他慢慢从坑里爬了上来。

钟泰川刚刚爬到坑边，突然一个身影一晃而过。钟泰川警觉地叫了一声："不好！"随即他招呼刘一凯赶快上来。就在钟泰川起身追出小胡同的时候，这个身影已不见了。此时钟泰川知道他的这个计划已经完全暴露在敌人的视线之下，他重新来到坑边招呼众人，然后仰头说了一句："罢了！罢了！天意如此！大家都回去吧。"说完，就转身走了。

走到胡同口的时候，他叹了一口气，然后吩咐刘一凯尽快将这个密道口恢复原位。刘一凯一把抓住钟泰川的手说："少爷，这个密道已经暴露了，说不定彭三炮马上就要打进来，还有小日本，你让弟兄们恢复原位又有什么意义？"可是在夜风中，钟泰川头也没有回就走了。只剩下胡同口刘一凯和身边的两名护院。刘一凯重重地拍拍墙壁说道："完了，一切都完了。"说完他似乎失望至极。

第二天一大早，刘一凯焦急地在院子里走来走去。此刻传来一个晴天霹雳的消息，钟泰川失踪了。这个消息除了刘一凯和上官纯外暂时还没有一个人知道。此时钟家的众人担心的是彭三炮什么时候继续攻打钟家，小鬼子会不会再次血洗钟家。所有的人好像心中都有一个解不开的疙瘩。此刻，上官纯正在安排下人打扫着院落。她看着站在钟泰川房间门口的刘一凯，慢慢地走了过去。刘一凯正双手揣在袖子里，来来回回地在门口转了不下几十遍。上官纯看着来回晃悠的刘一凯说："一凯呀！你就别晃悠。你就是再着急，少爷还是没有音讯。这不已经派出去三拨人了，你也别太着急。"

就在此时，丫鬟玉珠正好路过，她端着一杯参茶准备给大姨太柳凤仪送去。这几天她老是做梦，睡梦中梦见彭三炮带着人烧了钟家，大姨太柳凤仪被烧得尸骨无存。再加上，一大早小三子就告诉她昨晚又出现了一个神秘黑影，她的心中更加凌乱。上官纯的这句话突然传到她的耳朵里，她犹如一下子失去了靠山，双手一颤抖，一杯参茶顿时摔在地上，然后捂着脸蹲在地上，开始低低地抽噎。

刘一凯看着蹲在地上的玉珠，再看看上官纯，然后眉头一皱说："你说你，多啥嘴，你看这下好了吧！唯恐天下不乱。"上官纯似乎有些不服气，她嘴角一扬说："我也是着急嘛！"说着顺手扶起玉珠，然后低声安慰着。

"别怕！彭三炮吃不了钟家，小日本也别想得逞。"上官纯说着慢慢地低下身子拾起摔碎的茶杯。此时从大门外走进来一个护院，他老远就喊着："刘先生，管家，少爷找见了。"进来的是小三子。刘一凯着急地下了门前的台阶，向小三子走去，然后问："少爷在哪呢？"

钟泰川自从昨晚听到小三子说见到张曼茹后，他天不亮就来到了油记煎肉铺。此时油记煎肉铺刚刚开门营业，钟泰川慢慢地走了进去，只见掌柜的正在熟练地将一团熟肉摆在面案上。旁边站着一个伙计，头上戴着一顶用黑布扎成的帽子，身穿一件贴身伙计衣服，正埋头切着一块肥肉，口中不住地说："掌柜的，不用准备这么多吧！"

掌柜的头也没有回地说："还是多准备点，明天就是钟家大少爷婚庆的日子，到时候，一定有许多看热闹的人。"这个伙计听到掌柜的这么说，神情微微停顿了，然后淡淡地说："不知道是哪家姑娘。"

"据说是同学，我也没有见过。你问这些干什么？"掌柜的有些不耐烦地说。说完后，他转身将一块肥肉塞在了这名伙计面前，让他切碎。回头正看到钟泰川呆呆地站在柜台前。他失声地说："是钟少爷，您买肉吗？要肥的还是瘦的？"掌柜的急忙往前面凑了凑。

"胡老爹，你别客气，还是叫我泰川吧！我没事来看看！"钟泰川说着，眼睛却是看着在里面的小伙计。小伙计还在面案上切着猪肉，钟泰川的声音突然传入他的耳朵，他仿佛浑身在颤抖，手中的菜刀顿时慢了下来。可是他没有转身。

钟泰川就这样盯着这名小伙计。胡掌柜看着钟泰川，他并不知道钟泰川此次来的目的。他笑笑说："少爷，请里面坐吧！"说着，从一侧让开了一个通道。钟泰川慢慢地走了进去，他看着眼前的小伙计，确信这就是张曼茹，可是他不知道张曼茹为什么会在这里。

他慢慢地走到面案前，轻轻地叫了一声："曼茹，是你吗？"钟泰川看着熟悉的背影深情地叫着。钟泰川的这一声叫唤，眼前的这名小伙子并没有转过身来，只是手中的菜刀再也切不下去了。他站在那里仿佛一个木头，一动不动。许久后他转身，就在转身的一瞬间，一句话脱口而出，“你认识我？”

钟泰川看着眼前熟悉的面孔，再也忍不住了，他一把抓住张曼茹的手说：“曼茹，我终于找到你，你怎么会在这里？”没有想到的是，这名小伙计一把挣脱了钟泰川的手，然后径直走到了里屋。旁边的胡掌柜看到这样的情形，急忙上来拦住钟泰川说：“少爷，您认错人了吧！他是本店的伙计思思，平时我让她女扮男装帮我招呼客人。”

钟泰川一把推开胡掌柜跟了进去，在此刻，他确信眼前的人就是张曼茹。里面是一间小屋，钟泰川环视一圈却不见张曼茹的身影，转身一看，侧面的窗户敞开着。钟泰川向外望着，只见外面是一条小胡同，熙熙攘攘的人群中，早不见了张曼茹的踪影。他冲着窗户大喊：“曼茹，你为什么不肯见我，难道这么多年，在你的心目中我连见你一面的资格都没有？”钟泰川扒住窗户吼着。身后跟进来的胡掌柜看着钟泰川的神情，也不敢上前劝阻，只是叹口气走了出去。

“曼茹，我们三年未见，可是我对你的思念却从未断过，当我得知你死去的消息时，我是多么痛心！”钟泰川扒住窗户，不住地捶打着窗檐，眼中充满泪水。可是他不知道，此时在窗檐下还躲着一个人，她听到钟泰川撕心裂肺的吼声，也是满眼含泪。她用力地用双手捂住嘴，生怕哭声会传到钟泰川的耳朵里。

钟泰川依旧在窗户上扒着。“三年了，你等了这么长时间不就是为了今天吗？曼茹，你为什么不见我？”钟泰川说到这里，声音极度哽咽。最后他慢慢地转身失望地叫着：“罢了，罢了，你不想见我，也好！”说着走出了小屋。躲在窗户下面的张曼茹真想跳出来说出一切，可是她不能。其实那天自杀的是丫鬟水墨，可是所有的人都将死者当成了张曼茹。于是张曼茹顺势走出了钟家，这一切都有无法言说的苦衷。

钟泰川慢慢地走在大街上，他已经猜到当时死的应该是水墨，“那曼茹为什么要走出钟家？这里面难道真有什么不可告人的秘密？”钟泰川想着想着，猛然抬头看到了钟家公馆。他快速走了进去。

“少爷？”刘一凯看着眼前突然出现的钟泰川，他有些合不拢嘴。钟泰川慢慢地走过来，看着刘一凯，再看看上官纯，问道：“你们在等我？”

“少爷，你去了油记煎肉铺可有发现？”刘一凯问。

“曼茹还活着，可是她不愿见我。”钟泰川有些失神地说。

“什么？还活着？那她为什么不愿意见你呢？”刘一凯接着问。

“或许这里面真有我们不知道的缘由。”钟泰川说完，轻声叹了口气，然后慢慢地从刘一凯和上官纯的身边走过。

“别说这些了，明天就是泰川的婚事，我们还是想想明天的事吧！”上官纯说着转身慢慢离开了。只剩下刘一凯在那儿疑惑地看着散去的两人。“今天都怎么了这是？”说完，他也转身安排事情去了。

在钟家的会客厅里，钟家的老少都坐着商议着明天的事情。此时钟泰川满脸愁容，他根本无暇考虑明天的婚事，他考虑的是如何将黑虎寨的土匪一网打尽，解除钟家的威胁。等众人都说完后，他慢慢地站起来说：“大家都说完了吧！钟家的密道被人发现了，这已不是什么秘密。如果彭三炮今晚就借着密道攻进来，大家该怎么办？”此言一出，钟家众人顿时目瞪口呆。钟泰川接着说：“《无字节宗》中提到，钟家还有一条密道。如果我们沿路安插暗哨，彭三炮稍有风吹草动，我们就会知道，然后大家都藏在那里。我想这是为今之计最好的办法了。”

“那另一条密道在哪儿呀？”白晨春问。

“这个我还真不知道。”钟泰川淡淡地说。

“那不等于白说吗？”白晨春埋怨道。

“书中提到一个叫作坤生的地方，大家可知道这是什么地方？”钟泰川说着，看了上官纯一眼。

“我怎么知道？你看我也没用！”上官纯微微摇摇头说。

柳凤仪慢慢地站了起来，她看着钟泰川说：“你说这个地方叫作坤生，那想必是个尊贵而神圣的地方，会是什么地方呢？”柳凤仪的话一出口，上官纯就叫了起来，“在哪儿见过呢？好像很熟啊！啊！我想起来了，是钟家祠堂。”

钟泰川盯着上官纯说：“在钟家祠堂你见过什么？”

“我记得有一块匾额上写着‘坤生崇宗’。”上官纯着急地说。钟泰川微微一怔，然后说：“你是在什么时候进过祠堂的？”此言一出，众人顿时感觉钟泰川的话里颇有深意。因为除了钟家的人，一般人是不可以进出钟家祠堂的。只见上官纯微微脸红，然后吞吞吐吐地说：“进去的出来都死了，我哪敢进去呀，我只是听说的。”钟泰川听着上官纯的解释，不再言语。

旁边的刘一凯看着众人说：“我看当下还是赶紧寻找那个密道入口去吧！”说完看着钟泰川。钟泰川点点头说：“一凯、小三子、上官姑娘跟我去祠堂，其余的人留下安排明天的婚事。”说完，率先走出了会客厅。

钟家祠堂是一座古老建筑，原来是一片废墟，在钟泰川爷爷手里就已经有了钟家祠堂，大门外面是两棵大槐树，足有百十米高。门虚掩着，钟泰川随手推门走了进去。大院中间放着一个大香炉，院子里铺满了鹅卵石。平时钟家的人祭奠只在外面烧香，此时钟泰川却径直冲进了大殿。大殿里面是一张大桌子，桌子上排满了钟家列祖列宗的牌位，最前面放的是钟近楠的牌位，钟泰川默默地盯着牌位黯然无声。最上面是他的曾祖父钟留易的牌位。他扫视了一圈，慢慢地跪在了桌子下面重重地磕了三个响头。随后缓缓站起身来。后面的刘一凯和白晨春则是拜了几拜。

钟泰川在牌位前面不由自主地转来转去，他不时地敲敲地板，最后索性将桌子下面的跪垫都翻了起来，却毫无发现。他用力地转身，两眼盯在了门外的一口大鼎上。

“去！把那个大鼎给我挪开！”他用力地冲着身旁的刘一凯和小三子挥挥手。两人你看我一眼，我看你一眼，脸上表现出无奈。“少爷，那个足有二百斤，我们……”

“废什么话！叫你去就去！”钟泰川大发雷霆地吼道。瞬间，两人就跑出了门外，用力地挪着大鼎。可是大鼎的确太重，太大了。五分钟过去了，大鼎只是轻微晃动着，丝毫没有挪开半点。钟泰川跑了过去，他站在一边大喊着：“把它推倒！”说着和刘一凯站在一起用力推着。小三子在旁边用力地推着，不时地嘀咕着：“刘先生，你就劝劝少爷吧！推倒香炉这可不吉呀！彭三炮来了我们大不了拼了，这是干啥呀？”

“你闭嘴！”钟泰川一边用力地推着，一边冲小三子喊。话还没有落地，一只大鼎转瞬间就倾倒了。钟泰川蹲下身慢慢地抚摸着大鼎下面圆圆的石板，用力地敲着。此刻石板却发出了沉闷的声音。“下面什么也没有！”刘一凯缓缓地说。钟泰川愤怒地站起来看着大殿，他的脸色慢慢地发红，最后变白，直至脸上再也表达不出任何感情。“钟家的列祖列宗，你们听着，现在钟家大难，马上就要灭门了，你们连钟家最后的这一干人马都保护不了，我要你们何用？我拜你们何用？”说着他瞬间就冲进大殿，脚踩着桌子，双手用力地将桌子上的牌位一个个扔出门外。嘴里叫嚷着：“我留你们何用？我钟泰川要你们干什么？”他用力地脚踢着桌子上的牌位，瞬间殿里殿外到处是牌位。刘一凯看着扔出去的牌位，嘶声痛喊着：“少爷，你的心情我们可以理解，可你……”说着眼角落下了眼泪。

“钟泰川，你干什么？事情总会有解决的办法！”上官纯走到桌子前面一把抓住钟泰川的腿用力喊着。

钟泰川看着最后一块没有被扔下的牌位，一脚就将上官纯踢开，“老祖宗，我要你们何用？统统给我滚！”他撕心裂肺地怒吼着。他用力抓着眼前最后一块牌位，使尽全身力气却没有抓起来。他抚摸着眼前的牌位，眼神中充满失望，嘴里喃喃地说：“难道你显灵了？”用力地扭动着眼前的牌位，只见上面写着“博古显考钟留易刻于堂口”。牌位缓缓转动，紧接着牌位左边缓缓开了一个大洞。钟泰川擦干了眼泪，向里望着，一股刺鼻的味道传了上来。“就是这里了，这是个入口，找到了，我终于找到了。”钟泰川兴奋地转身跳下桌子。

“少爷，你终于找到了。”刘一凯慢慢地从地上站起来，手中抱着一块牌位说。

钟泰川怔怔地点点头。

“这就钟家的另一条密道？不知道通向哪里？”上官纯不解地问。

“不知道，从书上看，这里和其他通道都是各自独立的。”钟泰川说。

## 英雄落泪



沿着钟家大院后院山路一直向西是黑虎寨。此时在这里，白天也点着篝火，因为这里太冷了。彭三炮坐在篝火旁边，身边放着一个酒坛，他拔出腰间的手枪，轻轻地抚摸着。然后慢慢地站起来，看着远处黑黝黝的山峰，口中低低地吟唱着："苍苍之山，悠悠我心，黑井小镇，谁是雄风？"唱了一段，他拎起地上的酒坛，咕咚咕咚地喝了起来。

此时马再发从不远处走过来，看着彭三炮喊着："大哥，好雅兴！我怎么听到有种壮志未酬的感觉？"彭三炮回头看着走过来的马再发，随即将枪重新插回腰间，然后笑嘻嘻地说："的确，三弟认为这黑井小镇谁才是真正的英雄？"彭三炮说着将酒坛递给了马再发。

马再发接过酒坛喝了一口酒说："要说英雄，这个世界上谁是英雄呢？"马再发低头沉思着，片刻之后，他淡淡地说："这个我还真没有想过。"他抬头正和彭三炮的目光相对。两人顿时一怔，随即仰天大笑。此时跑过来一个小喽啰冲着彭三炮喊着："当家的！您吩咐我的事情，我已经办好了！"小喽啰看了看站在身边的马再发不禁浑身打战。彭三炮斜眼瞅着马再发，然后看了一眼小喽啰，随即笑着说："三弟，事情是这样的，我刚才派人已经将你的母亲接上了山，咱们弟兄有福同享，可也不能撇下老人不管吧！你说不是吗？"

此时马再发端起酒坛正准备喝第二口，猛然听到彭三炮的话，一颗心顿时在胸中翻腾着，一种从未有过的心痛涌上心头。他怔怔地沉吟了许久，强忍着心酸，举起手中的酒坛叫着："好！谢谢大哥关照！有大哥这份情谊，兄弟此生无悔。”说完仰头一坛酒咚咚地被他喝了下去。

“山下说已经发现了钟家的密道，一条在后院墙角下面，直接通进了钟家，一条在钟家祠堂。这两条密道都是独立的。山下猜测，在祠堂的可能是一个储藏粮食的地方。”小喽啰胆战心惊地说。

“山下没有说我们应该怎样攻打？”彭三炮盯着小喽啰问。

“建议我们从后院密道下去，直接端掉老窝，钟家众人一定隐藏在祠堂密道，然后我们瓮中捉鳖。”小喽啰简单地说。

彭三炮听着小喽啰的话，仰头大笑，随即看着马再发说：“天助我也。老子拔出的剑，从来不知道回鞘。告诉山下，严密观察钟泰川的动向。”彭三炮盯着小喽啰吩咐着。此时站在彭三炮面前的只有马再发，彭三炮突然问：“三弟，你认为什么时候攻打钟家最合适？”

马再发微微一怔，然后说：“我看在他新婚之夜攻打最为合适。”此言一出，彭三炮看着天空又是一阵狂笑。许久后，彭三炮看着马再发说：“不！今晚最合适！钟泰川一定以为我会在明晚攻打钟家，我偏偏今晚行动！这次我要钟泰川的脑袋！”说完，他咬牙切齿地将酒坛摔了个粉碎。

夜晚，钟家大院大门紧闭，可门外的灯笼却依旧光彩照人，一个打更的走过，口中高喊着：“天干物燥，小心火烛！”话一落地，紧接着传来了三下敲击檀木的声音。一个灰衣蒙面人悄悄沿着钟家大院的墙角，慢慢地转到了后面的小胡同里。他东张西望一番，可是看了半天没有见到一个人。他低头思索着，慢慢地在胡同口来回踱着。紧接着，黑暗中一个人影朝这边奔来，此人身手极快，没有几步，就已经跃到了胡同口。

“你来了？有没有人跟踪？”先前的一个蒙面人问，从说话的声音可以断定是个女人。

“这是我最后一次为你做事了，这次完了，我们最好不要见面了。”另外一个蒙面人说着。

“好，没有问题！”先前的蒙面人说着。

“你想要我干什么？”后面的蒙面人问。

“一会儿，你带彭三炮的人去祠堂，就这么简单！”先前的蒙面人说着。

“我知道那里是有一个密道，可是你确定今晚钟家的人都在那条密道里吗？”后来的这个蒙面人问。

“我的眼睛不会骗我，这里已经成为一个空城，就算钟泰川再狡猾，我们两路出击，他就算是如来转世，这次也难逃厄运！”先前这个的蒙面人说着，发出了得意的笑声。

“那你留在这里干什么？你怕遇见钟泰川，无法面对？”后来的蒙面人问。

先前的蒙面人嘴角发出一声冷笑，“现在告诉你也无妨，因为一直有人提醒着钟泰川注意这条密道，我想知道里面到底有什么。”说完，她从怀中摸出一个黑色的竹筒，随手就掀开了盖子。瞬间，一股红烟冲天而起。不一会儿，黑暗中一群人朝这边奔来。透着月光，大约20人，其中一部分人扛着枪，另一部分人则扛着榔头和铁锹。

先前的蒙面人慢慢地将竹筒重新放回怀里，然后抬头看着漆黑的夜色，口中重复喊着钟泰川的名字，许久后淡淡地说：“我不知道我们下一次见面会是什么样子，也不知道是否可以再见到他，或许就不应该相遇。”她的眼神开始变得温柔起来。

“你爱他？”后来的蒙面人问。

此言一出，先前的蒙面人发出了凄凉的笑声，然后慢慢地说：“爱一个人是幸福，可怕的是连爱的资格都没有。”话刚说完，远处的土匪已经奔到眼前。这个蒙面人的眼神瞬间就变得锐利起来。先前跑过来的是李彪，后面紧跟着马再发。

李彪看着眼前的两个蒙面人疑惑地说：“怎么是两个？大哥让听从蒙面人的安排，到底应该听哪个的？”先前的蒙面人冷冷地说：“当然是听我的。”话还没有说完，她就从怀里掏出刚才的那个黑色的竹筒。李彪悻悻地“哦”了一声不说话。接着先前的这个蒙面人说：“你的人马分开两拨，一队跟她走，一队留在这儿。”说完指着另外一个蒙面人。

李彪直截了当地说：“我带人在这儿挖开密道口，三弟，你带人去祠堂。

就这样定了。”说完，就带人朝后院墙角奔了过去。李彪看了看周围的情况，指着其中一个土匪悄悄地说：“在这儿看好了，一有情况就吭声。”说完，看着身后的四个土匪说：“手脚利索点！”然后拍拍这几个人的肩膀。几个人一看李彪的眼神，顿时扛起榔头迅速地沿着墙角开始挖土。他们蹑手蹑脚的，生怕发出半点声响。大约过了半刻钟，突然，榔头上传来一声“叮咚”。这时先前的蒙面人慢慢地从胡同口走了进来，她指着下面说：“就是这里了，大伙儿小心，下去将这个石板掀开。”说完，冲着站在上面的两个土匪使着眼色。

站在上面的两人跳到坑里，一头站着一个人，然后用榔头撬着，突然石板“哗啦”一声被掀在了一边，紧接着下面冒出一股极强的气流。这股气流直把坑里的两人呛得喘不过气。站在上面的李彪捂着鼻子，低声说：“大伙儿一会儿下去，进去后千万小心，尽快找到通道，今晚我们就要活捉钟泰川。”

马再发紧紧跟在蒙面人的身后，他发现蒙面人的身影竟然是如此熟悉，可是一时间却又想不起是谁。“你好像对钟家的一切都比较了解，你是钟家的人？”马再发试探着问。

没有想到蒙面人头也不回，只是淡淡地说：“就算了解又怎么样？你不也是这样吗？”一句话说得马再发不知道该怎么回应。马再发看着蒙面人的身影，他知道此时说什么都是多余的。他看着漆黑的夜色，思绪渐渐开始凌乱。钟家曾经是他的家，要说了解，恐怕没有一个人能够比得上他，可是如今他心里的痛楚谁能够了解。

就在刚才一股红烟冲天的时候，钟泰川怔怔地看着天空，一句话也没有说。他知道胜败今晚就要知晓。他冷冷地看着红烟在天空中划过，心中顿时升起无限哀愁。“为什么要有纷争？我们的亲人都因为这些纷争死的死，伤的伤，这一切到底为什么？”此时他和刘一凯正在祠堂的院中，身后站着几名护院。

身后站着的刘一凯微微地往前凑了凑说：“可是这个世界总有些人喜欢争出个胜负，然后以英雄自居。”

“他不知道，此时日本人已经开始蠢蠢欲动，战争一触即发，我们国人还在自家争宠。”钟泰川后背着手站在院子里说。

“黑鱼？黑鱼？”刘一凯低着头反复说着这个名字，许久后，他淡淡地说：“少爷，我一定可以在和日本人开战之前挖出这颗埋在黑井的毒瘤。”

“但愿如此。这个生命线日本人想知道，军阀特工也想知道。到底是什么呢？”钟泰川说着说着，不再说下去。

刘一凯警惕地朝祠堂外面看了一眼，然后看着钟泰川的背影说：“少爷，我看这书上后两页的那两句话总感觉怪怪的，说不定和这个生命线有关。”刘一凯回忆着。“我也是这样想的。”钟泰川说了一句后不再说话，仿佛陷入了沉思。许久后，刘一凯淡淡地说：“凡事自有天数，我们顺其自然吧。”说完，他趴在地上侧耳听着外面有什么响动。突然，他站起来拉着钟泰川的胳膊说：“少爷，他们来了，我们还是解决眼下的事情吧！”说着，拉着钟泰川转身朝祠堂后院走去。

话刚落下，就听见外面一阵急促的脚步声，紧接着祠堂的大门瞬间就被推开了。一群人蜂拥而进，领头的是一个蒙面人，后面紧跟着马再发。马再发一进门就冲着手下的弟兄们叫喊道：“弟兄们，我们立功的时刻到了，留下两个人望风，其余的跟我冲进去！”

紧接着，一群人破门进了祠堂的正面的屋子。隐隐约约地听见其中一个土匪喊着：“三当家的，这怎么全是牌位，密道入口在哪呢？”马再发狠狠地喊了一句：“祠堂里不摆牌位，那摆什么？你净说废话，赶快找！”

此时的蒙面人看了马再发一眼说：“别找了，在桌子上最后一个牌位下面。”说着一跃上了桌子，几步就走到了最后一个牌位前面，然后伸出一只手用力地扭动着。瞬间，牌位旁边出现一个洞。马再发的眼睛瞬间瞪得很大，他暗自思索：“我怎么不知道这里还有一个暗道，难道是钟老爷死了之后才发现的？”马再发还在思索着。蒙面人有些不耐烦了，喊着：“还不赶快下去！钟家的人可都在下面了。”

马再发顿时回过神，扭头看着身边的几名土匪喊道：“快下去！将他们都抓出来。”话一说完，几名土匪一拥而上争先下了洞口。马再发守在洞口看着下面的动静，蒙面人似乎也在焦急地向下望着。许久以后，蒙面人抬头看着马再发，忽然他的眼中闪过一丝不安，然后淡淡地说："我们这样做，值得吗？"

"对我来说，已经没有退路了。"马再发淡淡地说。

蒙面人看了马再发一眼，随后说："我们都是戴着面具的人，面具戴久了就再也无法摘掉了。"话语中充满无尽的悲伤。

"如果可以重新来过，我宁愿什么也不知道。"马再发说着慢慢地回头跳下了桌子。"我也是，可惜我们还能回到过去吗？"蒙面人看着走下去的马再发淡淡地说。

"已经太迟了。这么长时间，下去的人都没有上来，我们都已经无路可走了。"马再发淡淡地看着摆在桌子上的钟家的牌位。蒙面人猛然醒悟，他"哎呀"一声跳下桌子。此时从门外传来一个声音："是啊！走错了路就再也走回不来了。"话还没有落地，刘一凯就带着人冲了进来。紧跟着，身后的几名护院举着火把，瞬间整个祠堂里里外外，照得一片通红。其余几名护院举着枪指着站在桌子前的马再发和蒙面人。马再发深深地叹了一口气，他没有转身，因为他怕看到那一张张熟悉的面孔。

"这一切终于来了。"马再发淡淡地说。

"是不是来得有些太快了？"钟泰川缓缓走了进来，看着马再发的背影说。

"一点都不快，因为……因为我不想再这样下去了。"马再发的声音中充满深情。

"为什么？"钟泰川直截了当地问。

"因为一个人戴面具太久了，就会习惯了，就会忘记了以前的许多事情。"马再发说着说着，他的喉咙开始哽咽。

"其实，你早发现我会在这里设下埋伏，可你为什么还要来？"钟泰川说着，不由得想起了以前的许多事情。

"我是来赎罪的！"马再发说着，慢慢地转过身来。突然，他从腰间拔出手枪对准了钟泰川。就在这千钧一发的时刻，刘一凯扣动扳机，一枪射了过去，正中马再发的脖子。马再发捂着脖子顺势滑落在桌子下面，身子靠在了桌子腿上。他满眼含泪地看着钟泰川说："少爷，我终于还可以再见你一面。"说着，口中吐出了一口鲜血。

钟泰川看着坐在地上的马再发，一瞬间小时候的往事突然涌上心头。他怔怔地向前走了几步，看着满口是血的马再发说："再发，为什么要这样做?"马再发用力地捂住脖子上往外渗出的鲜血，努力微笑着，看着钟泰川，然后说："少爷，我的枪里根本没有子弹。我宁愿死在钟家人的手里，也不愿意……"说完，他用力扣动着扳机，果然手枪只是空响了一下。由于马再发手上用力太猛，脖子上的枪伤顿时被牵动了，瞬间，地上流满了鲜血。突然，他再也支持不住了，身子慢慢地往下滑着。刘一凯看着眼前的情况，他不忍继续看下去。他挥挥手，几名护院上前将蒙面人带出了房间。

此时，屋子里只剩下钟泰川和躺在地上的马再发。钟泰川上前一把抓住马再发，此时他对马再发再也生不出丝毫怨恨，他看着重伤的马再发说："你为什么要托白晨春给我留那张纸条?"钟泰川问。

"因为那条密道有人进去过。少爷，你……一定要小心你身边的人。"马再发用力抓着钟泰川的胳膊，一双大眼睛盯着钟泰川。

"你曾经是我的兄弟，可是你的双手也曾沾满了钟家人的鲜血。"钟泰川看着马再发眼泪涔涔落下。

"少爷，我想求你一件事情。"马再发吐了一口鲜血说。

"你说。"钟泰川说。

"我老娘在彭三炮手里，求你将她……将她救出来!"马再发说完后闭上了眼睛，眼角扑簌着掉出了几滴眼泪。

钟泰川不忍再看马再发，他咬着牙，慢慢地从腰间拔出一只小手枪顶在马再发的肚子上。钟泰川没有流泪只是脸颊湿漉漉的，他用力地闭上了眼睛。一声枪响后，钟泰川慢慢地从屋里走了出来，他低着头，嘴里嘀咕着："兄弟，一路走好，来世我们还做兄弟。"说完，他仰头深深吸了口气，然后看着院子中的蒙面人大吼着："现在，你也该揭下你脸上的那块黑布了吧!"钟泰川一步一步逼近蒙面人。只见蒙面人慢慢地向后退着，可是退了几步后，他慢慢地停了下来，伸出一只手摘下了蒙在脸上的黑布。就在这一瞬间，钟泰川失声喊了出来，“是你？为什么是你？”

“上官姑娘，你怎么会在这里？”刘一凯吃惊地跟着钟泰川叫了出来。

“落在你们手里，我无话可说，你们动手吧！”上官纯不敢正眼看钟泰川，只是坦然地说着。

“为什么不敢抬头看我？一个军阀的特工难道不敢正视你眼前的男人？”钟泰川满脸怒气地吼着。

“泰川，不是你想的那样。”上官纯解释着。可是话还没有说完，钟泰川就打断了她的话，然后紧紧盯着她说：“不要叫我泰川，那天给管家烧纸钱的也是你吧！管家替你隐藏了身份，你于心不忍，所以半夜跑去灵堂，是这样吗？上官纯！”钟泰川说到最后声音几近崩溃。此时上官纯慢慢地低下头，声音低沉地说：“那天是我给他烧的纸钱，可是我并不是雄蔷薇。”

“你还不承认，管家乡下有个儿子，他每月都会把一部分钱寄过去，于是，你开始要挟他，为你办事。”钟泰川声音越来越高。

“可我为什么这样做？”上官纯还是争辩着。

“因为，在钟家所有的人都以为雄蔷薇是个男的。事实上，她是女的。而管家的死正好可以掩盖一切，这就是管家为什么临死都没有承认自己是雄蔷薇的原因。”

“那他为什么临死都没有说出我是雄蔷薇？”上官纯接着说。

“那是因为他想让他的儿子活得更安全点，那一笔钱，管家正是寄给了他的儿子。你真的太狠了，上官纯！”钟泰川一步一步逼近上官纯。

“你胡说！”上官纯开始大吼着。

“我刚回到钟家，装成我的样子在警察署假扮我的是你，对不对？在胡同口杀死那个偷书人的也是你，你想嫁祸给我。将我爹吊死的也是你。上官纯，你还有什么话说？”钟泰川上去一把抓住了上官纯的胳膊质问着。此时，钟泰川愤怒得像头狮子。上官纯看着钟泰川，浑身打了一个冷战，然后稍稍用力挣脱了钟泰川的手说："不是我！"

"那你为什么对祠堂这么熟悉？要不是我今天设了这么一个计策，你会上当吗？"钟泰川接着怒斥道。

上官纯突然像醒悟了一般，她看着钟泰川问："这里并没有密道，你那天来祠堂寻找密道是故意做给我看的，是吗？"钟泰川仰天大笑，片刻之后，他接着说："是的，我只是命人在此挖了一个坑。"

"那今晚钟家人呢？"上官纯接着问。

"我给他们找了一个安全的地方，此刻，他们应该回家了。"钟泰川看着上官纯脸上充满惊诧。

"原来你一直在和我演戏？"上官纯失声问。

钟泰川没有再说话，许久后，他大叫一声："来人！拿下！"然后就径直走出了祠堂的大门。几名护院听到钟泰川的呐喊，瞬间蜂拥而上。上官纯一瞬间就被摁倒在地。钟泰川前脚刚迈出祠堂大门，小三子就从院子大门外面跑了进来。他看看祠堂里的众人，再看看上官纯，咬牙切齿地说："原来这一切都是你干的，亏少爷平时那么对你。"说完朝着上官纯狠狠吐了一口唾液。然后，扭头看着钟泰川说："少爷，钟家众人已经安全回家，可是……"小三子说着迟疑地看着钟泰川。

钟泰川的脸色依旧阴沉着，他盯着小三子说："可是什么？"

"我看到他们都下了后院墙角下的密道，那里面还有一个蒙面人，可是田中弘一始终没有露面。"小三子说。

## 暗度捉贼

“他会出现的，或许，此时他也应该到了。走！咱们去看看！”钟泰川说着，率先走出了大门。

夜色似乎更黑了，在这个带着枪声的夜晚，注定要让人毛骨悚然。可是钟泰川脸上却毫无惧色，他抬头看看一轮弯月，大步流星地朝着钟家大院赶回来。他的身后紧跟着钟家的马帮和护院。不一会儿，他们跨过了护城河上的小桥。钟泰川率先沿着城墙转到了城墙的一脚，伸出脑袋向后面胡同里张望着。“一凯，看到没有？这个小喽啰在放哨呢？”钟泰川悄悄地说。

刘一凯向前凑了凑，靠住墙角看了一眼说：“少爷，距离太远，我们不便偷袭。”钟泰川“嗯”了一声，仔细观望着。“小三子，过来！”钟泰川低低地喊着。小三子听到钟泰川的叫唤后，他一根箭就从后面窜了过去，然后看着钟泰川。

“爬上城墙，一直沿着城墙到胡同口。记住，眼疾手快，千万不要让他发出声响。”钟泰川看着远处说着。

“明白！”小三子干脆地说。

“一凯，这条护城河下面有一个洞口直接通向密道，一会儿你派人下去打开口子，我要他们统统淹死在钟家的地下！”钟泰川扭头目光严峻地看着刘一凯。

刘一凯略微迟疑一下说：“少爷，我们现在还不确定下了密道的是谁？这样做，他们都会死在密道里。”说完，他看了一眼身后被绑起来的上官纯。此时的钟泰川何尝不知道刘一凯的心思，可是事到如今，还有其他更好的办法吗？钟泰川迟疑着。许久后，他铿锵地说：“顾不了这么多了。一凯，你现在就派人下河去找密道洞口。小三子这边一搞定，我就通知你放水。大家各就各位吧！”

刘一凯不再说什么，他转身叫了两名护院，没有走几步，其中的一名护院就下了河。小三子踩着一名马帮成员的肩膀慢慢地爬上了城墙。他蹑手蹑脚地站在城墙上向前走着。此时，站在胡同的土匪已经开始犯困，可是依旧端着枪四处张望着。钟泰川看着在城墙上快速向前移动的小三子，暗暗为他捏了把汗。此时耳边不时传来了漕漕的渡水的声音。

眼前着，小三子离那名土匪越来越近，不一会儿，土匪就站在小三子的脚下，小三子慢慢地从怀里摸出一根绳子，然后打了个活结，他准备出其不意地将土匪的脑袋套在绳子里，然后一招之内挂在墙上。此刻，他紧紧地盯着下面的土匪，绳子的另一头慢慢地沿着城墙向下滑着。千钧一发的时刻就要到了，小三子瞅准了土匪的脑袋，然后拉着绳子的一头用力一甩。

钟泰川看着眼前的这一切，暗叫一声：“不好！”他拔出了腰间枪，万一小三子一击不中，他准备以迅雷不及掩耳之势冲上去，解决这名土匪。果不其然，就在小三子用力甩绳的时候，土匪突然转身望着城墙上的小三子，紧接着就要张嘴呼叫。说时迟那时快，小三子从城墙上一跃而下，径直扑到了土匪的身上，他一只手摁住了土匪的嘴，另一只手使劲扭住土匪的脖子。两人就这样在地上翻滚着。钟泰川大叫一声：“给我上！”话刚说完，就率先冲了出去。身后几名马帮眼看小三子在那儿翻滚着，他们像离弦的箭，瞬间就赶在了钟泰川的前面，还没有等钟泰川上前，两名马帮已经一人摁着土匪的一只胳膊，小三子从裤腰上扯下一大块白布，麻利地塞在这名土匪的嘴里，然后伸起拳头照着土匪的脑袋用力地捶着。

钟泰川一把抓住了小三子的胳膊说：“干正事要紧，一会儿再收拾他！”说着向胡同里走去。他看着被挖开的洞口，微微一怔，“弟兄们，立刻给我封上这个洞口，我要让他们血债血还！”钟泰川愤怒地喊着。瞬间，一块巨大的石板重新盖了上去，紧接着几名马帮用枪托将挖出来的土重新盖了回去。钟泰川看着这一切，微微松了口气。

随后，他快步走出了小胡同，来到了护城河旁，焦急地看着在河边站着的刘一凯。“一凯，要快！怎么还没有找到？”钟泰川焦急地问。刘一凯看着正在河底摸索的两名护院，不禁心中有些担心。好一会儿，两名护院终于从水底钻了上来。钟泰川二话没有说，就直接指着两名护院说：“给我放水！我要淹死这帮兔崽子！”两名护院一听到钟泰川的命令，瞬间再次潜下了水底。“吱呀”一声传来，护城河里的水，沿着两人站着的位置奔流而下，护城河里的水位急剧地下降着。刘一凯看着站在河里的两名护院，顺势将绳子甩在了两人的手中，将两人拉上了岸。

此时天空微微发亮，钟泰川看看众人，然后淡淡地说：“大伙赶紧回去收拾，准备婚礼的事情。”忙乎了一晚上，钟泰川似乎累了，他微微地合上眼睛，随后慢慢地走进了钟家大院。他的脚步很慢，进门的时候正和柳凤仪碰了个照面。柳凤仪看着满脸憔悴的钟泰川，轻轻地问：“泰川，不管发生什么事情，今天你必须坚持下去，因为这不仅是你一个人的事情。”

钟泰川淡淡地说：“娘，你想说什么？”

柳凤仪看看身后被绑起的上官纯，再看看最后的那个土匪小喽啰，然后叹了口气说：“钟家太乱了，你做的这些事情，娘心里都明白，可娘还是希望你能得饶人处且饶人。”钟泰川没有说话，只是慢慢地向院子里走去，可是没走两步，柳凤仪再次说着：“晨春不见了。”

钟泰川慢慢地停下了脚步，转身看着柳凤仪，吃惊地问：“她不见了？她不是和你在一起吗？”钟泰川向前走一步，眼睛瞪得老大。

“你还不知道？昨晚我们回来的时候，就没有看见她！”柳凤仪看着钟泰川失声地问。

“难道她在密道中？”钟泰川的脸色一片苍白，他怔怔地像是在自言自语。许久后，钟泰川抬头高声嘶叫着：“为什么？我从来没有怀疑过你，你为什么要这样做？”钟泰川像是发了疯一般，冲到刘一凯面前，使劲地抓住刘一凯的衣领说：“为什么？这一切到底是为什么？”

刘一凯看到绝望的钟泰川，他摇摇头，然后叹着气说："少爷，你就接受现实吧！"

柳凤仪慢慢地走过来，她伸出双手抚摸着钟泰川憔悴的脸颊，突然钟泰川的眼圈一红，他的眼泪像是决堤的洪水一样流了下来。许久后，他看着柳凤仪说："娘，我真的好累！好累！"柳凤仪的声音在此时有些哽咽，她双手触摸着钟泰川的脸庞，然后点点头说："我知道！"

"我该怎么办呢?"钟泰川仰头，一行热泪顷刻留在嘴里，他仰望着天亮后的晨光，第一次感觉那么无助。

"听娘的话，即使她做错了什么，只要回头，一切就不算晚，现在只有你能将她从地狱的门里拉上来。"柳凤仪看着钟泰川说。

许久之后，钟泰川转身，他慢慢地将眼泪擦干，他知道只有懦弱的人才有眼泪，他发誓以后再没有眼泪。瞬间他高喊道："小三子！立刻关上护城河的密道洞口。"他的一双眼睛中再次充满了坚定和什么也阻挡不了的豪情。

"一凯，立刻带人挖开后院的密道入口，其他人原地待命！"钟泰川边说边向前走着，就在和上官纯擦肩而过的时候，他淡淡地说："你走吧！你该有自己的生活！从今以后，我不想再见到你！"说完他快步走出了钟家大院。刘一凯和小三子听到钟泰川的话后，叫了几名马帮走出了大院。此时，柳凤仪看着离去的钟泰川，她第一次看到钟泰川的身影是那么熟悉，仿佛年轻时候的钟近楠豁然出现在了眼前。她淡淡地说："去吧！孩子！娘为你祈祷！"

钟泰川来到了后院墙角的密道口，他看着刘一凯快要挖开的洞口，眼珠子瞪得快要掉了出来。不一会儿，刘一凯掀开了密道入口，他一跃跳到了坑边，然后说："少爷，下面全是水，我们下去怕是要陷在里面。"钟泰川淡淡地说："我知道！叫大伙儿将钟家的那张小竹筏扛来。"说完，他率先跳到了坑里，他看着下面黑洞洞的洞口，一只脚慢慢地伸了下去。

紧接着，他跳进了密道入口。突然，他高喊一声"不好"，半个身子已经全部落在水里。原来护城河里的水全部由密道流到这里，时间一长，这里的水位越聚越高，此时洞里一片漆黑，钟泰川的半截身子全部浸泡在水里。隐隐约约地听见上面的刘一凯高声喊着：“少爷……”钟泰川随后高声应了一声。

此时上面传下来一张小小的竹筏，钟泰川慢慢地接住竹筏，等竹筏的另一头也完全进了洞里，他双手一放，一张小竹筏顿时浮在密道里。这张小竹筏刚好能够在密道里穿行。钟泰川两手撑住两侧的墙壁，慢慢地向上爬着，直到身子缩成了一团，两只脚才迈到了竹筏上。钟泰川松了口气，向上面喊着：“一凯，带上火折子，带上枪，跳下来！”隐隐约约听到上面应了一声，一瞬间一个黑影就从上面跳了下来，正好落在了竹筏的另一头。

就在刘一凯落下来的一瞬间，竹筏受力太猛，向里面驶去。钟泰川借着微弱的光线看着站在另一头的刘一凯喊着：“一凯，你就不能慢点，少爷我连一点心理准备都没有就这样开进去了。”刘一凯听着钟泰川的谩骂，不由得憨厚地笑了一声说：“少爷，咱是个粗人，哪有你们这些文化人那么斯文。”说着他走到了竹筏中间，伸出一只手将钟泰川拉到了竹筏中间。

竹筏慢慢地向前走着，走了不长的一截，突然通道两侧一片明亮，身边的每一块石头好像都在发光。“少爷，怎么咱们走到这里，光线还依旧这么强，看来用不着这火折子了。”刘一凯疑惑地说。

“不！不对，你仔细看，这是什么东西？”钟泰川抚摸着两侧墙壁上光亮的像结晶一样的石头说。

刘一凯用手抠着墙壁上的这些小晶体，只见上面的一些小颗粒是松软的，刘一凯捡起一颗小颗粒放在嘴里，突然他吐了一口唾液然后大声说：“少爷，这是结晶盐，这可都是纯品呀，这里看来还真不少呀，我们又发现了一个盐矿。”钟泰川看着墙壁上的结晶盐，只见它们都是成块地附在墙壁的两侧，闪闪发亮。整个小小的通道从顶上一直到两侧全是结晶盐，镶嵌在墙壁上，像珍珠，像水晶石。

竹筏还在向前走着，钟泰川触摸着这些石头，他并没有兴奋，反而有些迟疑着。“为什么在钟家的地下会有这些？难道我原先的推测是错误的，乾休并不是指河道那个密道入口。”钟泰川低低地自言自语。

“我看那本书那么神秘，可能揭露的不只是一条密道那么简单，说不定代表的就是这里的盐矿。”刘一凯说。

钟泰川没有接话，只是回忆着书中的内容，他口中嘀咕着：“此处正北，乾为源，北走马，地之休，原来是这样。那么马再发所说的密道位置并不是指这里，书中所说的也不是什么密道。”

“难道书中所说的都是盐矿？是祖辈发现后留下来的？”刘一凯疑惑地问。

“如果真是这样，那么乾休、坤生、震伤、巽杜、坎景、离死、艮惊、兑开指的是八个不同的盐矿，那后面两页指的是生命线？”钟泰川低低地说着，脑海中不断浮现出书中的那些奇妙的画。

“这好像是八卦的卦意，乾为马，坤为牛，震为龙，巽为鸡，坎为豕，离为雉，艮为狗，兑为羊。而八卦阵按休、生、伤、杜、景、死、惊、开分为八门，这正是书中的寓意呀！少爷！”刘一凯掐着指头，口中缓缓说着。

“看来真是这样。”钟泰川淡淡地说。

刘一凯微微点点头，然后说：“我看也只能是这样了。”说完，他抚摸着这些结晶石，然后低低地喊道：“少爷，不好，前面是一个转弯！”

一句话将钟泰川拉回了现实。钟泰川看看前面，的确是一个转弯，竹筏是无法过去了。钟泰川一巴掌冲刘一凯的脑袋上拍了过去，然后说：“你不是跟着再发也练过几天吗？一会儿咱俩手撑住墙壁，将竹筏翻着立起来，转过这个弯。”提起马再发，钟泰川的语气不禁低沉了几分。

“这样行吗？”刘一凯疑惑地问。钟泰川看着刘一凯，他知道刘一凯担心自己一旦两手支撑墙壁，时间一长就会掉下去。

“不要管了，行动！”钟泰川干脆地说。话还没有说完，他两手撑住了墙壁，慢慢地向前移动着。就这样一个举动直把刘一凯看得目瞪口呆。不一会儿两人终于摆脱了这个转弯。钟泰川轻轻地一跃站在竹筏上了松了口气，刘一凯笑呵呵地看着钟泰川说：“少爷，我还不知道你有这么一手。”

“别说话，看前面是什么？”钟泰川指着前面水面上一个黑乎乎的东西说。刘一凯顿时集中注意力，看着前面。待竹筏游到这个黑乎乎的东西前面。刘一凯几乎吓得叫了出来，他张着嘴说："少爷，是个脑袋。"一只脑袋漂在水面上去，鼻孔中流着血，一双眼睛像是在求救，看起来死去不多时，一定是被水冲死的。"死前一定是痛苦地挣扎过，要不不会成这个样子。"钟泰川淡淡地说。

"这也太惨了吧！"刘一凯失魂落魄地说。

钟泰川白了刘一凯一眼说："更惨的还在里面呢！"说着两手托着墙壁向前急速地游着。果不其然，走了一会儿，越发不宽的密道里，隔三差五地躺着土匪的尸体。可是就在此时钟泰川隐隐约约地听到里面传来了说话声。他示意刘一凯不要吭气，竹筏就这样慢慢地越过这些尸体向前走着，突然墙壁的一侧露出一个洞口，水位刚好没在洞口的下檐，这个洞口一个人横着身子刚好能进去。钟泰川定住了身子向里望着，隐约看见有一扇大门。"难道这里还有人居住？"钟泰川自言自语着。

"不可能吧！这里终年不见太阳，活人到了这里都会死，哪能居住？"刘一凯回应着。钟泰川没有说话，只是脑袋瞬间就钻进了这个洞里。紧接着，他的身子向里面挪动着。不一会儿钟泰川的身子像是断了线的风筝，整个人栽在里面。随后传来一声"哎呀"的声音。刘一凯顿时着急地大喊一声："少爷……"他的脑袋瞬间钻进了这个洞口里。此时钟泰川爬过洞口，却一头栽了下去，等他整个身子落地后，他庆幸自己没有摔死。他慢慢地站起来，看着刚才进来时的那个洞口，从里面看，这个洞口距地比较高，钟泰川站起来，眼光刚刚能从洞口穿出去。

他踮起脚向外望去，只见刘一凯正在向里爬着，他高兴地说："一凯，我没事，你快些进来。"说着他转身看着这里。眼前是一扇木门，门的两边是两个铁环，锈迹斑斑。从门缝里望去，只见里面有一个蒙面人。再向后看去，钟泰川吓得合不拢嘴。只见一个满头白发、衣服破烂不堪的老妇人盘着腿坐在地上。她满脸污垢，长发将面目全部遮挡住，手上的指甲长得让人害怕。更让人震惊的是她坐在一个铁笼子里，铁笼的一侧有一扇小门，可上面挂着一个生锈的锁子，似乎她已经被困在这里多年了。

“你怎么会来到这里?”笼子里的老妇人厉声问。

“此事说来话长，其实我和钟家是有些渊源的。”蒙面人有些心慌。

“你和钟家有渊源?摘掉你脸上的那块黑布子。”老妇人一双眼睛恶狠狠地盯着眼前的蒙面人。蒙面人迟疑了一下，随后他坦然一笑说:“如果我不摘下来呢，你能拿我怎样?”说完轻蔑地看了坐在牢笼中的老妇人一眼。



“放肆!”老妇人一怒站了起来，恶狠狠地盯着站在外面的蒙面人。只见她瘦骨嶙峋，可是双目炯炯有神。她抓着铁笼子上的栏杆不住地摇晃着。蒙面人看着眼前的凶恶的老妇人，身子稍稍地向后退了一步，注视着铁笼子。

“看来，你是不见棺材不掉泪!”老妇人说时迟，那时快，一瞬间跑到铁笼子一侧的小门，用力抓着锁子不断地摇晃着。此时的蒙面人不禁浑身一怔，片刻之后，他看着老妇人依旧用力抓扯着锁子，可是锁子纹丝未动。他得意地仰头大笑。突然，一声锁子坠地的声音传了出来，紧接着老妇人如同鬼魅一般来到蒙面人眼前。瞬间一只手扼住了蒙面人的喉咙。蒙面人吃惊地看着这突如其来的变化，她双手用力地扳着老妇人的手。此时的钟泰川几乎叫了出来，他确信眼前的蒙面人就是张曼如。于是，他闪电般地撞开门，一瞬间就跑到了老妇人面前，上前就是一脚。

此时的老妇人看着突然冒出的年轻人，她身子向后一闪，躲开了这一脚，一只手顿时松开了蒙面人。蒙面人顿时一屁股坐在了地上，看着钟泰川吃惊地说:“是你?”钟泰川蹲下身子，看着眼前的蒙面人，他知道这一刻迟早要面对，眼前的这个女人曾经让自己深深地爱着，可惜爱情还没有来得及开花就已经枯萎。“是我!我来得还不算晚吧!”他的语气有些哀伤。说完，他回头看着站在不远处的老妇人，他不知道眼前的老妇人怎么会被关在这里。

“又来了一个?二十年了，这个洞里从来没有像今天这么热闹。好!好!好!”老妇人看着钟泰川连声说了三个好字。

“你怎么会关在这里?”钟泰川直截了当地问。

“你怎么会来到这里?难道钟家出事了?”老妇人看着钟泰川反问道。钟泰川稍稍迟疑了一下，看了坐在地上的张曼如一眼，坦然地说:“这个要问她!”

“哦？难道她真和钟家有莫大的关系？”老妇人质问着。

蒙面人从地上慢慢地站起来说：“是的！我和钟家是有些渊源，我就是张曼茹！”一句话吐口而出，钟泰川吃惊地回头看着刚刚摘掉黑布子的女人。他的眼神瞬间停滞在这一刻，眼前的这人正是张曼茹。只见她深情地看着钟泰川说：“泰川，我们终于又相见了。”说着慢慢地向钟泰川走来。

钟泰川失神地看着走过来的张曼茹，曾经青梅竹马的往事瞬间历历在目，他吃惊地说：“这么多年来，你还好吗？”

“好！自从你回来，我每晚都在偷偷地看着你，但我再不能像以前那样拥抱你了。”张曼茹看着钟泰川，眼中闪着泪花。

“为什么？”钟泰川问。

“因为这一切就要结束了。我以为上官纯一死，那么雄蔷薇至此就跟着消失了，然后我们就可以名正言顺地在一起。可是你为什么要到这里来？”张曼茹悲痛地说。

“原来你才是真正的雄蔷薇？”钟泰川失望地看着张曼茹，他多么想听到张曼茹的争辩。可是张曼茹没有说话，许久后含着泪点点头。

“管家是为你死的？”钟泰川的心瞬间就要碎了。

“是的！我以为管家的死，正好印证雄蔷薇已死，可惜我错了，我低估你了，你比以前聪明多了。”张曼茹慢慢地走到了钟泰川身边，伸出一只手慢慢地抚摸着钟泰川的脸蛋，她好像又找回了从前的那种感觉。

“所以你安排上官纯去见我，好让我彻底相信。你累了，你想尽快结束这一切，是吗？”钟泰川握着张曼茹的手问，刹那，他感觉张曼茹的手一片冰凉。

“是的！我累了。三年前，我无意中闯入了文天的地盘，我被他强奸了，然后他逼着我做特工。当时我只想死，可是我还想见你最后一面，现在这一切似乎都实现了。”张曼茹说着脸上两行泪珠不知不觉地落了下来。

“这个畜生！我非要崩了他！”钟泰川听着张曼茹的话，咬牙说着。

“怨不得别人，这一切都是命。”张曼茹慢慢地垂下了头。

“那你为什么要胁迫管家和上官纯呢?”钟泰川问。

“我无意中发现了管家在乡下还有一个儿子，所以我要挟他。至于上官纯那更简单了，管家死后，在每一个晚上，都有一个女人在为他烧纸钱。”张曼茹淡淡地说。

钟泰川看着张曼茹，突然吃惊地问：“管家是上官纯的父亲?”



张曼茹微微点点头，然后嘴角略带微笑地说：“好了！泰川，我该走了！”说着她慢慢地转身，向前迈着步子。

“这一切值吗?”钟泰川悲痛地看着张曼茹的背影，他的声音开始哽咽。

突然间，张曼茹转身，一瞬间向钟泰川扑了过来，她用力地抱住钟泰川，用力地吻住了钟泰川的嘴唇。钟泰川的双手也顺势抱住了张曼茹的身体，两人含着热泪深情地吻着。许久以后，张曼茹慢慢地松开了钟泰川，她伸出了一只手抚摸着钟泰川的嘴，随后她头也不回地朝着墙壁上用力撞去。钟泰川失声叫了出来，可是已经迟了，张曼茹的脑袋已经撞在坚硬的石头墙壁上，血流不止。钟泰川跑了过去，一把抱住张曼茹。只见张曼茹嘴角带着微笑，一只手用力地抓着钟泰川的胳膊，好像此时是她人生中最满足的时候。

钟泰川大把大把的眼泪了落在了张曼茹的身上，因为此时张曼茹已经满足地闭上了眼睛，只剩下钟泰川悲痛的哭声、撕心裂肺的呐喊声。许久后，他抱起张曼茹正要缓缓离开，身后的老妇人开口了，“你是钟家大少爷?”

“是又怎么样?”钟泰川淡淡地说。

“你真是钟家的大少爷，你的小名可叫意可?”老妇人吃惊地问。

“是！这个小名从来没有人叫过我，连我娘都没有叫过我。”钟泰川抱着张曼茹慢慢转过身，看着眼前的老妇人。只见老妇人像是找到久违的故人，她向前一步看着钟泰川说：“你还认识我吗？我就是二姨太李春梅。”老妇人深情地看着钟泰川。此时刘一凯推开门，走了进来。刘一凯看了钟泰川一眼，然后怔怔地看着李春梅问：“你不是跳井了吗？怎么会在这里?”

李春梅听到刘一凯的问话，突然她仰头不知道是在哭还是在笑。许久后，她看着刘一凯说：“那天我跳井后，一直沉到井底，突然发现下面有一个洞口，而我很快由于水的冲击力，进了这个洞，没有想到这里居然是这么一番情形。”钟泰川吃惊地看着眼前的老妇人。接着她缓缓地说：“几乎每天我都会重新爬到井里，我想听听，钟家的那个老女人怎么样，每当我听到她生气的时候，我是多么高兴。”

“那个老女人指的是谁?”刘一凯问。

“当然是柳凤仪那个贱货。当年要不是她，我也不会落到如此地步。”老妇人愤怒地喊着。紧接着她说：“直到有一天，有人从井里打水，突然发现了我，至此后我再也没有爬出去过！可怜天不负我，居然让我的儿子找到我了。”说完仰头大笑，可笑声中却充满凄惨。

“原来马再发说的密道是在井里。”刘一凯淡淡地说。

“你的儿子?”钟泰川看了一眼刘一凯，然后吃惊地指指自己问道。

李春梅没有回答钟泰川的话，许久后，她淡淡地说：“二十年前，我和文天相爱。那时文天还是龙云手下的一名卫兵，有一天，文天为了我，悄悄逃离了部队，我们准备远走高飞。可惜还没有走，唐继尧就带人追来。我清楚记得当时我们走到河边走投无路，正巧钟近楠当时在那条河上摆渡做生意，于是我悄悄地躲在船舱里，逃过一劫。”

“那是多年前的老账了，现在你还记得这么清楚?”刘一凯轻轻地问。

“我忘不了！我至死也忘不了！文天被抓回去了，后来听说没死，我就这样住在了钟家大院。”李春梅回忆着往事，仿佛时光回到了二十年前。

“文天说你们还有一个孩子?”钟泰川淡淡地问。

“刚开始的确有个孩子，可是进了钟家后，三姨太和四姨太跟着迈入了钟家，就是被她们弄的，要不我的孩子不会死。”李春梅说着，愤怒的脸上满含泪花。

“那文天怎么说你们的孩子被送到日本了?”钟泰川不禁想起几个月前文天对他说的一番话。

“你见过文天?”李春梅好像刚刚从回忆中回过神，吃惊地拉着钟泰川的手问。钟泰川微微点点头。许久后，李春梅淡淡地说：“后来，我的孩子流产了。可是就在第二年，我和钟近楠又有了身孕。这件事情，我一直没有告诉文天。”

钟泰川接着说：“难怪文天对日本人那么钟情呢！”

“第二年冬天，我顺利产下一子，此时柳凤仪也产下一子。令人惊喜的是，这两个小家伙，长得居然有几分相似。在豪门里，每一天都是噩梦，为了保全我的孩子，在一个深夜，我将两个孩子悄悄调换了。”李春梅缓缓地说。

钟泰川吃惊地问：“你调换了？那老爷知道吗？”李春梅慢慢地摇摇头，接着说：“调换后，连柳凤仪都没有发现。即便这样，三姨太和四姨太还是不放过我，她们趁老爷不在，给我设了一个圈套，说我勾结土匪。”

钟泰川愤愤地说：“她们当时的确太狠了。”

“当时，你娘是钟家的大姨太，家中一切由她做主，她将我关在了柴房。就在那一晚，我感觉事情不妙，我悄悄地让丫鬟把那个孩子送出钟家，他毕竟是一个生命呀！”李春梅说到此处，语气中充满深情。

“后来，有人将他送到了日本。是这样吗？”钟泰川问。

李春梅点点头，然后看着钟泰川失声说：“其实，在钟家留下的那个孩子才是我的亲生骨肉。你就那个孩子，对吗？”李春梅抓着钟泰川的胳膊，眼中充满期待。

钟泰川茫然失措地点点头，他不愿意接受眼前的这一切，可是这一切确实千真万确，他无法逃避。他慢慢地合上眼睛，许久后，他看着洞中漆黑的惨景淡淡地说：“这么多年，你是怎么过的？”李春梅听到钟泰川的话，她再也忍不住了，开始失声痛哭。许久后，她淡淡地说：“有一天，井里突然掉下来几条小鱼，后来这些小鱼越繁殖越多，就是吃这些小鱼让我坚持到现在，要不我早已是一堆白骨了。”

“所幸我今天还可以见到你。”钟泰川看着李春梅，他一瞬间感觉李春梅才是世界上最可怜的人。

“嗯，这二十年来，我一直没有出去过，虽然这把锁子我早就可以打开，可是我出去又能到哪里呢？青春已逝，再多的挣扎都是无谓。”李春梅淡淡地说。

钟泰川听到这儿，再也抑制不住自己的情绪，他深情地说：“难怪，在我小的时候，父亲总要撑着竹筏带我到河上，去寻找那个孩子。此刻我才明白，父亲不仅仅是在寻找自己的孩子，更是寻找多年前失踪的你。”

“原来是这样。那这样说来，文天并不是田中弘一的生身父亲。”刘一凯接着说。

“不错！他和泰川是亲兄弟，不管怎么样，泰川你一定要帮我找到他。”李春梅一把抓住了钟泰川的胳膊，脸上挂满泪珠。钟泰川什么话也没有说，许久之后怔怔地点点头。

“文天，他现在好吗？”李春梅深情地问。

“他很好，他一直都在挂念你！”钟泰川说。

“我青春已逝，不再是当年的李春梅。相见不如怀念，孩子，你走吧！”李春梅收起眼泪看着钟泰川。

钟泰川抱着怀中的张曼茹，突然他扑通一声跪倒在地，然后失声叫着：“娘……”李春梅怔怔地伸出一只满是沧桑的手轻轻地抚摸着钟泰川的脑袋，豆大的泪珠落在钟泰川的头发上。许久后，她淡淡地说：“孩子别哭，我听曼茹说今天是你大喜的日子，娘听到这个消息已经满足了。”说着慢慢地将钟泰川扶了起来。

“不！我要带你出去，我要你亲眼看着我成亲。”钟泰川干脆地说道。

只见李春梅摇摇头，慢慢地转过身子，许久后说：“外面的世界，我已经不习惯了，孩子，你尽快上去吧！不要耽误了吉时。”李春梅说完，慢慢地走到铁笼子旁边，轻轻地拾起掉在地上的锁子，然后回头看看钟泰川，突然她一个用力的转身就进了铁笼子里，瞬间一把锁子重新挂在了铁笼子上。

钟泰川抱着张曼茹，一个箭步跑了过去，看着铁笼里的李春梅，眼泪涔涔落下。李春梅席地而坐，看着钟泰川淡淡地说：“曼茹是个好姑娘，只可惜……”说着她摇摇头，不再说话。

刘一凯走到钟泰川的身边说：“少爷，老夫人还在上面等着咱们呢。今天这个日子不能错过呀！我们先离开这里吧！”说着扯扯钟泰川的衣襟。此时的李春梅慢慢闭上了眼睛。钟泰川看着李春梅，他用力一个转身向前走着，走到门口，他慢慢地停下了脚步，随即传来了两个字：“保重！”这里面却藏着别人无法读懂的深情。钟泰川大步迈出了门槛。紧接着刘一凯轻轻地退了出来。一扇紧闭的大门渐渐地合上，钟泰川重重吐了一口气。

## 残血柔情

钟家的大院里，到处张灯结彩，没有人知道此刻钟泰川的心里正在滴着血。他傻傻地坐在自己的书桌前面，一动不动地看着窗外来来去去的众人。“张曼茹死了，白晨春却失踪了，我该怎么办?”钟泰川抓住脑袋使劲撞着窗台。不一会儿柳凤仪推开门走了进来。“泰川，你找到晨春了吗?”柳凤仪急切地问道。

钟泰川抬头看着柳凤仪，眼中充满哀怜和无助。许久之后，他失声地说：“我已经好久好久没有见到她了。”说完，重新将头重重地撞在窗台上。柳凤仪“哎呀”一声上去扶住钟泰川的胳膊，然后叹口气说：“这都是冤孽呀！眼下钟家的人是死的死，失踪的失踪，一会儿客人都来了，这可怎么办呢?”柳凤仪淡淡地说。突然，门口的下人高喊着：“警察署张署长到！”钟泰川打了一个趔趄，看着窗外。只见张敬生正满面笑容地走进钟家大院，身后跟着曾靖。曾靖扫视了一眼院子中的众人，随后将礼品放在了桌子上，然后跟在张敬生后面，缓缓地向前走着。

柳凤仪看着走进来的张敬生，慌忙走出了钟泰川的房间。人还没有走到张敬生的跟前，话已经传了出去。

“张署长，贵客呀！里面请!”柳凤仪客气地说着，向张敬生走去。张敬生扫了柳凤仪一眼，颇为不悦地说：“钟泰川呢？他为什么不来迎接我?”

“哪里，哪里，他正在屋子里忙着呢，您先到会客厅等一会儿，我这就去叫他。”柳凤仪微笑着将张敬生带到会客厅。这一切钟泰川都看在眼里，他从桌子后面走了出来，正要出门，迎面碰上了从外面进来的刘一凯。

“少爷，你打算就这样出去？今天可是你大喜的日子。”刘一凯有些吃惊地问。

“那有什么办法？现在我连新娘子都找不见了，总不能一个人拜堂吧！”钟泰川淡淡地说，眼角带着无奈和苍茫。

刘一凯微微迟疑了一下，接着他说：“少爷，我有个主意，说出来，你可别骂我。”刘一凯看着钟泰川慢慢地低下头。钟泰川转身回到房间，扭头看着刘一凯，表情特别复杂，然后拍着刘一凯的脑袋说：“我说一凯呀，这都火烧眉毛了，你就别老藏着掖着了。”

“那我可说了啊！我看就让上官纯先代替晨春拜堂，反正脑袋上顶着红盖头，别人是瞧不见的。”刘一凯说完就低下头，然后悄悄地看了一眼钟泰川。钟泰川慢慢地在屋子里走来走去，片刻之后，他盯着刘一凯说：“这就是你的好主意？你可真行啊！我现在才看出来。”钟泰川用手指头指着刘一凯的眉头说。

“这不也是没有办法的办法嘛！你就将就一下吧！”刘一凯苦笑着说。

“什么？这也能将就？你去给我试一试？”钟泰川眉头一扬，狠狠地瞪了刘一凯一眼。此时柳凤仪站在窗户外面，听着两人屋里面的对话，她略微沉思了片刻，然后推门而入。

“我看一凯说的倒也是个办法。泰川，我看就这样吧！”柳凤仪的口气很是坚决。

“什么？娘你也同意？”钟泰川看着柳凤仪，他几乎不相信自己的耳朵。

“娘知道委屈你了，可是人家上官姑娘也没有什么不好。再说了，晨春不在，有什么事情等婚事完了再说吧！”柳凤仪轻轻地拍着钟泰川的肩膀，声音几近哀求。钟泰川双手用力地搓着自己的脸蛋，然后用力地揪着自己的头发，慢慢地转过身，许久后，他淡淡地说：“好吧！”

刘一凯缓缓地退出了房间，不一会儿进来两个丫鬟，手中拿着大红绸子，手脚麻利地挂在了钟泰川的身上。钟泰川深深地闭上了眼睛，听着众人在外面嬉笑着。他淡淡地说：“如今，我又负了一个女人，难道这是天意？”此时后院的山头传来一首放牛娃的笙歌落，声音如嘶如啼。由远而近，仿佛是在追忆往事。

紧接着，钟泰川被簇拥着，走出了自己的房间，院子里顿时鞭炮连鸣。他头戴黑色礼帽，帽檐上插着一只红花，身上披着红色绸子缎布料，眼神却没有昨日般的溢彩。院子里摆满了酒席，乡里乡外的宾客站在席桌子旁边，笑吟吟地看着钟泰川。钟泰川微微抬头扫视了众人一眼，缓缓向院子中间走去。院子中间放着一个火盆，传说中只要迈过火盆，这一段姻缘就是经过见证的。

站在一旁的刘一凯高喊着："新姑爷准备迈过火盆!"紧接着钟泰川走到火盆旁边，抬起一只脚。他停顿了片刻，不再犹豫，干脆地迈过了火盆。接着众人响起了掌声，钟泰川被簇拥到门口。此时上官纯被一群丫鬟簇拥着从东房里走了出来。她身穿红袍，腰间被一根极细的红绳轻轻地缠着，脚下穿着一双红鞋，额头上披挂着一串珠帘，缓缓地朝着会客厅这边走来。钟泰川微微地扭头看着走过来的上官纯，他的记忆瞬间回到了三年前，张曼茹在省城火车站目送钟泰川离开，当时分别的场合是多么让人难忘。

在火车启动的一瞬间，张曼茹的右手拉着钟泰川的手，缓缓地松开了，她左手中的几十只气球腾空而起，每一只气球上都写着五个大字："泰川，我爱你!"火车慢慢地向前行驶着，张曼茹挥动着小手，口中大声喊着："泰川，我等你!"就这样一个举动，刘一凯也见证了。可是他今天却和另外一个女人走进这个殿堂。钟泰川思索着。

他想起了在东京留学的时候，他和白晨春一起坐在草地上，白晨春依偎在他的怀里，诉说着幸福的明天。

"泰川，多么希望每天都是这样的日子。"白晨春甜蜜地说。

"你这么重，靠在怀里那还不把我累死。"钟泰川看着躺在怀里的白晨春开玩笑说。随即，白晨春一骨碌从钟泰川怀里坐了起来，轻轻地捶打着钟泰川。钟泰川嬉笑着，轻轻地躲闪着。突然，他站起来，跑向了远方的一棵樱花树，然后冲着身后的白晨春说："有本事你追来!"

钟泰川极力地抑制住内心的波澜，他失望地嘀咕着：“你真的追不来了吗？晨春！”此时上官纯已经走到了钟泰川的跟前，她嘴唇一片纯红，然后轻轻地挽起钟泰川的胳膊说：“泰川，我们进去拜堂吧！”此言一出，人群中顿时开始狂呼：“好！少奶奶不愧是接受过新思想的人，那些框框套套的东西就不要了，直接挽起了胳膊。”

“这才算是有情人终成眷属！”人群中一个人高喊着。

两人缓缓走进了会客厅，只见柳凤仪满面春风地坐在了最前面的太师椅子上，张敬生笑吟吟地坐在了下首。会客厅匾额上的四个大字也被绣成了红色。会客厅的左侧挂着一块红布帘子，从这里直通后院的小屋。这也是临时为钟泰川结婚打通的。紧接着刘一凯走上前去，开始主持婚礼。“一拜天地！”刘一凯站在前面乐呵呵地喊着。钟泰川和上官纯缓缓地拜了下来。刘一凯正要喊第二声，此时门口慌慌张张地跑进来一名护院，他看看正在拜堂的钟泰川，脸上稍稍迟疑了一下，慢慢地凑到刘一凯身边。刘一凯眼瞅着这名护院，接着吆喝开了第二声。这名护院低低地凑到刘一凯耳边说：“白晨春找见了！”

刘一凯眉头一皱，心里颤抖着，他知道此时已经骑虎难下了，他看着钟泰川缓缓拜下去的身影，紧接着快速地吆喝着：“引入洞房！”众人对刘一凯这突如其来的一嗓子都感到奇怪，旁边坐着的张敬生笑眯眯地站起来看着刘一凯说：“钟家的少奶奶就这么怕别人看吗？刘先生，你也太着急了点吧！”刘一凯微微一怔，随即和颜悦色地说：“少陪！”然后就走出了会客厅。刚出了门，刘一凯就转身看着后面跟出来的护院问：“她现在在哪？”刚问完，就要向前走，猛然看见白晨春就站在他面前。

刘一凯惊讶地问：“白姑娘？你怎么会……”

“我怎么会出现在这里，是吧！”白晨春质问着刘一凯。

“你看，眼下……咱们换一个地方再说，好吗？”刘一凯的眼神中充满请求。

“不！我要见钟泰川！”白晨春语气坚定地看着刘一凯。

“一会儿，行吗？”刘一凯继续哀求着。

“不！就现在！”白晨春说。当她听到里面传来的拜堂声，她的心碎了，她准备奋不顾身地冲进去，可是最终她还是控制住了自己，两行悲痛的眼泪落下之后，她坦然地看着走出来的刘一凯。

“好！既然如此，我进去通报！你稍等！”刘一凯叹了口气，绕过会客厅来到后院。

突然此时从门口处传来一阵吵闹声。“你这死老头子，这种地方是你该来的吗？”一名护院冲着一个老头子吼着。

“你这个小兔崽子，你家少爷见了我也得叫我一声许老头，你真他娘的狗仗人势！”老头说完扭头看着热闹的院子。白晨春正一脸怒气地等着钟泰川出来，她看着站在门口的许老头，不禁走了过去，然后冲着护院说：“让他进来！这是少爷的一个朋友！”

“朋友？少爷还会有这种朋友，一看就是个死叫花子！”护院盯着许老头，还是一嘴污言秽语。

“这你就别管了。”说着她领着许老头从门口走了进来。

“你怎么来了？”白晨春奇怪地问。

“你来了，所以我就来了！”许老头笑嘻嘻的，从桌子上抓了一把花生米往嘴里送去。

“我来是要钟泰川给我个交代！”白晨春的火气瞬间直冲云天，她咬牙切齿地转过身，不再看许老头。

许老头还是一脸乐呵呵，他淡淡地说：“许多事情就是这样，错过未必是坏事！”他转到白晨春身边依旧是一片笑容。

“你什么意思？难道我不配钟泰川？”白晨春气哼哼地瞅着许老头。

“我不是那个意思，我是说……”许老头迟疑着不再说下去。

白晨春看着吞吞吐吐的许老头，不再言语。钟泰川从后院走出来，拐过墙角，他看到了白晨春和许老头。他微微迟疑了一下慢慢地走了过来。

“晨春，我……”钟泰川说着，慢慢地垂下头。

“可以给我一个理由吗？为什么要这样做？仅仅是因为找不到我吗？”白

晨春质问着钟泰川。

“我不知道！但是我知道我们不可能在一起了。”钟泰川淡淡地说。

“难道你对我从来都没有动过心？就连一点点都没有？”白晨春声音开始哽咽。

钟泰川慢慢地转过身子，他不敢再多看一眼白晨春，他怕自己会忍不住在这个喜庆的日子里掉下眼泪。

“我等了你好久好久，可是最终还是没有等到你，你不知道我有多么担心你！”钟泰川嘴角抽动着，他不知道自己该说些什么。

“我懂了。你终究是欠下了我的真情。”白晨春咬着嘴唇淡淡地说。她伸手用力捂住了嘴，她怕这样的哭声，会让在场的每一个人听见。

钟泰川依旧没有转身，他失声地说：“我知道！只能来世还清了。”说完，他慢慢地向前走着。紧接着白晨春一个转身，跑出了钟家大院。钟泰川微微停住了脚步，此刻他的心里万分凌乱，他恨不得立刻追上去，留住白晨春。“可是如今还可以回头吗？”钟泰川痛苦地思索着。

此时，门外进来一个全身军装的彪形大汉，紧接着门口接待的一名护院喊着：“文天文将军到！”话音一落，文天带着一名随从走了进来。钟泰川一个转身，看着走进来的文天喊道：“文将军，好久不见！”文天扭头看着站在一边的钟泰川疑惑地问：“钟家少爷，这是在接客吗？迎接客人应该站在大门的右侧吧！”说着朝着钟泰川轻蔑地笑了一声。

钟泰川急忙上去抱拳说：“失礼！失礼！文将军，这边请！”说完带着文天来到了钟家的东屋子。在这间屋子里早已摆好了酒席，席间坐着的都是当地的名流，其中右侧的一个位置坐着张敬生。看着文天走进来，众人纷纷站起来，其中跟文天稍微熟悉点儿的抱拳招呼着：“文将军，又见面了，这边请！”文天点点头坐了上席，旁边正好坐着张敬生。钟泰川看看大伙，然后客气地说了几句，就转身出了门。他一出门就看着许老头问：“你今天来不会是单单给我贺喜来了吧！”

“当然！”许老头说着，从口袋里掏出一把锁子递给了钟泰川。钟泰川看着这把锁子，他惊讶地抓着许老头的手问："这东西你在哪里找到的?"

"我是在后山找到的，你轻点，我这身老骨头都快被你拆了呀!"许老头说着，将钟泰川的手从自己的胳膊上扒拉下去。这把锁子分明是地下密道里锁着李春梅的那把锁子。钟泰川反复看着，如此锈迹斑斑的锁子在黑井也找不出第二把来。"难道李春梅出事了?"钟泰川低头思索着。

许老头看着钟泰川吃惊的神情，接着说："那个山头是彭三炮的地盘，我估摸着钟家的人在那儿出没过。"

"你猜对了。"钟泰川淡淡地说。片刻之后，他迟疑地看着许老头问："你去那儿干什么呢?"

"这个……这个……咱们换个地方谈吧!"许老头吞吞吐吐地说着，转身向门口走去。钟泰川略微迟疑了一下，一句话脱口而出："等等！你看我现在……现在不方便，随我到这里来。"说着沿着东面屋子转到了后面，推开一间仓库，然后回头对刘一凯说："你在这里守着，有什么事情叫我!"说完走进了仓库。

在这个仓库里，到处是米、面和油。许老头略微看了一下，然后坐在一袋玉米上说："说来话长呀！咱们还是边喝边聊吧!"说着从身上摸出一个酒壶，呷了两口。钟泰川微微一笑，然后淡淡地一笑说："今天是我大喜的日子，怎么能喝你的酒呢！来人！搬张桌子来，弄点小菜!"钟泰川冲着门外喊道。

## 生命之线



不一会儿，刘一凯搬着一张小桌子走了进来，身边的一个丫鬟端着几个小菜摆在了桌子上，另外一名护院拿着两个凳子放在地上。钟泰川看着刘一凯说：“你们都出去！任何人都别放进来！”说完坐在凳子上。许老头趁势坐了过来，捡起桌子上的酒壶自己先喝起来。许久之后，他说：“你听说过龙云吗？”

“我当然听说过！怎么？这事和他有关系？”钟泰川给自己倒了一杯酒问。

“实不相瞒，我是龙云的弟弟龙壮。”许老头抬头看了钟泰川一眼，然后拿起了桌子上的酒杯淡淡地说：“云南地处中缅交界，如今日本人的铁蹄已经踏平了缅甸。据军部的消息，日本人马上就要切断滇缅公路。这样一来，中国军队的武器、粮食供给就全部断了。”

“那么云南马上也会落入日本人之手？”钟泰川盯着许老头问。

“是的！所以这也是我找你的原因。”许老头淡淡地说。

“你想让我做什么？”钟泰川问。

“在黑虎山有一个叫作生命线的地方，据说那是日本人存放细菌武器的地方。要想打通滇缅公路，黑虎寨是必经之地。”许老头吃着盘子中的菜说。

“一旦启动这个细菌库，那么我们的部队就全完了。”钟泰川吃惊地说。

“何止是部队，连整个黑井小镇都很难逃脱魔掌。”许老头看了一眼钟泰川，慢慢地站起来走到了门口。

“生命线？我倒是听说过，在钟家的《无字节宗》上有记载。可惜……我还没有完全看明白，我想外人更加看不明白了。”钟泰川将一口酒慢慢地灌入肚中。

“我正是为此而来。眼下我们要想办法，尽快得知具体方位。”许老头直截了当地说。钟泰川慢慢地站起来说：“难道当初你故意接近我就是为了今日？”

“我故意接近你？恐怕不止我一人吧！黑鱼呢？”许老头扭头看着钟泰川，眼神中闪烁着不屑。

“怎么？你也知道黑鱼？”钟泰川听到许老头的话，更加吃惊了。“别忘记了，我来自军部，对这些特务手段比你更加了解。”许老头轻蔑地看了钟泰川一眼说道。

“那么雌雄蔷薇也是你们派来的？”钟泰川走到门口，一把手抓住许老头的胳膊厉声问。

“这是军人的职责，为了国家的利益，即使用些不光明的手段也在所不惜！”许老头扭头恶狠狠地盯着钟泰川。

“原来你才是幕后最大的凶手，这样做你不觉得可耻吗？”钟泰川怒气冲天地一巴掌将桌子拍翻在地。

“可耻的是日本人。你想清楚了，回头找我。”许老头拉开门，一只脚正要迈出去。

“我不会找你的！”钟泰川大吼着。许老头只是轻蔑地笑了一声，然后说：“你会的，你很快就会找我。”

钟泰川顿时感觉天旋地转，他失声地说道：“钟家到现在落得如此地步，原来一切都源于此。”他失望地坐在了凳子上，愤怒地咬着嘴唇，却一句话也说不出来。此时刘一凯慢慢地走来进来，他慢慢地将打翻在地的碗筷捡起，然后看着钟泰川说：“少爷，原来他们一直在借助钟家寻找生命线。”

钟泰川没有说话，只是微微点点头。许久之后，他淡淡地说：“难道为了国家大事，真的可以置个人和家族的生死于不顾吗？”钟泰川慢慢地走出房间。刘一凯慢慢地跟了出去。

“或许这就叫作忠孝不能两全。”刘一凯轻轻地说。片刻之后，他看着钟泰川的背影问：“眼下我们要不要寻找生命线？”

钟泰川停住了脚步，他咬着牙说：“不！先找到晨春！”

夜晚，红红的烛光之下，上官纯坐在床上，头顶着红盖头，焦急地等待着钟泰川。钟泰川则坐在书桌前面的椅子上一言不发。他不知道该如何面对眼前的这一切，他静静地看着手中的那把锈迹斑斑的锁子，一个劲儿地发呆。紧接着，外面传来了凌晨的打更声，钟泰川叹口气，从书桌子上翻出那本《无字节宗》看着。上官纯坐在床上听着钟泰川的叹息，她慢慢将红盖头揭下来，看着钟泰川说：“泰川，我知道你此时一定心烦意乱。如果今晚坐在你面前的是白晨春，我想你一定会高兴的。”说着委屈地掉了两颗泪珠。



钟泰川放下手中的书，慢慢地走到床前，然后说：“不！”钟泰川的语气中充满深情。在今晚，他无法掩盖住思念白晨春，这种思念在夜深人静的时候变得波涛汹涌一发不可收拾，就像口渴了需要喝水，累了需要睡觉。可是一切终究不会重来，看着坐在床上的上官纯，他不想再伤害任何一个女人，特别是今晚坐在面前的上官纯。他伸出手抚摸着上官纯的脸蛋，然后说：“不！今晚我很高兴。你坐在我面前，我比以前快乐多了。”说完，他轻轻地抱住了上官纯，头耷拉在上官纯的肩膀上，看着红红的被褥，忍不住眼角湿润。或许，在这一刻只有他知道，眼泪是在为谁流。

“那你整晚为什么不肯看我一眼？”上官纯问。

“我在想明天的事情，明天……明天我还有很多事情要做！”钟泰川的声音有些哽咽。

“泰川，你怎么了？”上官纯松开了钟泰川的双手看着钟泰川问。钟泰川稍稍抑制住内心的波澜，然后嘴角抽动着说：“我……我太激动了。”他深情地看着上官纯。

上官纯心中的一块冰好像瞬间被融化，她轻轻地擦拭着钟泰川眼角的泪水说：“以后我们就是夫妻了，有什么我们一起当！”钟泰川用力地点点头。随后两人并排躺在床上。钟泰川看着喜气洋洋的婚房，然后说：“如果每一个人都像我们今晚这样甜蜜该多好！”

“可是世事往往没有我们想象的那么美好，有人欢喜，就有人悲伤，我们改变不了。”上官纯说。

“我又能让几人欢笑呢？日本人的铁蹄马上就要踏遍中国的每一寸土地，生命线到底在哪儿呢？”钟泰川说。

“生命线？”上官纯听着钟泰川的话，疑惑地问。

钟泰川微微点点头，然后反问道：“难道你也听说过？”上官纯点点头，然后说：“我只是听张曼茹提起过，可是我不知道在哪儿？不过我相信只要找出黑鱼，那么一切都可以解决了。”

钟泰川嘴里嘀咕着，然后淡淡地说：“黑鱼？到底会是谁呢？”

上官纯微微一怔，然后扭头看着钟泰川说：“泰川，有一件事情我不知道该不该说。”

“你说！”钟泰川干脆地说。

“今天张敬生出了钟家大门后，我看见晨春和他在一起。”上官纯说。

钟泰川眉头一皱，然后说：“她想干什么？难道她们之间有什么事情是我们不知道的？”上官纯没有说话，只是静静地看着钟泰川。

清晨，一轮太阳刚刚升起，上官纯早早起来，一边梳洗打扮一边喊道：“泰川，快点！赶紧给娘请安去！”说着走到门口，推开门。豁然一个人影站在门口。上官纯惊呼一声，身子向后退着，定睛一看，原来是刘一凯。她嘴里喊着：“一凯，你站在这里，怎么不敲门，想吓死我呀？”

刘一凯不好意思地憨笑一声，然后不好意思地说：“上官姑娘，不！少奶奶，早上好！”刘一凯一时还改不过口。“别这么客气！你找少爷？”上官纯微微一笑说。

“谁呀？”钟泰川坐在床上不耐烦地问，手中抚摸着那把锁子。刘一凯微微向前走了几步说：“是我！少爷。”钟泰川慢慢地从床上坐了起来，然后说：“我正想去找你呢。”

刘一凯看了钟泰川一眼，然后说：“少爷，我发现了这个。”说着将一件快要烧尽的黑色夜行衣递给了钟泰川。

钟泰川一骨碌下床，看着手上的这件夜行衣，然后怔怔地说：“难道昨晚有人来过钟家大院?”说着他起身走出了门。

“是今天早上，我在后山的小路上发现的，这件衣服看起来像个女人穿过的。”刘一凯推断着说。

“也是在后山?是个女人?”钟泰川思索着。

“对!”刘一凯说。

钟泰川点点头，然后将手上的一把锁子递给了刘一凯说：“一凯，这是昨天许老头给我的，也是在后山上发现的。”

“这把锁是锁李春梅的那把锁?”刘一凯问。钟泰川用力点点头。

刘一凯脸色微微一变说：“难道她出来了?可是为了安全起见，我已经将后院的洞口封死了。”

钟泰川没有吱声，片刻之后，他像是自言自语，“我不知道!”

“要不就是有人进去了，将她劫持出来了。难道她身上还藏着什么秘密?”刘一凯问。

钟泰川依旧一句话也不说，片刻之后，他冲着刘一凯说：“走！去山上看看!”说完走出了钟家大院的大门。

出了门，向右拐了弯，钟泰川沿着后院山上的小路走着，后面跟着刘一凯。钟泰川用手扒拉着荆棘，边走边思索着。过了一会儿，两人爬到了山顶，然后绕了下去，到了山顶的另一侧。刘一凯指着小路上的一堆灰烬说：“就是在这里发现的。”说完，他绕着这片地方来回巡视着。

钟泰川慢慢地蹲下身子，用手捏着灰抬头看看左右，这里是一个洼地，左侧被一座小山挡住，右侧是一片丛林，穿过丛林就是快活峰，前面的一条小路直通黑虎寨。钟泰川慢慢地站起身。突然，刘一凯喊着：“少爷！快看，有一个洞口!”果不其然，顺着刘一凯的手指望去。果见半山腰中间有一个小洞，只是这个小洞前面栽了一棵杏树，不留心根本发现不了。钟泰川快步走了过去，这个小洞一个人弯着腰可以钻进去。钟泰川看了半天，里面黑洞洞的。突然他拉了刘一凯一把，低低地说：“有人出来了。”说完两人顺势转到了山的另一侧。

话刚说完，从小洞里爬出一个人来。此人身形矮小，头发后背着，仔细一看却是田中弘一，钟泰川几乎叫了出来。紧跟着另外一个人爬了出来，这人身形瘦弱，大白天全身黑衣裹身。待两人都爬出了小洞，田中弘一看着黑衣人，阴笑着说："那个老太婆净胡扯，她的话你居然相信？那本书里的秘密依旧一无所获，包括生命线。我看离你剖腹以谢天皇的日子不远了。"

黑衣人没有说话，看着田中弘一淡淡地说："我会尽快找出来。田中君，放心。"说着向着田中弘一深深地一鞠躬。

"现在我的时间已经所剩无几，中国远征军，马上就要跨过小镇，到时候大日本帝国将一败涂地。"说完，田中弘一恶狠狠地盯着眼前的黑衣人，然后气愤地转身走进了树林。

钟泰川看着两人离去的身影，慢慢地从山后面走了出来，"难道我娘已经落到了他们的手里？"

刘一凯站在钟泰川身后，一脸疑惑地说："那他们是怎么进去的？"钟泰川没有说话，他慢慢地钻进这个洞，洞口虽小，可是越往里爬越大。到了尽头，有一扇小木门，钟泰川慢慢地伸手推开，一股刺鼻难闻的气味缓缓传来，他捂着鼻子走了进去。里面不太宽敞，看起来像个窑洞，左侧是一个灶台，锅上没有盖子，锅里放着一个黄灿灿的窝窝头。紧接是一个土炕，上面铺着一张席子。

"这里好像有人住过。"刘一凯看着洞里的情况说。钟泰川走到灶台前面，拿起锅里的窝窝头，然后摸着土炕上的席子，扭头说："好像刚刚搬家不久，这炕头还是热的。"

"这座山我经常上来打柴，可是并没有发现有人在这里居住，甚至我都没有发现这里有一个洞。"刘一凯说。

"那就怪了，难不成，这是他们临时修的？"钟泰川思索着。刘一凯依旧扫视着洞中的一切，突然他指着右侧墙上说："少爷，你快看！"说着走到墙角处，从墙上抓下一个硬邦邦的东西，转身给了钟泰川。钟泰川睁大眼睛看着眼前的东西，竟然是一块玉佩，而正是自己以前身上挂着的那块玉佩。

“它怎么会在这里？不是已经陪父亲下葬了吗？”钟泰川痴痴地说。

“难不成这帮混账从坟墓里盗出来的？”刘一凯看着钟泰川说。

“不！要是盗出来的，盗墓者早就转手了，要不就随身携带，绝不会放在这里。”钟泰川打断刘一凯的话说。

“你的意思是老爷还活着？”刘一凯吃惊地问。

钟泰川没有说话，只是慢慢地摇摇头，因为在下葬的那天，他是亲眼看着钟近楠的棺材入土的，那天下着绵绵细雨，他浑身淋透了，在雨中，他的脸上不知是泪水还是雨水。想着这些，钟泰川怔怔地说：“不可能！”说完，他转身走出了这个窑洞。

小镇尼姑庵的钟声慢慢地响了起来，白晨春跪在了尼姑庵的静心阁大厅中间，大厅两面站满了尼姑，都低着头，双手合在胸前，低低地诵着经文。一会儿，从外面走进来一个中年尼姑，身后跟着两名小尼姑。中年尼姑看着跪在佛像前面的白晨春，叹了一口气说：“施主又何必如此呢？姻缘之合，红尘之事，本该顺其自然。”白晨春依旧跪着，双眼紧闭，片刻之后，她淡淡地说：“师太不要劝我了，我心意已决。从今以后，晨春的心中只有枯灯一盏，整日诵经，以求心中安宁。”

中年尼姑向前走了几步，然后说：“人世间除了眼前之事，你还可以感受到很多东西，譬如山水幽林，譬如清风明月，何必一盏枯灯到老呢？”老尼姑说着，走到了白晨春的身边。此时白晨春一言不发，这个抉择似乎已经在她心中尘埃落定。接着她缓缓说道：“我看到的都是失望，都是欺骗，或许只有这里才不会让我迷失自己。”

中年尼姑微微摇摇头说：“菩提本无树，明镜亦非台。本来无一物，何处惹尘埃。”说完，她低低诵念着佛经。

白晨春微微睁开眼，语气低沉地说：“师太，你就放心给我剃度吧！对我来说，给我一片宁静就是解脱。”

“好吧！”中年尼姑淡淡地说道，回头对跟在她身后的两个小尼姑轻轻嘀咕着。瞬间，整个静心阁大厅的两边站着的尼姑低头轻轻地念开了经文。不一会儿，小尼姑端着一个盘子走进了大殿，盘子里放着一把剃刀。中年尼姑右手轻轻地拿起剃刀，左手抓起白晨春的一缕细发，慢慢地割了下去。白晨春脸上黯然流下两行热泪，告别尘世间的纷扰是她此时最好的解脱。

钟泰川在屋里走来走去，思索着。突然小三子跑了进来喊道：“少爷，不好了……”钟泰川看着气喘吁吁地小三子厉声问：“怎么了？”

“白小姐要出家，就在小镇的尼姑庵，你快去看看！”小三子着急地说着。

“你亲眼看见的？”钟泰川一把抓起小三子问。

小三子扒拉着钟泰川的手说：“是玉珠从庙堂回来告诉我的。”

钟泰川刹那脑海里一片空白，他吃惊地说道：“你为什么这样想不开呢？”说完冲出了房间。他大步流星地在街上跑着，此时，他什么也不管了，似乎钟家的一切事情都放在一边，脑海中到处是白晨春的影子，他发疯般地想着白晨春。

他的一颗心即将跳出来。他想起了从前的约定，那时候的天很蓝，很纯洁。白晨春坐在草地上依偎在钟泰川的怀里。白晨春说：“泰川，你看前面树林里有两条路，你选择哪一条？”钟泰川笑着淡淡地说：“你说呢？”白晨春娇笑着说：“我想，你一定会选择道路两边是花的那条。”

“为什么？”钟泰川问。

“因为你喜欢春天，春天就是一朵花。”白晨春笑着说。想着想着，钟泰川两滴眼泪随风飘逝在大街上。他只想看她一眼，只想说一声：“对不起。”只想说一句：“直到现在我还依旧喜欢春天，一辈子都改变不了。”他跑到了尼姑庵前，一脚就蹬开了大门，直往大厅而来。他气喘吁吁地跑到了静心阁的门前，手扶着门框看着里面。只见白晨春的秀发正在一丝丝被划落在地，他心里顿时凉了一截，高声喊道：“不，不可以。你不能这样做，晨春！”钟泰川的语气近乎到了哀求。

中年尼姑听着门外的喊话，手微微颤动了一下，片刻之后再次挥着剃刀削着白晨春的秀发。钟泰川边说边往里走。门前站着的两个尼姑瞬间就把他挡了回去。钟泰川怒喊着：“滚开！”其中一名尼姑说：“你现在不能进去，师太正在渡修。”

钟泰川不再呐喊，他傻傻地站在门口，不再搭理眼前的这名小尼姑。他失声地说：“难道你真的心意已决了？晨春，我只想听到你的回答。”

白晨春背对着钟泰川，静静地跪在地上，好像没有听见钟泰川的话，她只是静静地跪着，像泥人，像雕塑，像雪人……



“难道过去的一切都成回忆了？晨春，你倒是说话呀！”钟泰川流着两行热泪，他的双手用力地抓着门框。白晨春依旧不说话。此时庙堂的钟声慢慢地响起，打破了宁静的天空。伴随着白晨春的秀发越来越少，耳边敲打着的木鱼声越来越重。

钟泰川慢慢转身，他表情恍惚，一步一步地走下了大殿的台阶，然后悲痛地说：“难道这一切就这样结束了？不！这只是个梦！”突然一个踉跄，他一脚踩空，瞬间就滚落在静心阁的院中。他没有流泪，只是慢慢地爬起来，盯着这条小路，失望地喊道：“人这一辈子，难道真的就这么难吗？天啊！你能告诉我吗？”

## 谜底揭开

快活峰上，一队人马簇拥着一个人。此人头发蓬松，一头白发挡住了眼睛，双手被捆绑在树上，旁边站着田中弘一和雌蔷薇。她嘴角流着鲜血，显然是刚被人打过，此人正是李春梅。

“田中先生，她不说，我看宰了算了，免得日后钟泰川寻咱们的麻烦。”此人身穿军装，贼眉鼠眼地看着田中弘一说。

“不！留着她大有用处！我听说，钟泰川下过密道，但没有救她，其中定有原因。”雌蔷薇说。

“我说你们那个文将军，真不算个将军，做事畏首畏尾，一会儿说我是他儿子，一会儿又不让我去攻打钟家，真不知道，他是怎么想的?”田中弘一埋怨着，一屁股坐在地上，把玩着手中的手枪。

“住口！要不是文将军吩咐我不要动你，你小子早成了我的枪下鬼了，一个小日本跑到中国的地盘上还这样出言不逊。”此人正是文天手下的上校团长廖天辉，他怒目圆睁地看着田中弘一，说完，狠狠地朝田中弘一吐了口唾液。

田中弘一慢慢地站起来，没有生气，反而笑吟吟地说：“廖团长，你不是也一直惦记着钟家的盐矿吗？我把你勾结张敬生的事情告诉文天，我保证你比我死得更惨!”说着冲廖天辉竖起一根中指，言语中充满挑衅。此时，雌蔷薇听着两人的争吵，顿觉心烦，她站在两人中间大声喊道：“都别吵了！心烦死了！雄蔷薇就这样死了，眼下我们想想该怎么办。”说完，她站在一边似乎在思索着什么。

田中弘一悻悻地摇摇头，然后继续坐在地上。此时一个声音传来：“文天说你是他儿子？有这么回事？”李春梅微微扭头看着坐在地上的田中弘一。

田中弘一看了她一眼，眼神颇为不屑，嘴角吼着：“关你屁事！”李春梅看着田中弘一的神情，并没有生气，依旧话语中充满深情地说：“这么说真有这回事？”

“你烦不烦？老子现在没时间和你闲扯！”田中弘一恶狠狠地说。

“你叫田中弘一？听起来是个日本人的名字，文天让你叫他父亲？难道你就是……”李春梅吃惊地盯着田中弘一。

“难道你是我妈？你们所有的人都是疯子，怎么见个人就攀亲戚！”田中弘一气呼呼地一耳光扇在了李春梅脸上。李春梅的脸上顿时红得肿了一块，她傻呵呵地笑着，“你还真是我的儿子！你暂时不认我没关系，可是对我动粗可是要遭报应的。”李春梅喘着粗气说。

田中弘一怒气冲冲地看着李春梅，他感到绝望，眼前的这个女人简直不可理喻。他暗自嘀咕着：“一会儿爹，一会儿又跑出来一个娘，我让你报应！”说着又是一巴掌拍在李春梅的脸上。李春梅的脸颊顿时出现了五个手指头血印，她气愤地看着田中弘一，口中喊道：“你个小兔崽子！敢打老娘！”说完恶狠狠地盯着田中弘一。

田中弘一看着还是一脸顽固的李春梅，他索性火到极点，一脚踢在李春梅的肚子上，然后叫嚷着“今天我活剥了你”。说完他又是几脚踢在了李春梅的腰间。旁边的廖天辉早就看不惯眼前的这个小日本，他一把上去拉住田中弘一，怒目圆睁地说：“住手！你将她打死，我们拿什么要挟钟泰川！”

田中弘一看着廖天辉的表情，顿时悻悻地放下脚，然后不屑地说：“还要挟呢，我看钟泰川压根就不在乎她的生死。”

钟泰川仰面朝天地躺在床上，一句话也不说。上官纯推门走了进来，手中端着一碗面条，看着躺在床上的钟泰川说：“泰川，你就吃一口吧！你都一天没有吃饭了！”钟泰川听到上官纯的喊话，并没有坐起来，只是缓缓摇摇头，然后淡淡地说：“我不想吃！我想静一会儿！”

上官纯转身将一碗面放在了书桌上，然后走到床前说：“这样下去可不行！起来！你起来！”说着伸手拉着钟泰川的胳膊。钟泰川没有搭理上官纯，扭头拉了个被子捂住脑袋。上官纯依旧摇晃着钟泰川的胳膊，不住地说：“起来嘛！今天咱们还没有好好说会儿话呢！”

只见钟泰川一把揭开被子坐了起来，看着上官纯，一双眼仿佛要冒出火星，他咬紧牙关说：“你给我出去！不要烦我！”上官纯看着钟泰川凶狠的样子，她并不知道钟泰川所受的打击，以为只是钟泰川在和她开玩笑，于是她嘟囔着小嘴说：“干吗这么生气嘛！”说完，依旧拉着钟泰川的手。钟泰川似乎已经压抑到极限，他一把甩开了上官纯的手，然后怒气冲冲地吼道：“你给我滚！你真的很烦！”说完一骨碌睡在床上。

上官纯怔怔地看着已经睡倒在床上的钟泰川，掉了两颗泪珠，然后掩面跑出了门。钟泰川的心里像打翻了五味瓶，他慢慢地坐了起来，看着上官纯离去的背影，不禁长叹一声。不一会儿传来了敲门声，钟泰川迟疑地看着门，嘴里不耐烦地喊道：“谁呀？”

“是我！少爷！”门外传来了刘一凯的声音。

“进来！”钟泰川不耐烦地喊道，随后他起身走到桌子前面，一屁股坐在椅子上，低头沉思着。刘一凯推开门，走了进来，看着钟泰川阴晴不定的脸说：“少爷！你不舒服？”

钟泰川抬头看着刘一凯，眼神充满了怒火，但看见刘一凯那忠诚的面孔，随即压了下去，然后甩了一句：“什么事？赶快说！”刘一凯此时还不知道，就是他刚才的这句话，几乎惹一身骚，他干脆地说：“据小三子讲，快活峰上进驻了一小支文天的部队。”

“什么意思？”钟泰川冷冷地问。

“我估摸着李春梅就是被他们抓走的。”刘一凯看着钟泰川的脸色轻轻地说。

“什么？你确定？”钟泰川听着刘一凯的话，顿时站了起来。

“彭三炮的队伍上次就被我们消灭得差不多了，眼下剩下的也不敢下山。再说了，他们抓李春梅没有道理呀。”刘一凯说。

“那文天抓李春梅的意义呢？仅仅是为了相见？”钟泰川接着刘一凯的话问。

“这个……这个暂且不谈，我是奇怪他们是怎么将李春梅带出密道的。”刘一凯讪讪地说。钟泰川慢慢地陷入沉思，随后他从桌子后面走了出来，在屋子里来回走着。许久后，他淡淡地说：“这暂时是个谜，还有那件黑色夜行衣，到底是怎么回事呢？”

“我看这事情的确耐人寻味。如果说文天是冲着盐矿来的，那田中弘一是冲着这个生命线来的。”刘一凯说。此时钟泰川好像没有听见刘一凯的话，他只是随口念着：“乾休、坤生、震伤……这分明是按照八卦的方位暗示着盐矿的秘密，乾北，坤南，离东，坎西，兑东南，震东北，巽西南，艮西北……”钟泰川嘀咕着。

“不错！八卦中乾为天，兑与泽为金，巽为风，震与雷为木，坎为水，离为火，坤为地，艮为土。照此推断，在地下发现的应该属于艮，因为艮为土，也就是这个盐矿位置在八卦的西北。”刘一凯接着说。钟泰川眉头一皱说：“不！一凯，按你说，这座盐矿在钟家地下，那意味着钟家在八卦上也属于西北，这不符合我爷爷的性格，他建造这座大院绝不会不注重这些的。”

“少爷，那你的意思是钟家在八卦的方位上应该是坐北朝南，那么地下的这座盐矿应该是乾北，可是乾为天，可盐矿在地下，这不合乎逻辑呀！”刘一凯争辩着。

“所以，我猜这座盐矿的出口应该是一个天际之边，他们也正是从那里带走了李春梅。”钟泰川直截了当地说。

“那这个洞口在哪儿呢？”刘一凯像是在自言自语。

“先不管了，我记得快活峰过去不是这个名字，你应该也有点记忆吧！”钟泰川盯着刘一凯问。

“没有吧！我记起来了，好像叫不离……”刘一凯绞尽脑汁思索着。他的话音一出，钟泰川顿时想起了很多，他伸手摸了摸脑袋，突然脑子中闪出了一个字：“坎！”他激动地喊着：“是坎！原来叫作不离坎！我想起来了。”刘一凯听着钟泰川的喊声，顿时一拍大腿喊着：“是叫作不离坎！”

“不离坎，那就是八卦中的坎字，那里属正西，也就是说第二座盐矿就在快活峰。”钟泰川兴奋地看着刘一凯。刘一凯高兴得嘴角咧开一个小缝，然后拍着手说：“少爷，我们终于找到了，我们终于大功告成了。”

紧接着，钟泰川兴高采烈地说：“坎为水，那就是快活峰上有水的地方就是盐矿的入口了。”刘一凯笑着看着钟泰川说：“那么正北应该就是警察署，也就是找见和坤有关联的东西，那么第三座盐矿也就找见了。”

“对！就是这样！我们合计合计！”钟泰川说着，重新坐在椅子上翻开了那本《无字节宗》。刘一凯快速地凑过去。

此时门前闪过一个身影，刘一凯警觉地喊道：“谁？”只见门外传来一个声音，“泰川，你整天关在屋子里干什么呢？”说着门被打开了，柳凤仪慢慢地走了进来，后面紧跟着上官纯。钟泰川一看是柳凤仪，他快速地站起来，上前说着：“娘，你怎么来了？我正想找你呢！”

柳凤仪眉头一扬，仿佛像是憋了一肚子火似的，严厉地说：“是吗？我倒要听听你找我能说出个什么道道。”说着一屁股坐在了床上。身边的刘一凯和上官纯看着眼前的这一切，转身慢慢地退出了房间。柳凤仪看着屋中只剩下钟泰川和自己，然后说：“泰川，不是我说你，你都这么大的人了，好不容易成了家，你那大少爷的脾气是不是也该收敛收敛了。”

钟泰川微微走上前，一句话也不说，只是重重地点了点头。许久之后，柳凤仪看着钟泰川问：“你找我什么事情？”钟泰川看着柳凤仪，突然之间不知道该说什么。其实，他早想问问柳凤仪，当年二姨太是怎么回事，可是话到嘴边却怎么也说不出来。

片刻之后，他结结巴巴地说：“娘，我是……我是想问问，当年二姨太是怎么死的？”钟泰川终于鼓起勇气说了出来。柳凤仪听了钟泰川的问话，似乎吃了一惊，她沉默着，一句话也没有，只是静静地看着钟泰川。两个人就这样相互望着。柳凤仪淡淡地说：“你怎么突然问起这件事情？”

“我只是好奇！”钟泰川的心里打着战。

“的确，当年有人说是我将二姨太害死的，直到现在小镇上的人估计也是这么说的。”柳凤仪说着，仿佛记忆再次回到从前。

“那是他们说的那样吗？”钟泰川说着低下了头，他不敢再正视柳凤仪。

柳凤仪脸色微微一怔，慢慢地站了起来，走到钟泰川的面前，然后说：“你也怀疑娘？”说着她伸出一只手抚摸着钟泰川的脸。原先钟泰川满心的疑惑，似乎被这个简单的动作瞬间瓦解，此时他的心中到处是一片暖阳。他停顿了片刻，微微抬头看着柳凤仪，只见柳凤仪眼中满是慈祥。他再也说不出什么，只是深情地抓住柳凤仪的手说：“在我心里，你永远是我娘。”柳凤仪听着钟泰川的话，顿时眼里闪烁着泪花，她轻轻点点头，然后说：“你想知道，告诉你！那是二十年前，她挺着大肚子进了钟家。那时候我不知道你爹为什么特别钟爱这个二姨太。可是她没来几天就飞扬跋扈，不是挑拨你三娘和四娘的关系，就是在你爹面前告我的状。”

“那你当时是怎么做的？”钟泰川问。

“我当时看到她挺着大肚子也就不跟她计较，可是你三娘和四娘气不过，索性就在那个中午在她的碗里放了药，这个孩子也就跟着消失了。”柳凤仪说到此处，声音中充满了悲伤。

“后来她就跳井自杀了？”钟泰川淡淡地说。

“就是这样。这么多年了，可是就在前一天，我突然看见她就站在我的窗前，那个身影太熟悉了。当我从床上坐起来，窗前什么也没有。”柳凤仪看着钟泰川有些哀怨。

“你看到她了？”钟泰川惊呼道。

柳凤仪点点头，然后转身说：“我不敢确定是不是她，但愿是一个梦吧！”说完，柳凤仪转身走到门口，正要走出去，钟泰川失声地问：“那你知道当年你的孩子和她的孩子调换了吗？”柳凤仪没有转身，她像是在哭诉，可是没有声音，她站在门口，却没有力气拉开门。许久之后，她淡淡地说：“是不是自己的孩子，当娘的最清楚。再说了，即使真的是那样，我们现在不也一样过得好吗？真真假假，假假真真，对于钟家来说真的那么重要吗？”说完她叹了口气，走出了门。

钟泰川看着离去的柳凤仪，他突然发现柳凤仪太坚强了，这么多年来，不管外人怎么看她，她始终都保持一种淡定，保持一种常人无法拥有的心胸。许久之后，钟泰川淡淡地说："我娘说的对！真真假假对于钟家来说不一定就那么重要。"

门外接着传来了柳凤仪的叫声："玉珠，将少爷房中的饭菜端出去重新热一热。"可是许久之后也没有听到玉珠的回应。

"玉珠……玉珠她走了。"小三子从院中走到柳凤仪面前颤巍巍地说着。

"什么？她也走了？"柳凤仪有些吃惊地问。

"她害怕待在钟家有什么不测，听说……听说她也进了尼姑庵，出家了。"另一名护院接着说。

隔着窗户，钟泰川隐隐约约地看见了柳凤仪欲哭无泪的身影，许久之后，柳凤仪长叹一声淡然离去。

黑虎寨里，彭三炮失神地看着一幅画，他用手指慢慢地触摸着画中的女孩，嘴里说着："小珠，你过得还好吗？是爹对不起你！"这幅画在彭三炮身边珍藏多年，每当他伤痛欲绝的时候，总要拿出来看看。眼下李彪和马再发自从下山后就再也没有回来，山寨里仅仅剩下不到二十人。彭三炮似乎走到了尽头。他慢慢地抬起头，轻声呼唤着："彪子，你难道真的死了吗？我的好兄弟！"说完趴在桌子上低低地抽噎着。

不一会儿洞外走进来一个人，此人抱着肚子，浑身是伤，怔怔地看着趴在桌子上的彭三炮，许久后，他失声地喊道："大哥，大哥……"喊完后慢慢地向前走着，眼中闪着深情。彭三炮听着喊声，微微抬起头看着这人，突然他站了起来，从桌子后面走了出来，上前一把扶住受伤的这人，吃惊地问："再发，你没有死？"

眼前的这人正是马再发。他肩头上流着鲜血，捂住肚子上快要掉出来的肠子失声地说："我没死，不过也差不多了，我身中钟泰川的两枪，我是爬着上山的。"彭三炮看着快要断气的马再发，急呼道："来人！快来人！将三当家的扶下去，找大夫！"彭三炮的话还没有说完，马再发身子一软栽倒在地。

## 昨日重现



快活峰上燃起熊熊篝火，廖天辉、田中弘一和雌蔷薇围着篝火坐在一起。田中弘一看了雌蔷薇一眼，然后问："问出点什么来没有？"雌蔷薇白了田中弘一一眼，不屑地说："你一个大日本特工都问不出来，我怎么会问出来，再说了，以前我们同在一个大院，是有仇，可你别忘记了她曾经是文天的女人，如果让文天知道了，你和我甚至就连廖团长都难逃罪责。"

"看来这事情的确有些棘手。"田中弘一刚说完，突然一名蒙面人从山底上跑了上来，身后紧跟着两名蒙面人。这两名蒙面人押着一个女人，正朝这边走来。先前的这个蒙面人不一会儿就奔到了田中弘一的身边。他冲着田中弘一使了个眼色。随即田中弘一站起来，走向一边，看着蒙面人用日语询问道："有什么消息吗？"

"宫本少佐传来消息，钟泰川已经破解了书中的秘密。"蒙面人简短地说。田中弘一听到蒙面人的话后，立马气急败坏地吼道："什么？他已经找到了？这么说生命线他也找到了？"

"这个宫本少佐没说，只是让我们从李春梅身上入手，抓来的这个女人对于我们来说用得着。"蒙面人说着朝身后指了指。两个蒙面人随手将这个女人头上戴着的黑布子一摘，一顶破旧的尼姑帽子顿时裸露出来。田中弘一顿时傻了眼，他结结巴巴地问："她是白晨春？"蒙面人随即点点头，接着说："宫本少佐说，钟泰川已经得知消息，正朝这边赶来，要田中君尽快撤离，否则枪声一响，文天知道了，那就坏事了。"田中弘一点点头说："我知道了，告诉宫本少佐，注意安全！"说完，走到了白晨春身边，伸手在白晨春口袋里摸着什么。白晨春嘴里被塞了一团棉花，她极力挣扎着，一声也叫不出来，一双愤怒的眼睛看着田中弘一。田中弘一摸了半天，伸出手来，手上多了一块手绢，他看了白晨春一眼，转身朝着雌蔷薇这边走来。

雌蔷薇看着田中弘一阴晴不定的脸色，颇为好奇地问："我说田中小子，你那黑鱼藏得还真深呀！这个丫头都被她抓来了。"

田中弘一颇为不屑地瞟了雌蔷薇一眼说："这个时候你还有心思说这个。钟泰川已经带人朝这边赶过来了，我看我们要赶在他前面，找出生命线。"说完低吟道："水上水，日月之间藏均剑；地中地，黑水触娇媚。"随即他摸出一把枪，朝着李春梅走来，上前一把将黑洞洞的枪口对准李春梅的脑袋。

廖天辉上前一把抓住田中弘一的枪，然后生气地说："你还有完没完，老子可不想陪着你们死。说是找盐矿，到现在还一点消息都没有。"话音一出，田中弘一瞬间将廖天辉推在一边，然后冲着李春梅吼道："你到底说不说？"枪口指着李春梅的脑袋。李春梅微微抬起头，冷笑着看着田中弘一，嘴角蹦出几个字："你个畜生，当初就应该捏死你，你在造孽，你知道吗？"

田中弘一并没有开枪，似乎此刻他一点儿都不生气，他仰头大笑着，笑了好长时间才终于停住。坐在一边的雌蔷薇傻傻地看着田中弘一，她弄不懂田中弘一此举为何。只见田中弘一慢慢停住了笑声，然后龇牙咧嘴地盯着李春梅说："我知道，你是个硬骨头，你不怕死，可是你难道不怕她死吗？"说完，田中弘一将一块手绢甩在了李春梅的面前。

李春梅傻傻地看着这块手绢，突然她笑着说："你这招，老娘我不稀罕，别人的生死和我无关。"田中弘一看着李春梅的傻笑，愤怒到了极点，伸手一掌掴在李春梅的脸上，然后大吼道："带上来！"说完冲着身后的两个蒙面人挥了挥手。随即两名士兵从不远处押着白晨春走了过来。田中弘一盯着李春梅说："这个可是钟泰川的老情人，我想你不想看到我亲手将她杀死吧！"

李春梅吃惊地看着眼前的蒙面人，只见她全身被捆绑着，身穿一件夜行夜，一顶尼姑帽子下面一双眼睛水灵灵的。李春梅失声地问："你认识泰川？你和他……"李春梅说着，话语中充满了关切之意。只见白晨春含着眼泪点点头，什么话也没说。

李春梅暗暗叹了口气，随后她淡淡地说：“既然如此，我不入地狱谁入。也罢，我这就告诉你！”说完，言语中满是伤感。田中弘一听着李春梅的话，顿时心花怒放，他向前凑了凑，紧盯着李春梅。李春梅微微抬头看着田中弘一说：“那是很久很久以前的事情了。那时候我刚进钟家，我有幸见到近楠的父亲，他死的时候正好近楠不在，那一晚就在他咽气的时候，见我在他身边，就跟我说了两句诗。”

“‘水上水，日月之间藏均剑；地中地，黑水触娇媚。’是不是这两句？”田中弘一着急地问。李春梅微微点点头，然后思绪拉回了二十年前。“他说这里面藏着一个极大的秘密，水指的就是踉跄江，水中水就在踉跄江下，日月之间当然指的就是入口了。”李春梅说着重重地咳嗽着。

田中弘一继续问：“就这些？”李春梅微微抑制住了咳嗽，然后继续说：“黑虎寨向西有一座山，那座山叫作不渊崖，不渊崖下就是踉跄江。站在这个崖上，在早晨看到的是山头的倒影，在黄昏看到的是山头的正影，山头倒影和正影交界处就是入口。”

“正影和倒影的交界处？倒影和正影根本不可能出现在同一时刻，要找到这个入口，那简直是不可能。”田中弘一冷冷地说。雌蔷薇听着李春梅的话慢慢地走过来说：“那下句是什么意思？”

李春梅斜眼盯了雌蔷薇一眼说：“这个我也不知道，或许只有钟家的丫鬟才知道，可惜不知道她现在活着没有。”李春梅说完，身体困乏得即将支持不住，头渐渐地垂下去。田中弘一和雌蔷薇对视一眼，雌蔷薇先开口了，“既然这样，我们还是趁天亮之前赶到踉跄江，先钟泰川一步找到这个入口。”田中弘一点点头，不再说话。

廖天辉站在身后问：“这两人怎么办？”雌蔷薇咬牙切齿地看着李春梅说：“还能怎么办？干掉她们就少一个敌人。”说完拔出一把匕首，朝着李春梅走去。此时一名士兵慌慌张张地跑了过来，看着廖天辉喊道：“团长，钟泰川带着人赶过来了，离此处不到一里。”

廖天辉听了士兵的报告，顿时慌了起来，他看着田中弘一，眼神中闪烁着恐惧。

“慌什么，留下这两人就当是送给钟泰川的见面礼。先找到入口，我马上通知正川岭的小分队，到时候就是阎王来了，他也休想占到便宜。”田中弘一说完转身就走，旁边的雌蔷薇听了田中弘一的话，顿时收起匕首匆匆离去。

钟泰川和刘一凯带着10名马帮正朝着快活峰赶来，刘一凯看着不远处的一堆篝火喊道：“少爷，他们就在前面。”随后招呼身后的马帮迅速奔跑着。钟泰川没有说话，他愁眉紧锁，生怕李春梅已经遭到毒手。身边的刘一凯安慰道：“我想李春梅此刻应该是安全的。”

“为什么？”钟泰川问。

“至少他们现在还不知道生命线的入口，他们不会立刻动手。”刘一凯边走边说道。

“如果李春梅真的知道那个入口，并被迫说出去了呢？”钟泰川看了刘一凯一眼，手挽着一棵小树向上爬着。眼看着跑在前面的马帮已经登到快活峰顶上，钟泰川的一颗心怦怦直跳。突然前面的一个马帮喊道：“少爷，他们在这儿！”钟泰川顿时加快了脚步，迅速上了快活峰。

只见一团篝火已经渐渐熄灭，旁边席地坐着两个人。其中一个正是李春梅。李春梅微微地喘着气，侧着身子躺在火堆旁边。钟泰川纵身扑了过去，用力扶起李春梅。李春梅慢慢地睁开了眼睛，看着钟泰川，嘴角动着：“泰川，你终于来了。”

钟泰川看着李春梅嘴角已经干凝的血迹，重重地点了点头，然后说：“我终于再次见到你了。”

李春梅伸出一只手抓住钟泰川的胳膊，努力地笑了一声说：“傻孩子，你现在重任在肩。看到你好好的，我即使是死了又算什么。”钟泰川看着李春梅红肿的脸庞，然后悲痛地说：“是我不好，让你受苦了，我送你回去。”说完就将李春梅抱了起来。

没有想到李春梅摇摇头说：“不！孩子，你先听我说完，有些事情我要告诉你，迟了，我怕再没有机会了。”说完，她看了一眼旁边的白晨春说：“这个是你的媳妇吗？”钟泰川顺着李春梅的手指看去，他的眼神顿时停滞在这一刻。许久之后，他含泪点点头。他不知道在这个时候，白晨春居然头戴尼姑帽出现在他眼前。

“生命线就藏在书的最后两页。刚才那个畜生问我了，他居然对我动手了。”李春梅语气中充满了失望。

“那是他还不知道你不仅是我娘，还是他娘呀！”钟泰川安慰道，突然两颗眼泪落在了李春梅的脸上。

“不！他现在已经是日本人的魔爪。孩子，这是命，我们谁都改变不了。”李春梅说完又是一阵剧烈的咳嗽，紧接着，一口鲜血从口中涌了上来，然后她接着说：“生命线的入口，在踉跄江下，只有等潮落的时候，你才可以看到，只有心心相印之人才能走进去。进去之后，你一定要双手伏地，因为那里是你爷爷修建的，所以藏有你爷爷的阴灵。”说完，李春梅好像全身释然了，她嘴角勉强微笑地看着钟泰川。

钟泰川看着快要断气的李春梅，听着暖心的嘱咐，他的泪珠大颗大颗地掉在李春梅的脸上，他撕心裂肺地呐喊着。李春梅费力地用手触摸着钟泰川的脸断断续续地说：“孩子……你别哭，他刚才也问我了，可惜他永远也听不到我的一句真话了。我还有一个请求，你能答应我吗？”

钟泰川停止了呼喊，他咬着嘴唇点头说：“你说，我什么都答应你。”

“即使他是日本人，可毕竟是你弟弟。娘求你放他一马，如果……如果他真的不可挽救，你就替娘给他一枪。”李春梅说着，话音里充满了哀怨。

“我知道！你放心，我一定办到！”钟泰川含泪一直点着头。

“还有，我死之后，娘求你将我的尸体送到文天的军部，这是我欠他的，现在总该到还的时候了。”李春梅话刚刚说完，她的眼睛慢慢地闭上了。就这样，一个大院女子静悄悄地走了。钟泰川没有哭泣，只是抱着李春梅的身躯慢慢地站起来。他知道从此她解脱了，她终于可以寻找心中的归宿了。他慢慢地向前走着。

白晨春慢慢地向前走着，可是她和钟泰川却不是一个方向。她知道钟泰川和她再不会走在一起了，她低着头，一步一步地朝着山下的小路走着。刘一凯看着白晨春离去的身影，担心地叫了一声："白姑娘……"可是白晨春好像并未听见，依旧低着头向前走着。突然，她停顿了片刻，像是在哭诉，像是对天哀怨。紧接着她纵身一跃，急速向下奔着，夜色此时越来越暗。

文天一个人坐在旅部的办公室，低头沉思着。他想起了钟泰川，想起那个不怕死并意气风发的年轻人。片刻之后他叹着气说："如果他是我儿子该多好啊！春梅，你在地下也就安心了。"此时门外进来一名士兵，一进门就喊道："报告旅座！钟泰川求见！"

文天的思绪不禁回到了现实，他疑惑地说："哦？是他？这么晚了找我难道有什么要紧的事情？"

"他手中抱着一个女人，说是马上要见旅座，现在就在门外。"士兵说道。

"快请！"文天站起来冲着士兵喊。

钟泰川抱着李春梅的尸体慢慢地走进了文天的旅部，他满脸悲伤，目光呆滞地看着李春梅，嘴角抽动着，一步一步地向文天走了过去。就这么几步，钟泰川却走了好长时间。文天吃惊地盯着钟泰川手中的女人问："这是谁？到底怎么回事？"

"她就是李春梅，和你青梅竹马的妻子。"钟泰川抬头看着文天，眼神中充满哀怨。

"什么？这……这怎么可能？"文天吃惊地一屁股坐在椅子上，失神地看着钟泰川。

"你过来仔细看看，她可是你爱的那个李春梅？"钟泰川直勾勾地盯着文天说。文天颤巍巍地重新站起身，慢慢地走了过来，他看着满头白发的女人，不住地思索着。此时钟泰川轻轻地将李春梅的白发捋到了一边。顿时一副苍老的面孔裸露在文天的面前。文天失声地喊道："春梅，真的是你？"语气中充满了深情。

"其实她一直没死，一直被关在钟家地下的秘道里。可是今天她真的死了。”钟泰川凄凉地说。

“那么这二十年来，她一直活着?”文天从钟泰川的手里接过了李春梅。

“是的！可这次她真的死了，她是被雌蔷薇和田中弘一杀死的。”钟泰川说。

“不！田中弘一是我们的孩子，不会是他!”文天大声说道，仿佛精神即将崩溃。

“田中弘一根本不是你的儿子，你的儿子早在二十年前就死了。”钟泰川争辩着。

“她不会骗我的!”文天痴痴地看着李春梅，依旧僵持着。

“不！你错了！是她亲口告诉我的。她骗谁也不会骗我，因为我才是她的儿子，我父亲当然就是钟近楠。”钟泰川冲着文天大吼道。

“春梅，你现在告诉我这不是真的。你醒醒啊！春梅!”文天不住地摇晃着李春梅的躯体。钟泰川看着文天发疯般的表情，他不再争辩，弯下腰冲着李春梅深深地鞠了三个躬，然后转身慢慢离去。

此时在丛林里一个女人在疯狂地跑着，她跑到了快活峰下面，擦擦额头上的汗水，身体像是透支了一样，软软地坐在地上，嘴里不住地说：“泰川，我一定要救你!”不一会儿，她绕过了快活峰，朝着文天的旅部奔来。

走到帐门外面，她有些支撑不住了，冲着卫兵喊道：“我要见文将军!”说完，扶着帐门重重地喘着气。卫兵浑身上下打量了她一阵，随后将她带了进去。此时文天正在悲痛地看着李春梅的尸体，完全没有在意眼前还站着一个女人。

“文将军，你一定要救救钟泰川，他不是田中弘一的对手。”这个女人着急地喊道。

文天微微抬头，泪眼蒙胧地看着眼前的女人，他吃惊地问：“是你?”

“是我。没有时间了，刚才我在快活峰下面听见了他们的对话，日本人的小分队马上就要行动，到时候不仅仅是钟泰川，就连黑井小镇都难逃劫数。”这个女人接着说。文天似乎对眼前的事情漠不关心，他低着头依旧呆呆地看着李春梅的尸体。许久之后，他淡淡地说："这个关我什么事?"

文天的话一出口，这个女人顿时僵在那里，她慢慢地转身走到门口，紧接着说："踉跄江上马上到处都是尸体。作为一个军人，难道你真的忍心?"话一说完，她猛地走出了大门。文天一屁股坐在地上，抚摸着李春梅的脸庞，他整个人像是失了魂。许久后，他怔怔地说："这么多年来，难道我真的错了吗?"

## 江上问情



踉跄江上波涛汹涌，冬天的寒风抚着江面，激起点点浪花。白晨春站在江边，手拿着一根长长的竹篙，在她脚下放着一张竹筏，她看着茫茫的江面，深情地说：“泰川，我这一生为你生为你死，几乎所有的事情都为你做了，你一定会感激我的。”

她想起了那个晚上，钟泰川轻轻地将她揽在怀里，那种温暖是她从未体验过的。她的一只脚踩上了竹筏，慢慢地向江中划去。她淡淡地说：“正影出现在起潮，倒影出现在落潮，而正影和倒影的交接处正是潮起潮落之间，到时候势必会沉入江底，那么就让我作为探醒生命线入口的第一人吧！”

白晨春撑着竹篙刚离开岸边，突然身后传来一个声音，“等等！晨春。”白晨春听着这熟悉的声音，几乎叫了出来。她知道在此刻他一定会来的，她知道在生与死之间，他一定可以送自己最后一程。她高兴得正准备慢慢转身。

可惜，一阵狂笑过后，岸边接着传来了这样的话，“难道她也愿意葬身江底！真是可笑至极。”说话的是一个女人。白晨春失望地低下了头，她没有转身，因为在此刻钟泰川的身影绝对不会和这种笑声混杂在一起。她慢慢地转身看着岸边的人，心冷到极点。岸边站着的是田中弘一和雌蔷薇，在田中弘一的身边站着四个日本士兵。

“晨春，你何必要这样做？这本该属于钟泰川的事情，你是不是疯了？你快回来！”田中弘一站在岸边焦急地喊着。

雌蔷薇停止了刚才的狂笑，斜眼瞟了田中弘一一眼，然后接着说：“想不到，你对中国娘们儿这么感兴趣，怎么，还要来个英雄救美？”

田中弘一没有接话，只是注视着竹筏上的白晨春。片刻之后，他冲着身边的士兵喊道："去！将她拉回来！"话音未落，两名士兵瞬间把扛在肩膀上的下水设备扔在地上，然后一件一件迅速地穿在身上。随后，一阵激烈的跳水声传来，两名士兵已经从江边游到了离竹筏不远处。

白晨春怔怔地看着江水，拿在手中的一只竹篙慢慢地落在水里。紧接着，两名士兵一前一后，拖着竹筏向江边游过来。

"你这样只能葬身江底，没有我们大日本帝国的高级探水设备，没有人可以探到入口。晨春！你不要再干傻事了。"田中弘一看着踩着竹筏上到岸边的白晨春说。

"即使你可以探得入口，可我是我，你是你，不管你做什么，我都不稀罕。"白晨春看着田中弘一，表情淡淡地说。

"难道在你心目中，我一点都比不上钟泰川吗？他对你好，我同样可以，我可以给你一个美好的未来，我们可以一起坐在东京的富士山上看日出。"田中弘一说着抓住了白晨春的手。白晨春一把甩开了田中弘一的手，然后恶狠狠地盯着田中弘一说："你很好，可惜，你永远也比不上钟泰川。"

"就算是这样，可他已经抛弃了你，已经结婚了，你为什么不肯面对现实呢？"田中弘一看着白晨春依旧深情地说。

白晨春深深地叹了口气，脸上留下了两行泪水，最后她咬牙切齿地说："即便这样，我也不会和一个日本人在一起。"

"你……"田中弘一听着白晨春的恶语，顿时怒火冲天，随即伸起巴掌就要打在白晨春的脸上。可是片刻之后，他慢慢地放下手掌，然后看着茫茫的江面淡淡地说："你在我心中永远像一朵春天里含苞未放的花朵。"

"我想我们当前最主要的是先是打开生命线的入口，你还等什么呢？"雌蔷薇有点不耐烦地看着田中弘一说。

许久之后，田中弘一慢慢地转身看着白晨春的背影。"我来中国的目的还有一个，那就是为了见你。可是事到如今，说这些已经没有意义了。"田中弘一话语中充满忧伤。紧接着，他冲着士兵喊道："架起仪器，测出正影和倒影的交接点，然后下水寻找入口。”

身后的两名士兵，顿时俯下身子开始安装从日本带来的测点仪。不一会儿，其中一名士兵跑过来看着田中弘一说：“田中君，已经准备完毕，是否马上开始?”田中弘一没有说话，只是用力点点头。这个仪器足足有一米高，下面用三条金属棒支撑着，上面像是架着一副望远镜。一名士兵半蹲着身子，在镜头后面观望着。紧接着，从镜头里发出一束光线，射到了对面的不渊崖半山腰中。

一名士兵转动着仪器，口中嘀咕着：“北纬30度，东经100度30分……”不一会儿，其中一名士兵兴奋地喊道：“找到了！终于找到了。”说完他兴奋地指着江面。

果不其然，顺着这名士兵的手指望去，江中隐约可以看见一束光线打成的红圈。田中弘一快速地走了过来，看着先前下水的两名士兵严厉地说：“你们两个，下水，找到入口，务必小心！”

先前下水的两名士兵看着田中弘一用力地点点头，然后各自从随身的包裹里，拿出潜水镜和氧气筒麻利地戴在身上。紧接着两名士兵纵身跃入江中。一阵激烈的浪花过后，田中弘一焦急地看着江中的光束红圈。

“终于找到了，也算不枉此行！”田中弘一说道。

“现在下结论为时尚早吧！”雌蔷薇看了一眼田中弘一轻蔑地说。

“你什么意思?”田中弘一盯着雌蔷薇反问道。

雌蔷薇微微笑着说：“没有什么意思，小心驶得万年船！”

此时白晨春也在焦急地看着江面上的光束红圈。不一会儿，光束红圈处，露出两个脑袋。白晨春向前走了一步，猛然发现那两名士兵已经潜到了光束红圈下面。田中弘一定睛看着江面，不时地露出笑容。他转身轻蔑地看着雌蔷薇，淡淡地说：“这一仗，我们势在必得。等这件事情一了结，你最好的归宿也就是陪我一起去日本了。”

“为什么?”雌蔷薇看着田中弘一，眉宇间闪过一丝疑惑。

“因为你的使命是发现生命线，毁掉生命线。在民族大义上，你本应该和钟泰川站在一起，可是现在你没有能力毁掉生命线，难道你还有退路吗？”田中弘一盯着雌蔷薇接着说。

“是吗？”雌蔷薇像是在自言自语，随即就是一阵狂笑，随后她冷冷地说：“你不要忘了，这是在中国。”

此言一出，田中弘一像是瞬间被人摸清底牌，他沉吟片刻，突然朝天放了一枪。紧接着，不远处百名日本士兵沿着岸边奔了过来。

田中弘一冷笑着，再次看着雌蔷薇，吹了吹冒烟的枪口，然后说：“现在你还认为我没有能力保护这个生命线吗？正川岭的日本驻兵已经集合在这里，等文天来了，恐怕生命线已经找到了。”

雌蔷薇看看不远处的日本士兵，不禁浑身冒着冷汗。

“一旦生命线找到，别说是文天的一个旅，就算是中国的远征军，也将会成为一堆白骨。”田中弘一说着露出了得意的笑容。

“难道生命线指的是一个巨型炸弹，足可以将小镇所有的人都炸死？”雌蔷薇低低地嘀咕着。

“这还得感谢我们大日本最精锐的特工黑鱼，或许世上只有她才能揭开这个秘密。”田中弘一接着说。

雌蔷薇抬起头，冷眼看着田中弘一，突然失声说：“黑鱼？难道是他？”话音一落，田中弘一爽朗地发出一声长笑。

突然，身边的一名日本士兵看着江面，惊呼着：“田中君，快看，血……”田中弘一一个转身，再次盯着江面。只见光束红圈周围到处泛起了血色，接着这种血色越来越浓，扩散范围也越来越大，这种血色渐渐地向江边扩散过来。

“难道是生命线已经被破坏了？”田中弘一一脸茫然地看着江面。

“不！是血。田中君，你难道没有闻到一股血腥味吗？”其中一名士兵说。

田中弘一用力地嗅嗅鼻子，片刻之后，他接着说：“是鲜血。难道江底出事了？”此时，雌蔷薇也是一脸茫然，她看着已经赶过来的日本士兵，脑袋急速地思索着。

“是尸体，他们俩的尸体！”其中一名士兵惊呼着。田中弘一瞪着眼睛望去，果见两名士兵的尸体漂在了江面上，在尸体周围到处是鲜血，隐隐约约有鱼虾之类的动物撕咬着他们的尸体。

“田中君，进展不顺利吗？我接到你的消息就立刻通知正川岭的小分队赶来，眼下？”其中一名日本军官看着田中弘一说。

田中弘一一脸凝重地转身看着眼前的军官说：“小野君，辛苦！眼下，我要亲自潜到江底看一看，你派人守在这里。”田中弘一说着，伸手从身边的一名士兵手中拽过潜水衣，然后带着氧气筒，瞬间朝江面游了过去。他一边游着，一边浮出水面凝望着光束红圈。

没有游出多远，江水渐渐地开始被血色染成红色，潜在水中根本无法识路。田中弘一露出脑袋微微喘着气，向着光束游去。他看着离自己越来越近的两名士兵的尸体，不禁心生畏惧。不一会儿，就游到了两具尸体的身旁。他们死去没有多久，其中一个已经将潜水镜脱落，另外一个却没有了蹼脚。

田中弘一慢慢地停留在他们身边，猛然发现其中一名士兵的一只胳膊已经没有了，另一名士兵的腿部断了一截，他们的喉部好像被动物深深地撕咬过。田中弘一隔着潜水镜，淡淡地说：“他们都是被咬断喉部，失血过多致死的。”话还没有说完，他一头猛扎进水里。

他用力地向江底潜着，此刻江底渐渐清晰了。田中弘一透过潜水镜看着周围的一切，好一会儿，他才潜到江底，他极力观望着周围的情形。猛然间，他发现前方有一个山洞。看起来这个山洞是人工专门凿出来的，因为在山洞口隐隐约约还有一道铁栅栏。

田中弘一快速地向前游着，很快来到了洞口。停顿了片刻，他猛然发现，这扇铁栅栏是开着的。“难道刚才的士兵来的就是这里？这里就是生命线所在？”田中弘一暗暗思索着。他沿着山洞口慢慢地向前游着。在山洞里不时地有游来游去的小鱼，脚底下不时地划过珊瑚，两只乌龟潜在水底一动不动。

“难道他们俩是被鲨鱼咬死的？可是看这里的生物成分不像是鲨鱼生活的

环境。”田中弘一想着这些，顿时放慢了速度。转了一个弯，田中弘一猛然发现前方有一个很大很大的灯笼，泛着蓝蓝的光芒。田中弘一闪过一丝兴奋，“这可能就是生命线了。”田中弘一暗自得意。

他朝着山洞的石壁用力一蹬，很快游到了这盏灯笼前面。他微微喘口气，然后定睛看着这盏大灯笼。不看不要紧，一看顿时吓得他魂不附体，原来在蓝色的大灯笼下面还有一张大嘴，正在吞噬着游来游去的小鱼，而此时在他眼前根本不是什么蓝色灯笼，而是一只眼睛。

一个怪物像是巨蟒盘踞在洞中，在它身边，放着几个木头箱子。这个怪物的脑袋大得出奇，额头正中只有一只眼睛，盯着眼前的田中弘一。一张巨口足足可以将一个人头吞下，可是在巨嘴下面分明还有两只短小的手臂，看起来像是进化不完全，手上带着长毛。

田中弘一失声暗叫一声：“不好！”转身就向洞外游去。此时怪物像是饿了几天，就在田中弘一转身逃离的瞬间，怪物顿时跟着游了出来。田中弘一还没有游到出口，怪物就扑了上来。突然，怪物咬住了田中弘一的一只脚。他猛地一个转身，急忙退掉脚上蹼脚，怪物咬着蹼脚在水里折腾着。

他不敢停留片刻，转身游到了洞口铁栅栏处，不禁惊出了一身冷汗。还没有等他喘过气来，怪物瞬间就尾随而至。田中弘一扭头看着追来的怪物，慢慢地闭上眼睛，他知道此刻再多的挣扎都是无谓。就在怪物抓住田中弘一的身躯，大嘴即将咬住他的喉部的时候，田中弘一猛地看到了掀在一边的铁栅栏。出于求生的本能，他使劲全身的力气一脚踢在了怪物的腹部。怪物猛然受痛顿时放开了他的身躯。他一个翻身出了洞口，随手扶住铁栅栏，瞬间就重新关上了山洞门。

此时，怪物在里面咆哮着，不时地用力撞动着铁栅栏，可是田中弘一死死地用身体紧靠着铁栅栏，里面的怪物愤怒地伸出两只小手撕扯着田中弘一的后背。不一会儿洞口血流成河。田中弘一知道，此时他一旦松手，势必会成为怪物的一顿美餐。他咬着牙，观察着周围的情形。

就在此时，他发现在水底有一把生锈的铁锁子。原来这扇铁栅栏和山洞上都有一个小环扣，只要将铁栅栏关回来，将锁子插在环扣上，那么怪物就算再凶猛，一时半会儿也不会出来。想到这里，田中弘一一只脚开始慢慢地挑着不远处的锁子。此时怪物的撞击越来越猛，他的背部已经被怪物抓扯得骨头即将露出来。

田中弘一咬着牙，一瞬间就挑起了锁子，然后猛地一个转身，将锁子挂在环扣上。此时他只感觉一阵眩晕，慢慢地他的意识开始模糊，看着怪物发蓝的眼珠子，田中弘一慢慢地闭上了眼睛。他的身躯慢慢地躺在水底，顺着水流，他的躯体蠕动着。

站在岸边的日本军官小野毕节焦急地看着江面，猛然间，他看到一具尸体慢慢地浮出了水面，小野毕节摘掉了眼镜，大声地喊着："是田中君！快！快去救他！"

"我看已经死了，还救什么呢？"雌蔷薇站在一边冷嘲热讽地说。

"八嘎！"小野毕节怒吼着，转身看着两名即将下水的日本士兵说："动作要快！"

不一会儿，两名士兵就抱着田中弘一的躯体来到了岸边。小野毕节快速地摘掉了扣在田中弘一脸上的潜水镜，然后吃惊地看着田中弘一。只见田中弘一脸色苍白，像是死去已久。紧接着，他用力地捏住田中弘一的嘴巴，低头就将自己的嘴凑了上去。

"真恶心，两个大男人居然还干这种事情？"雌蔷薇有些看不下去。

"他是在做人工呼吸，这种技术已经在日本广为流传。"白晨春看着躺在地上的田中弘一不忍地说。

不一会儿，一阵猛烈的咳嗽声传来，雌蔷薇斜眼瞟了一眼躺在地上的田中弘一，不再说话。"你终于醒了，田中君。"小野毕节焦急地看着田中弘一。只见田中弘一吐着半口气断断续续地说："我的背部……"说着忍痛翻过了身子。只见田中弘一的背上已经没有血迹，脊椎一旁被掏了一个拳头一样的洞。

"快！军医！"小野毕节冲着身边的士兵急切地命令道。

"这是什么东西伤的？居然伤口这么奇怪。"白晨春凑过来问了一句。

“是……是一个巨型怪物！”田中弘一断断续续地说。

“巨型怪物？”白晨春若有所思地重复着这四个字。

“难道小镇上流传的这个故事是真的？”雌蔷薇像是想起了什么。

“什么故事？”小野毕节微微扭头看着雌蔷薇。

“据说，当年杜十娘怒沉百宝箱就是在这里。这个女人在伤心欲绝之下将一箱又一箱的宝物扔到江里，随后踉踉跄跄地走到江边，纵身一跃跳入江中，所以踉跄江就是这么来的。”雌蔷薇淡淡地说。

“哦？还有这种事？那后来呢？”小野毕节好像对雌蔷薇的话很感兴趣。

“后来，当地的人每到江边洗衣服的时候，总能听到一个女人哀怨的歌声。随着年代久远，有人曾看到湖中出现了带手的怪人。”

“带手的怪人？笑话！”小野毕节有些不屑地说。

雌蔷薇没有理会小野毕节的挖苦，接着说：“大家都以为那就是杜十娘，从此这条江再没有人敢来洗衣服。大概是小镇的人都害怕了，将江中带手的怪人叫作湖人。这就是小镇的传说。”

“简直是荒谬至极！”小野毕节有些生气地说。

“不！小野君，她说的是真的。在江底我真的见到了，甚至还有些箱子，那个怪人是有手。”田中弘一微微说着。

“你真见到了？那么这个伤口就是它弄的？”小野毕节看着田中弘一正在被军医包裹的后背，有些吃惊地问。

“是的！我已经将它关在江底洞中，马上派人下去炸死它。那些箱子可能就是生命线。”田中弘一忍着疼痛说。

“是！我这就去办！”小野毕节说着转身看着身边的士兵，“用流弹将它炸死，然后将那些箱子拿上来。”小野毕节命令着。

不一会儿两名士兵迅速装备好，随后再次下水。不一会儿听见江底微微地传来了流弹爆炸的声音。紧接着，一名士兵拖着一个木头箱子向岸边游了过来。小野毕节兴冲冲地看着士兵拖上来的箱子，冲着田中弘一说：“田中君，找到了！我们的使命就要完成了！”田中弘一忍着伤痛慢慢地转身坐了起来，看着放在岸上的箱子轻轻地喊道："来人！打开！"

随着箱盖落地的声音，田中弘一慢慢地拄着一根树枝站了起来。紧接着，他的表情开始凝滞。原来箱子里全是珠宝。

"原来是这些东西！我们上当了。"田中弘一有些失望地看着箱子中的一切。



"田中君，我们有了这些珠宝，不知道在东京可以买多少房子。"小野毕节似乎对这些珠宝特别感兴趣。

"混蛋！中国远征军已经在云南和我们仅存的大日本帝国力量交上了手，我们要这些有什么用！"田中弘一盯着小野毕节怒骂道。

此时，一个士兵跑到了田中弘一的身边喊道："少佐！黑鱼来电！"

"念！"田中弘一严厉地喊道。

"钟泰川已经发现了生命线入口，生命线的入口根本就不在江底。"士兵报告道。

田中弘一拄着树枝颤巍巍地站在江边，再次陷入了沉思。许久之后，他冷眼盯着雌蔷薇，然后说："接下来，你打算怎么办？"

雌蔷薇微微一笑，向前走了一步说："我当然是陪你们一起寻找生命线了。那她呢？"说完用手指了指站在一边的白晨春。只见田中弘一看了一眼白晨春，然后叹了口气说："你看着办吧！"说完蹒跚地向前走着。紧接着，小野毕节跟在后面离开了江边。

雌蔷薇看着白晨春冷笑着说："钟家大院一别，白小姐过得可好？"说完，一只黑洞洞的枪口指向了白晨春。

白晨春坦然一笑，接着问："你想怎么样？"

"放心，我不会杀死你，你对我还有用处！"雌蔷薇说着，慢慢地逼近白晨春。白晨春看着黑洞洞的枪口，紧张地一步一步向江边退着。突然，雌蔷薇冲了上去，随手调转手枪，紧接着枪托用力地砸在了白晨春的脑袋上。瞬间，白晨春一个踉跄倒在江边。此刻，雌蔷薇麻利地伸出双手，将白晨春揽在怀里。她嘴角露出了狰狞的笑容。

“白晨春，你今生再也休想逃脱我的手掌心。”雌蔷薇说着，将白晨春轻轻地放在岸边的沙滩上。随后她从身上摸出一串铃铛，在白晨春的眼前晃荡着。就在铃铛发出响声的瞬间，白晨春突然睁开了眼睛，可是此刻她全身酸软无力，只是眼睁睁地看着这串小铃铛在眼前晃悠着。

雌蔷薇看着白晨春的神情，随手从怀里摸出一根小黑管。一阵迷烟过后，白晨春像是失去知觉一般，眼神呆滞地望着雌蔷薇。铃铛一响，她的眼睛瞪地很大，随着铃铛的持续晃荡，白晨春像是受了刺激，慢慢地伸出颤抖的双手抓着脑袋，随后向天吼叫着，似乎这种痛苦是撕心裂肺的。

雌蔷薇看着发疯般的白晨春，轻蔑地笑着，站起身，随手将铃铛放回口袋里。只见铃铛一停，白晨春顿时恢复了往常的清醒，她怯怯地看着雌蔷薇，两手支撑着身体不住向后蜷缩着。

“你在我身上做了什么？”白晨春失声地问。

“没什么，不过是一点蔷薇粉。”雌蔷薇说着，露出一丝诡秘的微笑。

“什么？蔷薇粉？就是引诱田中弘一的那种迷药？”白晨春惊诧地说。

“不！这种药材大不一样。从今以后，你若遇到一丁点刺激，就会脑袋发胀，譬如刚才晃荡的铃铛声。”雌蔷薇说着仰头笑着。

“你为什么非要这样做？”白晨春失望地看着雌蔷薇。

“作为特工，绝对不能留个敌人给自己。再说，你还是关心一下自己吧！”雌蔷薇淡淡地说。

“难道这就是命？”白晨春眼神中充满哀怨。

“这种病一旦发作，就会永不停息，而且随着时间流逝，发病的周期会越来越短，直至头疼致死。”雌蔷薇扔下这句话后，转身离开了岸边。

白晨春茫然失措地看着眼前的这一切，她慢慢地站起身来，望着川流不息的江水，不禁落泪。“难道为你做一件事情也这么难吗？”白晨春怒吼着。许久之后，她软软地坐在沙滩上。此时她的脑袋在隐隐发胀，她用力抱着脑袋使劲在沙滩上撞着，脑袋中就像有千虫万蚁在翻滚，在撕咬。越是这样，这种阵痛越是一浪翻过一浪，永不停息。

白晨春在沙滩上翻滚着，口中不时地呼喊着钟泰川的名字，她多么希望此刻钟泰川能够赶来看自己一眼。她挣扎着看着江水。“泰川……你……难道连最后一面也不肯见我?”白晨春呼唤着，慢慢地朝着江底打捞起来的一箱珠宝爬去，边爬嘴里边说着：“泰川，我不能再为你做什么了，可这箱珠宝至少可以帮你给长工发工钱。”就这样，她努力地向前爬着，可是还没有爬到箱子前面，她的脑袋就重重地垂了下去。

# 生死搁浅

清晨，钟泰川和刘一凯带着几名马帮站在不渊崖上。钟泰川仰头看着这里伸手可触天的风景，想起了很多事情。不渊崖、钟家大院、快活峰和坤牌被称为小镇的四大名胜，可马上就要被一场战争摧毁。放眼望去，下面奔流不息的踉跄江依旧波涛汹涌地流淌着，不渊崖像一把尖刀插在了江中，踩在崖边，崖的两侧被江水侵蚀着，不时在石头上溅起一朵又一朵的浪花。钟泰川指着江面上的点点风帆说："这是个手可摘星辰的地方，这么美好的风景，怎么非要和那本神秘的《无字节宗》联系在一起呢？"刘一凯站在钟泰川的身后，望着江面，接着说："少爷，你是不是想起了书中所指的乾休？可这里离钟家的地下密道甚远，这里怎么会有盐矿的入口呢？"

突然，一群寒号鸟从崖边飞过，飞向了远方，在空中划着一个又一个圈儿，紧接着再次飞了回来。这次它们却停在了半山腰，不时地从半山腰传来了一阵又一阵的嘶叫声。站在身后的小三子咦了一声，却没有说话。

钟泰川看着眼前的一切，轻轻地吁了口气说："是与不是，已经不重要了。过去的东西不管怎样都是无法挽回的，与其寻找，还不如怀念。"说完，他盯着江面上被风吹起的微微波澜，仿佛若有所思。

"我听说张敬生已经找人在警察署掘地三尺，发誓要找见盐矿。"刘一凯看着钟泰川的背影说。

钟泰川微微一怔，然后说："是吗？他的消息真快！"

"我们前脚发现，他就后脚派人挖掘。看来又是这个黑鱼报的信。"钟泰川接着说。钟泰川扭头看着刘一凯，好像想起了很多，随后他接着说："这么说，在胡同口闪过的黑影，在我门前偷听我们讲话的，派人攻打钟家的，包括给张敬生报信的全是他。”

“少爷，你看江上有人，好像要撑着竹筏过江。”小三子站在后面，突然指着江面说。

顺着小三子所指的方向望去，果见一个人划着一个竹筏向江中游去。此人头戴尼姑帽，丝毫不加掩饰。钟泰川失神地看着江面竹筏上站着的这个人，随后淡淡地说：“她终于来了。”刘一凯怔怔地说：“是白晨春？这太出乎意料了。她也是冲着生命线来的？”

“我也没有想到，可是昨晚李春梅说的那番话，当时在场的除了你和我外，她也听到了。”钟泰川似乎再也升不起丝毫埋怨。他看着远方慢慢升起的太阳，深深地呼吸着，随后闭上了眼睛。

“钟家发生的事情的确太不可思议了，难怪那天玉珠也要走呢。”小三子淡淡地说。钟泰川没有说话。许久后，他微微睁开眼睛，淡淡地说：“他们也该来了。”

刘一凯看着钟泰川的背影，轻声问：“你指的是田中弘一？”钟泰川微微点点头。话还没有说完，突然从后面山头闪电般地闪过两个人影，他们在丛林中快速地穿梭着，不一会儿就到了江下面一侧的岸上。刘一凯看着这两人淡淡地说：“从体型上看，这两人都不像是田中弘一，难不成还有人打着生命线的主意？”

“我不知道。”钟泰川简短地回答，看着江面上的动静。

“少爷，我们还是回去吧！这地方在黑虎寨的势力范围，待久了不安全。”小三子说。钟泰川微微一笑说：“你是说彭三炮，他现在拿什么消灭我？上次他的队伍已经被我消灭得差不多了，现在他自保都来不及，哪还有心思和我作对。”

“少爷，怎么这个竹筏划到江中间不动了？她怎么躺在竹筏上不动了？”刘一凯疑惑地看着江面说。

“我不知道。或许，她也一直在寻找，或许她确信，在踉跄江上一定有生命线的入口。”钟泰川说。

“可是在快活峰上，白晨春已经听清楚了生命线的入口，她明明知道入口不在那里，为什么还要这样做?”刘一凯吃惊地看着。

刘一凯的一席话顿时惊醒了钟泰川，他吃惊地回过头盯着刘一凯说：“难不成她不是晨春?”钟泰川神色中颇带担忧。“不管是与不是，少爷，这就快落潮了，已经来不及了。就算你现在想救他，可是我们远水解不了近渴。”刘一凯看着焦急的钟泰川说。

“难不成她真要葬身江底？她为什么要来这里?”钟泰川凝望着江中站在竹筏上的人怔怔地说。随后他看了一眼小三子问：“现在几点了?”

“日头正中，此时十二点。潮起已过，潮落刚刚开始。”小三子快速地回答着。

“走！下去看看。”钟泰川一个转身，沿着山上的小路下来。大约半小时后，钟泰川站在了崖底下，他看着波涛汹涌的江水，顿时身子向后撤了撤。身后的刘一凯看着钟泰川，担心地喊着：“少爷，你慢点！我看要通知白晨春，还得绕到崖的另一边。”钟泰川没有说话，只是踩着崖边石头，手扶着石壁向前走着。

“我们在不渊崖的北侧，要想绕到南侧，这条小路恐怕现在过不去了。”小三子紧跟在刘一凯后面说。

“为什么?”刘一凯扭头问。

“只有潮彻底落了，沿着山脚才有一条小路绕过去，此时潮落才刚刚开始，小路被没在水底，我们不可能绕过去。”小三子说道。

“这么说我们只有在这里等了。”刘一凯淡淡地说。

果不其然，走在前面的钟泰川不一会儿沿着原路返了回来，他面色沉重地看着刘一凯，一句话也不说。

“等潮落了，那张竹筏早就被打翻在江底了，我们还看个啥呢。”小三子没有领会到钟泰川此时心急如焚的心情，依旧嘟嘟囔囔着。刘一凯转身狠狠地瞪了他一眼，然后说：“别说了，净整些没用的，快看看有没有船经过这里。”小三子低低地哦了一声，向江面张望着。

钟泰川慢慢地蹲在崖边的石头上，低头看着浪溅起的水花，顿觉心里一片发凉，他怔怔地说：“晨春，想不到我们相识一场，我看到你葬身江底却不能相救。”

刘一凯走过来，靠着钟泰川，蹲下身子安慰说：“少爷，如果晨春真是好人，我相信吉人自有天相。”冬天的寒风拂过脸颊，江面上开始翻涌着，几条小鱼经不起折腾，纷纷潜入江底，茫茫江边未见一条渔船。钟泰川望着江面唏嘘着，渐渐地，风越来越大，吹在脸上像刀割。终于，几名马帮支持不住了，纷纷靠在石壁上，一动不动。

“看！落潮了！”小三子双手捂着脸颊说道。

其中一个马帮接着说：“是啊！水位开始下降！”

钟泰川猛地站起身来，一个箭步沿着石壁向前冲去。身边的刘一凯见势，一把拉住钟泰川说：“少爷，这么大的风，你不要命了？”钟泰川一把甩开刘一凯的手，依旧向前走着。突然，一个大浪从江边拍了上来，钟泰川顿时浑身是水，他一个趔趄站不稳，几乎摔在江里。

刘一凯迅速拽住钟泰川的胳膊，死死地靠住石壁。钟泰川满脸是水，看着刘一凯，眼中充满无助。此时江面上风更大了，浪花一个紧接一个，冷风像是一把利剑冲着江面横扫着。紧接着，一声巨响传来，钟泰川和刘一凯偎依着蹲在崖上，不敢动弹一步。

“好像是竹筏触礁的声音。”小三子捂着耳朵冲着身边的马帮说道。钟泰川听了小三子的话，失望地站起身。此时风更猛了，钟泰川站在崖边，好像瞬间就要被卷走，他脸上不再有畏惧，只是撕心裂肺地呼喊着：“晨春，其实我一直都在想你。你听见了我的呼喊了吗？”

刘一凯看着站在崖边的钟泰川，暗暗捏了一把汗，微微地站起身，趁着钟泰川不注意，一把将他压倒在崖边上，他极力吼着：“少爷，你不要命了！就算你不想活了，可是你想过钟家没有，想过小镇没有，眼看一场战争就要爆发了，我求求你，清醒一点，好吗？”声音中满是怒气，满是哀求。

钟泰川失神地看着刘一凯，他紧紧地抓住了刘一凯的手，眼神中闪烁着无法言说的悲痛。紧接着刘一凯说："潮落即将结束，马上生命线的入口就要裸露出来。你不要忘记，我们最大的敌人是田中弘一。我们就有两个小时，两个小时后就是潮起，如果在这两个小时内我们从洞里出不来，那我们才真的要葬身江底。"刘一凯真挚地说着。钟泰川看着刘一凯，他仿佛从刚才的梦境重新走了回来，重重地点点头，然后嘶声说道："一凯，有你，我钟泰川这一辈子，值了。"说完和刘一凯抱在一起。

"少爷，潮落结束了。我们要尽快寻找生命线的入口，就有两个小时。"刘一凯说。钟泰川慢慢松开了刘一凯的肩膀，他努力抑制住内心的悲痛，然后快速地站起来，看着跟随自己的马帮喊道："走！既然走到这一步，就算是为我们小镇的父老乡亲，我们也要拔掉这颗毒瘤！"说着，从小三子的身边走过。

此时踉跄江的水位不再下降，一片被水浸泡过的崖壁顿时露了出来。钟泰川走在前面，朝着水位下面观察着。刘一凯紧跟在身后。突然刘一凯惊呼道："少爷，快看！那里有一个洞。"顺着刘一凯的手指望去，在不远处崖凹进去的地方，下面有一个洞，如果不是水位下降，这个洞口似乎永远不会被人发现。

钟泰川静静地盯着远处的这个洞口，看起来这个洞口不算小。他没有说话，只是脚步更快了。"潮落了这个洞口才露出来，不会洞里的细菌库已经被水冲走吧！"小三子淡淡地说。"净说瞎话，如果真是那样，整个江水都带有病菌，那么倒霉的不仅仅是黑井，而是整个中国。"刘一凯白了一眼小三子，快步地跟在钟泰川身后。



"快看！有人进去了！"其中一个马帮惊呼着。话音未落，两个黑影顺势奔进了洞口。钟泰川走在前面，他也看见了眼前的这一切，他来不及思索，迈着大步，朝着洞口奔去。片刻之后，钟泰川微微喘着气站在洞口，他拔出腰间的手枪冲着下面的洞口说："一凯！看到没有？洞口前面搁浅出一片泥塘，一会儿我先跳下去，如果洞里面的人出来，不要管我，先毙了再说。"钟泰川说着纵身一跃，人已经落到了泥塘里。上面的刘一凯看着这一切暗暗吃惊，这足足有两米高，他没有想到钟泰川想都没有想就跳了下去。

钟泰川身子一着地，就瞬间落在泥塘里，枪口指着洞里。好一会儿未见洞里的人出来。他冲着上面站着的刘一凯喊着："一凯，傻站着干吗呢？快点跳下来！"刘一凯迟疑着点点头，然后一跃落在了泥塘里，他还没有落地，嘴里就吓得叫唤着，钟泰川上去，一把摁住他的嘴，眼睛瞪着低低地说："你叫唤啥？"说完冲着洞里望着，生怕两个黑影趁机冲出来。

紧接着小三子和另外两名马帮也跳了下来。钟泰川握着手枪，靠着洞口的墙壁向洞里摸索着前进。这个洞口不太大，可是越往里面越是空旷，只是光线越来越暗。墙壁上微微往下渗着水，钟泰川用手拧了拧袖子上的水说："这里光线越来越暗，为了安全起见，一凯，你走那边。"说着指了指对面的墙壁。

刘一凯顿时领会了钟泰川的用意，他从后背上摸出一把小手枪冲着身后的两个马帮使了个眼色，然后靠在另一侧的墙壁上摸索着向前走着。走了一会儿，他突然说："少爷，他娘的这里怎么还有鱼？"此时钟泰川正侧耳听着里面的动静，他伸出食指放在嘴边示意刘一凯不要说话。紧接着里面传来一个声音。

"爹，这怎么没路了？莫不是那个老太婆编出来骗人的吧！"是一个女人的声音。

"不会！这个秘密在小镇已经流传多少年了。快看，这里有扇石门。"一个男人惊奇地叫道。

钟泰川绷紧了神经，他慢慢地沿着墙壁向前走着，拐了一个弯后，里面的声音越来越清晰。此时一束光线射下来，钟泰川分明看见前面不远处，一男一女正在触摸着一道石门。突然，一阵寒号鸟的叫声从光线之处传来，紧接着寒号鸟像是受到惊吓似的，纷纷飞去。

前面的两人顿时警觉地朝身后望着。钟泰川一个转身回到了拐弯处，他的一颗心怦怦直跳。"怕什么？是寒号鸟。"那个男人冲着身边的女人说道。

女人稍稍放松了警惕，轻轻地吁了口气。过了好一会儿，钟泰川再次转弯看着前面的这两人。他的眼神顿时开始呆滞，眼前的这个女人同样戴着一顶尼姑帽子，身穿长袍，而那个男人从身影上看正是彭三炮。刘一凯也在失神地看着眼前的这两人，他嘴角微微动着，低低地说："怎么又一个尼姑?"

"我看这个石门上肯定有开启的机关，要不什么秘密到了这里都成了死秘密了。"其中一个女人说道。

"这是钟泰川的爷爷建的。对了，那个死老太婆死的时候，有没有说怎么开启这个石门?"彭三炮问道。

"没有。她只是说这里有钟泰川爷爷的阴灵，进去的时候，一定要双手伏地，而且要心心相印之人才可以进去。"这个女人淡淡地说。只见彭三炮狠狠地吐了一口唾液，然后说："什么他娘的阴灵，都是吓唬人的。"

突然，这个女人摸着石门上的按钮，兴奋地喊道："爹，我找到了，就是这里了。"说着轻轻地扭动着。彭三炮兴奋地向前凑了凑，说："好！快点打开，你爹有了这批武器，就再也不怕钟泰川那小子了。"

钟泰川吃惊地听着两人的对话，自言自语地说："晨春的父亲是彭三炮?"此时石门仿佛在慢慢地动着，不时传来轰隆轰隆的声音。彭三炮高兴地看着这个女人。可是响声过后，石门却不纹丝不动。彭三炮和这个女人疑惑地对望一眼。

"难道老女人说的那些话真的有什么意义不成?"彭三炮低头沉思着。话音还没有落下，头顶上的石头缝里，突然插出五六把枪，顿时两人被笼罩在枪口下面。这个女人惊呼一声："爹，卧倒!"可是话还没有说完，头顶上的几把枪就朝着两人疯狂扫射着。眼前的尼姑还没有来得及推倒彭三炮，几颗子弹就打在了她身上，她嘴角渗出了一口鲜血，脸上却露出了一个微笑，她的身躯缓缓地倒了下去。彭三炮看着倒下去的尼姑，伸出手想拽住她即将倒下的身躯，此时头顶上的枪口再次扫射着，几颗子弹像是催命符，疯狂地打在了彭三炮的身上。

彭三炮一个趔趄倒在石门前，此时尼姑挣扎着，爬到了彭三炮面前，深情地看着彭三炮说："爹，我终于……完成了你的使命。"说着，她从口中吐出来一口鲜血。

彭三炮微微睁着眼睛，躺在石门前，一只手轻轻地抚摸着尼姑的脸蛋说："可是你的使命，爹永远也帮你完成不了了。"

"不！爹！这一辈子我已经足够，要怪……只怪他看上了土匪的女儿。"尼姑断断续续地说着。猛然间，彭三炮的脑袋重重地垂了下去，瞬间，整个洞里只剩下一个女人的呼喊。钟泰川看着眼前的一切，怔怔无言。突然，从洞口外面闪电般地窜进一个人来，从钟泰川的身后一闪而过。他的身影太快了，以至于所有的人都不知道他从哪儿冒出来的。他快速地奔到石门前，看着倒在地上的尼姑，轻轻地抽噎着，慢慢地蹲下身子。

钟泰川轻轻地走了进来，看着石门前的这一切，看着蹲在石门前的这个人。他赫然发现，此人正是马再发。他失声地叫了一声："再发？"

可是马再发似乎没有听到钟泰川的喊声，他看着倒在地上的尼姑，痛哭着说："玉珠，你真傻，为什么要这样做？"

"玉珠？"刘一凯疑惑地问。

"她不是走了吗？这到底是怎么回事？"小三子看着倒在地上的尼姑，声音中充满疑惑。

此时，玉珠挣扎着抬起头来，看着众人，然后凄凉地笑了一声说："在死前……能够再见到你们，我心里不知道有多高兴！"她断断续续地说着，然后看着马再发说："一个土匪的女儿，真的值得你这么对我吗？"马再发咬着嘴唇重重地点点头，相对无言。

"你真傻，我藏在钟家这么多年，就是为我爹打探这个秘密。可是你发现了我的身份，不但没有说出去，还那么爱我。"马再发看着玉珠，眼泪再也止不住了，他大声说着："玉珠，你别说了。"玉珠微微摇摇头，看着钟泰川接着说："那天我离开钟家，是因为我在快活峰上已经打探出了这个秘密，继续待在钟家已经没有意义。"玉珠一只手捂着肚子痛苦地说着。

"快活峰上原来是你。你为什么要做尼姑？"刘一凯盯着玉珠问。

“晨春真傻，她以为我真的是因为害怕土匪才出家，其实我在她身边一直观察着她，因为钟家待我不薄，我想找出黑鱼，也算是为钟家尽一点绵薄之力。”玉珠说着，眼里闪烁着泪花。

“在钟家后院山上的那个秘洞是彭三炮挖的？目的就是为了你们可以经常见面？”刘一凯接着问。

玉珠微微一笑，然后说：“是的，我偷了少爷的玉佩，故意放在那里，原先我以为晨春就是黑鱼，可是……”

“可是后来你发现晨春并不是黑鱼，所以那一晚黑鱼派人去抓晨春的时候，你假扮她，让她逃过这一劫，对吗？”钟泰川看着玉珠问。

玉珠勉强地笑了一下，点点头，然后说：“少爷，你猜对了。我就要死了，请你转告夫人，一定要原谅我，因为一个土匪的女儿也有使命，这种使命就叫作身不由己。”玉珠说完眼神里充满了哀求。钟泰川什么话也没有说，只是点了点头。

“你这个傻子，即便我出家了，你也不肯放弃，你带着满身的伤爬回黑虎寨，就是为了看我一眼？”玉珠深情地问。马再发含着泪说：“可惜在山寨我还是没有见到你，反而在这里我们相见了。”

“我爹刚才还说他没有帮我完成我的使命，这一刻他是看不见了。”玉珠淡淡地说。

马再发失声地说：“下辈子，一定让他看到，其实，我们两个都是钟家的叛徒。”马再发说着紧紧握住了玉珠的手，他慢慢地将玉珠扶起来，让她依偎在自己的怀里。玉珠仿佛已经找到了幸福，她勉强地微笑着，点点头。

“想你的时候，我忘记了身份，甚至忘记了少爷托付给我的重任，你也一样，这就是潜伏者的命运。”马再发哽咽地说着。许久之后，他抬起头看着钟泰川说：“少爷，感谢那天你没有开枪杀我，你放了我一条生路，可是我却从开始就走上了一条不归路。”

“我知道！”钟泰川没有看马再发，只是仰头轻轻地吁了一口气。

“但……至少我会给你一个交代。”马再发说着，声音开始哽咽。钟泰川慢慢地转过了身子，他不想看到这一切。突然，从身后传来嘭的一声，钟泰川伸手擦掉了眼眶里的泪水。他慢慢转身，只见马再发一头撞在石门上，脑袋上血流不止，伸出一只手仿佛要抓住什么。

钟泰川颤巍巍地走了过去，一把抓住马再发的手，他嘴角动着，可是一句话也说不出来，因为此时的悲伤无法形容。“下辈子再做兄弟！”钟泰川终于咬着嘴唇蹦出了这几个字。马再发的嘴角顿时露出一个甜蜜的微笑，或许此时是他最满足的时候，他紧紧抓住钟泰川的手，嘴角抽动着说：“少爷，‘地中地’的意思是地下有地，‘黑水触娇媚’那就是……就是放在里面的是一具女人的尸体，这具尸体上沾满了病菌，千万……千万别动！”马再发用力地说着，突然他脑袋一垂，顿时没有了气息。

刘一凯上前一步看着钟泰川说道：“少爷，人死不能复生，你就节哀吧！”说着冲着小三子说：“把尸体抬到一边，千万别碰石门。”钟泰川缓缓地站了起来，看着眼前的石门，他脑袋中顿时浮现出了李春梅临死之前说的话：“只有心心相印之人才可以走进去，要双手伏地，这里有你爷爷的阴灵。”

“什么才叫心心相印？”钟泰川像是自言自语。

突然身后传来了一个声音，“我们算不算是心心相印呢？”钟泰川猛地一回头，只见上官纯正向着石门走来，身后紧跟着田中弘一。钟泰川疑惑地看着走过来的上官纯，轻声问：“你怎么会来到这里？”

上官纯微微一笑说：“我是来帮你打开石门的。”

# 娇媚现世

刘一凯疑惑地看着上官纯，然后再看看身后的田中弘一，突然一把抓住田中弘一吼道："你可真卑鄙，居然将少奶奶都抓来了。"田中弘一似乎忘记了生气，他轻轻地扒拉着刘一凯的手说："别急，一会儿你就知道了。"钟泰川看着上官纯问："你能给我一个解释吗？"

"泰川，干吗呢？有什么需要解释的？来嘛！咱们一起开石门，看看里面到底有什么秘密！"上官纯说着走过来，顺手挽住了钟泰川的胳膊。此时的钟泰川隐隐约约地感觉到空气中充满了浓重的火药味，他看着上官纯灿烂的笑容，感觉上官纯和田中弘一之间似乎有种说不出的关系。

"不着急，我想听听你来到这里的原因。"钟泰川一脸凝重地看着上官纯说。突然上官纯将一把枪顶在了钟泰川的腰间，然后笑着说："泰川，何必呢？你我夫妻一场，我只想证明我们是不是心心相印。"刘一凯看着这突如其来的变故，他瞬间用一把枪指着上官纯吼道："你想干什么？"身后的几名马帮顿时操起枪口对准了田中弘一。

此时田中弘一微微一笑，淡淡地说："正川岭的小分队已经将这里团团包围，那个老娘儿们居然敢骗我，幸亏我们的宫本少佐及时通知了我，要不我恐怕此时葬身江底了。"说完伸出一个指头在口中打了个口哨，瞬间从洞外面冲进来十来个日本士兵。刹那间，刘一凯和几名马帮被围了起来。钟泰川看着眼前的情形，着急地冲着刘一凯说："一凯！不要冲动！"说完，他看着上官纯说："这么说，你就是黑鱼？"

"你说呢？"上官纯依旧微微一笑，只是这次的笑容中却充满了娇媚。

“那么那天带队攻打钟家是你干的?”钟泰川盯着上官纯问。

“不错，我就是大日本驻滇特工小组组长宫本苍青，别人都叫我宫本少佐。”上官纯伸手触摸着钟泰川的脸蛋，极具挑逗。

“那么在结婚的那天，白晨春的失踪也不是一个意外?”钟泰川依旧追问着。



“是的！你认为现在问这些还有意义吗?”上官纯将枪从钟泰川的腰间收回来，在她看来，钟泰川已经是煮熟的鸭子，想飞都飞不了。

钟泰川没有说话，只是慢慢地摇摇头。许久之后他说：“我从来都没有怀疑过你。”上官纯抱着双臂，听了钟泰川的话后抬头仰天大笑，片刻之后，她盯着钟泰川说：“可我从来就没有相信过任何人。”

“这就是我们的区别。”钟泰川淡淡地说。

“什么意思?”上官纯问。

“我是人，你是畜生!”钟泰川直截了当地说。话还没有说完，上官纯握着枪托重重地捶在了钟泰川的脸上。顿时，钟泰川的嘴角流出了鲜血，他伸手触摸着嘴角的鲜血，然后怒目圆睁地看着上官纯。

“宫本少佐，还等什么呢？赶快开门吧!”田中弘一站在身后催促着。此时刘一凯和几名马帮的枪早已被田中弘一的卫队缴了械。钟泰川微微一笑说：“那还等什么呢?”说着走向石门。上官纯微微一怔，他没有想到钟泰川竟然这么快就顺服了。她紧跟在身后，也走到石门前。

钟泰川看着这扇石门。这扇石门足足有一人高，两人宽。他指着门右侧的按钮说：“就是这个按钮，或许只有咱们两人的手才可以打开这扇石门。”说完看了上官纯一眼。上官纯看着这个按钮，突然格格一笑，然后自言自语说：“心心相印？好！就让我们一起见证这个奇迹的时刻吧!”说着将手轻轻地放在上面。

钟泰川面无表情地走到上官纯的跟前，一只手轻轻地摁在上官纯的手上，然后说：“心心相印?”突然，他仰头发出了冷笑，紧接着用力地摁住了上官纯的手，轻轻地扭动着这个按钮。上官纯紧紧地盯着这个石门。只见石门缓缓地向两侧打开，透过这个石头缝隙，里面黑洞洞的，隐隐约约从里面透出一股发霉的味道。上官纯的脸上露出了得意的笑容，她看着慢慢向上打开的石门说："田中君，我们终于成功了。这个细菌库，足可以抵挡中国远征军，我们的任务就要完成了。"

钟泰川紧盯着这扇石门，心中似乎在默默祈祷着。突然，石门向两侧打开两个小指宽的缝隙后不再上升。钟泰川的脸色顿时变得凝重起来，他一个转身迅速地朝身后扫了一眼，紧接着他倒在石门前面双手伏地，然后冲着身后的刘一凯喊："一凯，小心。"

话还没有说完，石门缝隙里一排子弹射了出来。紧接着，上官纯传来了撕心裂肺的叫声，她捂着肚子，嘴角的鲜血滴在地上，落在了钟泰川的身边。她跪倒在钟泰川的身边，表情痛苦地呻吟着："泰川……泰川……看来我们真的不是心心相印。"她身子靠在石门上，只剩下半口气。此时钟泰川的右脚被子弹打穿了，他忍痛坐了起来，看着上官纯轻轻地说："你……你说对了，我们是不合。你是日本人，我是一个中国人，我们怎么会心心相印呢？"说完，发出了一声凄惨的笑声。

许久后，他注视着身后，只见刘一凯肩头中了一枪，靠在石壁上呻吟着。几名日本兵和马帮的尸体混合着躺在不远处。可惜田中弘一没有死，就在子弹打出的瞬间，他将小三子挡在了自己的身前。小三子浑身被打成了筛子，嘴角微笑地看着钟泰川，看起来像是刚刚断气不久。田中弘一将小三子的尸体从身边推开，一脸怒气地看着倒在石门前面的钟泰川。

"想不到这里机关重重，不过这个游戏总该到此结束了吧。"他看着钟泰川，慢慢地朝着石门走去，手里握着一只手枪老远就指着钟泰川。钟泰川慢慢地坐了起来，看着走过来的田中弘一淡淡地说："是该结束了。"

"在你死之前，我还想问你一句，你是不是我失散多年的哥哥？"田中弘一走到钟泰川的身前，一把手枪顶在钟泰川的脑袋上。

"是！"钟泰川说着，慢慢地闭上了眼睛。

"可惜这句话我听到的太迟了！"田中弘一慢慢地扣动着扳机。

突然，外面传来了枪声，紧接着枪声越来越密。一阵大炮的声音传来，洞外面到处充满惨叫声。不一会儿枪声渐渐停止，洞外传来一阵整齐的脚步声，其中一个人说："将军，就是这里。"钟泰川闭着的眼睛慢慢睁开了，他冷眼看着田中弘一说："听！外面的声音，是我们的人在赶来，你们离完蛋的日子不远了。"

"不！我的小分队不会就这样完了。"田中弘一冲着钟泰川怒吼着。

"那我们就最后再赌一把。"钟泰川忍着痛，慢慢地扶着石门站了起来。

"不！不会这样。即使是这样，你也难逃一死。"田中弘一气急败坏地吼着，紧接着，他用力扣动了扳机。一声枪响过后，洞外面冲进来一个女人。她身穿尼姑袍子，浑身湿漉漉的，看着眼前的这一切，嘶声叫着："不要啊！泰川你不能死！"边说边冲着钟泰川跑了过去。

紧接着，文天举着火把，带着卫队走进了洞里，他吹了吹还在冒烟的枪口说："钟泰川，你不能死，如果你死了，我会一辈子记你的仇。"话还没有说完，田中弘一一头栽倒在地。钟泰川失神地看着跑过来的白晨春，然后怔怔地说："我以为我再也见不到你了。"

"我也是！"白晨春深情地说着，脸上满是眼水，突然，她扑在钟泰川怀里放声大哭。钟泰川抚摸着白晨春的头说："经历了这么多，侥幸你我还能重逢。我看到你撑着竹筏站在江中，你是怎么脱身的？"

晨春抬起头说："是文将军救的我，要不我这次真的葬身江底了。"说着，她将头上的尼姑帽子一摘，顿时一头乌黑的头发散落在钟泰川的面前。钟泰川吃惊地看着白晨春问："你没有出家？那天我亲眼看见你出家的。"

"说来话长，那天师太死活不同意我出家，她怕我想不开，就把我关在了柴房里。直到我看到玉珠也出家了，我知道钟家一定出事了，所以我悄悄地跑了出来。"白晨春说着慢慢地低下头。

钟泰川忍着伤痛，点点头，脸上挤出一点笑容，然后说："这么说文将军也是你通知的了？"白晨春看着钟泰川微微点点头。

"看来我又欠他一个人情了。"钟泰川看着白晨春轻声说。

“不！泰川，这是国家大事，于公于私我都惭愧呀。再说，你答应过我的事情，你做到了，咱们两不相欠。”站在一边的文天笑呵呵地看着钟泰川和白晨春说。

钟泰川苦笑着，看着文天说：“我是没有杀他，想不到他竟然被你打死了，幸亏他不是你的儿子。”文天听着钟泰川的话，顿时仰天大笑，随后他淡淡地说：“只要对得起这一方水土，就算是我的儿子死了，那也是死得其所。”

白晨春扶着钟泰川慢慢地站起身来，看着身后的石门，两人相视一笑，随后两人的手同时摁在了石门的按钮上。紧接着石门慢慢地向两侧打开，里面黑洞洞的，伸手不见五指。钟泰川转身从文天的手中接过火把，一瘸一拐地走了进去，身后跟着白晨春。文天冲着两名卫兵喊道：“你们留在这里，其余的人到外面警戒。”说完跟着走了进去，而站在远处的刘一凯也慢慢地手扶着石壁走了进去。

里面是一条小路，这条小路是从原先两块大石头之间的缝隙稍加拓宽后修成的。钟泰川踉踉跄跄地走在前面，走了一会儿，前面却出现了一条岔道。钟泰川怔怔看着眼前的一切，脚步慢慢停了下来。

“泰川，这两条路，我们该走哪条路呢？我看就走右边的那条吧！右，无出其右，意思是无人可以战胜我们。”白晨春停下脚步说。

“不！这是为了防止敌人误闯进来而修建的，也就是其中一条肯定有机关，甚至是陷阱，走错了，我们可能真的回不来了。”钟泰川淡淡地说。

“泰川！看！左边的那条小路上好像有一个骷髅。”文天指着左边的小路说道。顺着文天的手指望去，果见一个骷髅头搁置在小路上，旁边甚至还有一些隐约可见的骸骨。

“是啊！看起来年代久远了，他一定是被那条路上的机关弄死的，那么右边的这条路一定没有机关。”白晨春的语气更加坚定，说着脚已经踩在了右边的小路上。

钟泰川瞪着眼睛看着不远处的这具骸骨，突然他一把抓住白晨春的胳膊说：“晨春！不对！”说完将白晨春拉回了原地。白晨春奇怪地看着钟泰川说：

“泰川，怎么？难道你不这样认为？”

“这里是我爷爷修建的，所以这里的一切布置只有他最清楚。据我娘讲，当时还有一个考古的日本教授和他一起才完成这样一个计划，可是那个日本人后来失踪了。”钟泰川看着白晨春说。

“那这具骸骨不会是那个日本人的吧？”文天疑惑地问。



钟泰川没有说话，只是点点头。片刻之后，他接着说：“《无字节宗》的秘密只有我爷爷和这个日本人知道，可为什么我爷爷死后这个秘密还是没有被外人发现，甚至是日本人也不知道？那就只有一个可能，这个日本人当年并没有走出这个洞。”

“你爷爷将他杀死在洞里，然后一个人走了出去？”文天接着说。钟泰川慢慢地点点头，依旧看着这具骸骨。

“从这具骸骨来看，额头偏下，下巴廋长，两腮肥而宽，这是我见过所有日本人的特征。”白晨春淡淡地说。钟泰川失神地点点头，然后接着说：“当年他们走遍了小镇的名山大川，一起吃饭，一起睡觉，一起玩乐，他们成为了好朋友。接着一个一个的地下盐矿被发现了，于是，我爷爷悄悄地记录下这一切。”

“那他就更不可能杀死这个日本教授了。”文天接着说。

“直到有一天，教授发现了一种细菌，这种细菌足以让成千上万的人送掉性命。我爷爷开始担心，他知道日本迟早会是中国的劲敌。而此时教授却偏偏找到他，要他将这些藏起来，于是他将他带到了这个洞。”钟泰川淡淡地说着，仿佛见证了当年的这些事情。

“‘水上水，日月之间藏均剑’，指的就是这里。可是‘地中地，黑水触娇媚’指的是什么？”白晨春接着问。

“水指的正是踉跄江，而‘水上水’，说的就是潮起潮落，可这一切全是因为日月主宰，正是在这之间藏着一把均剑。”钟泰川淡淡地说，紧接着他说：“‘地中地’，意思就是密道里的秘密分为上下两个部分，那么当然是枪支和细菌。‘黑水触娇媚’，那是一个很久以前的故事。”钟泰川突然不再说下去。

“娇媚好像和女人有关？”白晨春问。

“你说对了，‘黑水触娇媚’就是指一个女人平躺在地上，被黑水包围，黑水当然就是细菌。”钟泰川接着说。

“难道这个日本教授在这里从事人体细菌实验？”文天问。

“彭三炮直到死都想占有这里的武器，其实他看中的并不是这里的武器，而是这里的这个女人。”钟泰川的声音开始有些悲伤。

“说起彭三炮，他怎么会知道两句诗的下句里蕴藏的意思？”白晨春一脸茫然地看着钟泰川问。

“那是因为洞里的这个女人正是他的妻子，对于洞里的武器他从来都不在乎，他只想看看他的妻子被人做了实验后成了什么样子。”钟泰川接着说。

“什么？是他的妻子？”白晨春更加疑惑了。

钟泰川点点头，接着说：“当年，教授和我爷爷无意中闯入了黑虎寨，那时候彭三炮的势力并没有现在这么大，跟随的仅仅有几人而已。可就是这几个人，也在某一天被马再发杀死了。彭三炮走投无路，我爷爷见状，于是从山下源源不断地送来了粮食。那会儿他的妻子是一个水灵灵的大姑娘，而教授正值壮年。”

“后来呢？”文天问。

“后来教授就在山上安顿下来，日久生情，教授和她竟然相爱了。”钟泰川接着说。

“什么？她们相爱了？”白晨春的一双眼睛顿时瞪得很大。

钟泰川点点头，然后说：“紧接着，有一天，教授悄悄将她带下了山，连同彭三炮和这个女人的孩子都带了出来。”

“这个女孩就是玉珠？”刘一凯站在钟泰川身后不远处说。

钟泰川转身看了刘一凯一眼说：“对！她就是玉珠。教授接着开始从事细菌研究，可是他缺少一个实体，一开始他还和这个女人商量，可是这个傻女人竟然答应了，用自己的身体作为试验品。”

“这个日本教授也太不是人了。”文天愤怒地说。

“有一天，这个女人发现自己的身体开始出现状况，以至于双目渐渐失明，她知道自己离死的日子不远了，所以临死的时候将这些年的遭遇告诉了这个小女孩，要她转告彭三炮。”钟泰川的话语中充满凄凉。

“彭三炮得知后，一定亲自下山找她了。”刘一凯接着说。

“是的！可是教授发现这些之后，就急忙带着这个女人走了，后来她们辗转来到这里。”钟泰川说。

“你派马再发上山就是为了弄清楚这些？”白晨春接着问，然后脸色一沉接着说：“这个女人真是傻到家了。”

钟泰川点点头，然后说：“不！她并不傻。来到这里后，她不想再这样下去了，她苦苦哀求教授，可惜得到的却是冷冰冰的回复。有一天，她反抗了，可是一个瞎子再怎么反抗都似乎无济于事，教授一怒之下就杀死了她。”

“这个教授也太丧尽天良了。”白晨春狠狠地骂着。

“那我们该走哪条路呢？”刘一凯问。

“就走有头颅的这条。”钟泰川许久之后才回过神来，他看着刘一凯淡淡地说。

“为什么？”文天不解地问。

“我想我爷爷当年一定是趁他不注意的时候悄悄出去，将外面的石门放了下去。等他发现的时候，心里万分着急，一直来回在这条路上徘徊，终于饿死在这里。”钟泰川说完，率先迈着步子走在这条小路上。果不其然，他跨过骷髅后，丝毫没有发生异常。白晨春紧跟在后面，一直拽着钟泰川的手不肯放开。文天和刘一凯缓缓地跟在身后。

“泰川，你有没有发现在石门前，还有一只腿骨，像是小孩的。”白晨春问。

“看到了，是小孩的，不过那不是一条腿骨，是整条腿连同脚一起被斩断留下的。”钟泰川说。

“可玉珠的四肢是完整的，这个小孩是谁呢？”白晨春问。

“我猜想这个孩子是教授和这个女人生的。”钟泰川淡淡地说。

“那教授为什么要斩断他的整条腿呢?”白晨春接着问。钟泰川摇摇头，不再说话。

穿过这条小路，拐了一个弯，里面的空间越来越大，充斥着动物尸体腐烂的异味。白晨春捂着鼻子紧跟在后面。走了一会儿，突然眼前出现了一个圆形的窑洞。钟泰川看着这个窑洞，没有多思考，就走了进去。仔细一看，里面像是一个农家的卧室，只是石壁上结满了蜘蛛网。钟泰川用衣袖挥了挥身旁的蜘蛛网，凝望着这里。

窑洞的一侧放着一张小小的桌子，桌子的一条腿，由于年代太久腐烂断了，地上洒落着一些小小的瓶子。白晨春伸手捡起其中一个仔细看着。突然，她的脸色越来越沉重，她转身看着钟泰川怔怔地说：“这是日本的化学药品。”

钟泰川没有说话，只是静静地看着。窑洞的另一侧是一个土炕，上面放着一个木头框子，看起来这个框子是用松木做的，这么多年了并未腐烂。他转身搜寻着那个神秘女人的身影，可是在这个窑洞里除了这些外，什么也没有。他重新盯着炕上的这个木头框子，突然发现炕沿下面放着一双快要烂掉的鞋子，分明是女人穿的。

身边的刘一凯禁不住好奇，他忍着枪伤，一骨碌爬到炕上，伸手就要揭开这个木头框子。突然，钟泰川冲着他大声喊：“一凯！不要动!”话还没有说完，他从自己身上撕下一块布瞬间蒙在脸上，捂住了鼻子和嘴，然后冲着文天说：“文将军，你手上戴着的手套，我借用一下。”文天听着钟泰川的话，快速摘掉了手套递给了钟泰川。

钟泰川戴着手套，一只脚踩在炕上，走到木头框子面前。他慢慢蹲下身子，伸手扣住框边，慢慢打开木框。只见框子里睡着一个女人，身上的衣服早已经腐烂，可是她的躯体却是完好无损。她的一张脸特别苍白，一双手紧紧压在胸前，眼睛闭着，嘴唇上的朱红绽放着一抹光彩，唯一的就是没有呼吸。

“这就是传说中的木乃伊!”白晨春和文天不知道什么时候就站在了钟泰川的身后。

听到白晨春这突如其来的说话声，钟泰川顿时吓了一跳，他扭头看着白晨春说："你上来的时候能不能发出点声响，你想吓死我。"说完，他轻轻地将木框重新盖上，回头看着文天说："文将军，这个女人身上到处是细菌，赶紧火化。"说完转身跳下了炕。

文天走下了炕头怔怔地点点头。白晨春惋惜地说："这么个漂亮的女人，如果日本教授动手的时候，你爷爷出面制止的话，或许她不会死。"钟泰川看了白晨春一眼，随后说："你没有看见吗？这个女尸的脖子被扭断了，这个教授一定是日本人精心挑选的，要是你碰上他，你也躺在这里了。"说完，将一副手套塞给文天。

刘一凯站在一边，像是埋头苦思着什么。片刻之后，他说："'地中地，黑水触娇媚'，那么武器一定在炕里面。"说完，看着钟泰川。钟泰川笑着拍着刘一凯的肩膀说："一凯，你小子的脑子在这会儿转得最快。"说完，看着文天仰头大笑。

"哎呀！少爷！你轻点儿，你忘记了，我这里刚被子弹招呼过。"刘一凯咧开嘴，冲着钟泰川翻着白眼。

钟泰川没有理会刘一凯。许久之后，钟泰川看着文天说："文将军，这里交给你了，我们还赶着回家。"

"赶着回家？干什么？"文天疑惑地问。

"和我娘商量商量能不能再结一次婚。"钟泰川边说边向前迈着步子，说完了冲着白晨春一笑。

"你好讨厌！大难不死，还有心思说笑。"白晨春搀着钟泰川的胳膊，轻轻地骂着。

刘一凯微笑着，紧紧跟在身后。突然，钟泰川扭头严肃地看着刘一凯，随后挤出了一个笑容，冲着刘一凯说："我说一凯呀！你离我们远点儿，怎么一点眼力劲儿也没有？没有娶过媳妇，难道连点儿基本规矩和常识都不懂吗？"刘一凯苦笑着，手扶着石壁，还是紧紧地跟在钟泰川和白晨春身后，一直走出了洞口。

# 谁可相依

几天后，一大早，钟家大院里又是一片热闹，几个小孩喊着："新郎，新郎，快给糖，否则休想进洞房。"此时门口站着一个老头，他手拿十字招牌，站在那里颤巍巍地喊着："算命！算命！"其中一个站在门口看热闹的人冲着这个老头喊："你也不分时候，今天可是钟家的喜事，站在这儿算什么命？"

另一个人接着说："就是嘛！不分场合，你难不成还能算出钟家的那八个盐矿的方位？就算可以，我看也太迟了，张敬生已经派人在坤黎门挖了一半了。"

此时，钟泰川正坐在镜子前面打扮着。突然，刘一凯慌慌张张地跑了进来，看着钟泰川说："少爷，不好了，晨春姑娘……"刘一凯说着，看了一眼钟泰川，不敢再说下去。

"她怎么？走了？"钟泰川着急地站起来看着刘一凯问。

"不是！一大早醒来，她就神志不清，嘴里还说着胡话，什么铃铛、蔷薇之类的。"钟泰川着急地迈出了房间，来到白晨春的房间。此时，柳凤仪站在白晨春的床前，担心地看着躺在被窝里的白晨春。钟泰川快速地走了过去，他抓住白晨春的手，轻轻地喊着："晨春……"可是喊了许久后，白晨春只是闭着眼睛，一动不动。他吃惊地看着白晨春，然后扭头看着站在身边的丫鬟说："什么时候发现晨春成这样的？"

"清晨，我走进晨春姑娘的房间里，就发现她在大喊大叫，说什么'不要抓我'之类的话。"丫鬟说着说着，慢慢低下头。突然，白晨春猛然坐了起来，失神地看着钟泰川，紧接着她蜷缩着喊："不要杀我，铃铛，是铃铛，你不要靠近我。”边说身子边向后退缩着，缩成一团，害怕地盯着钟泰川。

钟泰川扑上去，一把抓住白晨春的胳膊，“晨春，你醒醒，我是泰川。”钟泰川深情地看着白晨春说。

只见白晨春精神恍惚地看着钟泰川，说着：“泰川？你是泰川？”随后她格格一笑，接着说：“我不认识你，你干吗这样看着我。”她似乎疯了，钟泰川一脸茫然地看着白晨春，慢慢地站起身。旁边站着的柳凤仪摇摇头，叹着气，不知道该说什么。



“请郎中了没有？”钟泰川盯着柳凤仪问。

“请了！可是郎中也瞧不出什么来，说是受到惊吓了。”柳凤仪无奈地说。

钟泰川慢慢走出了房间，他在思索着白晨春刚才的话。“铃铛？为什么她看见我就喊‘不要杀我’？”钟泰川怔怔地向自己的房间走着。

“我听说张敬生已经派人在坤黎门挖了一半盐矿，我看我们眼下无暇顾及，还是先去省城请高明点儿的郎中看看吧！”刘一凯跟在身后淡淡地说。

“我看根源就在这里。”此时从大门口走进了一个老头，此人正是许老头，他悄悄地站在钟泰川的身后，突然说了一句。

钟泰川一个转身，正眼看着许老头，然后说：“你来了？”说完后，他还是低头思索着，不时地嘀咕着：“铃铛？蔷薇？”

“是的，你帮了我一个忙，我想，我也应该帮你一个忙。”许老头微微笑着，紧接着说：“铃铛你是听说过的，解铃还需系铃人。”

许老头的一番话，好像瞬间提醒了钟泰川，他吃惊地说：“难道是雌蔷薇？这会儿她在哪呢？”说完看着许老头，可是许老头此时已经迈着大步走出了钟家大院。钟泰川愤怒地看着许老头离去的背影，他思索着：“难道她来过钟家大院？”

“少爷，你忘记了，她会幻术。我听说，人一旦受过幻术，以后遇到大喜大悲的事情，往往会把心中最恐惧的事情说出来，以至于身不由己。”刘一凯接着说。

“可是晨春并没有受过幻术。”钟泰川接着说。

“这就奇怪了。”刘一凯说着。

“眼下她会在哪里呢?”钟泰川像是在自言自语。

“彭三炮已经被我们灭了，至于文天那个地方，我估计因为李春梅之事，雌蔷薇也不敢去，眼下只有一个地方她敢去。”刘一凯看着钟泰川说。

“警察署?”钟泰川转身看着刘一凯怔怔地说。刘一凯点点头，不再说什么。许久之后，钟泰川吼着:“把所有钟家的马帮集合起来，立刻赶到警察署，今天就算拼个鱼死网破，也要弄清楚这是怎么回事。”话一说完，他大步流星地跨出钟家大院。刘一凯听着钟泰川的话，急忙召集钟家的马帮，随后带着人离开了钟家。

坤黎门始建于明朝，据说当年是官员下马接见朝廷大官的地方。此时张敬生戴着墨镜，身穿军大衣，正满面春风地站在坤黎门前指挥着一群警察挖着地下的盐矿，旁边站着几个全副武装的年龄比较大的警察维持秩序。雌蔷薇站在张敬生的身后，面色沉静。不远处站着的却是文天手下的团长廖天辉。自从折磨死李春梅后，他一直不敢回去面见文天，生怕文天一枪崩了他。

此时他从快活峰上下来已经有10天左右，跟随他的士兵都不愿意继续跟着他，大部分逃的逃，跑的跑，身边已经没有几人。他愁眉深锁地在思考着自己的后路。许久之后，他颤巍巍地向前走了几步，看着张敬生的背影说:“张署长，你向省里汇报了我的情况，得到回音了吗?”

“我说廖团长，你着急什么呢，这不我昨天才打了报告说我这里缺一个副署长，你就等等吧!”张敬生听了廖天辉的话，头也不回地说。

“你一个军人，怎么一点儿血性都没有?把这些挖出来的盐矿卖了，你不一样可以招兵买马吗?”雌蔷薇白了一眼廖天辉说。

“你是饱汉子不知饿汉子饥，你是龙云的人，当然没事。我可是无人疼的野孩子，原先还有个家，瞬间就被你们整得无家可归，你还在这儿说风凉话。”廖天辉眼睛一瞥，语气中充满埋怨。片刻之后，他看着下面的盐矿叹息着:“盐矿啊!盐矿啊!现在我可就指望你了。”

不一会儿，坤黎门前就被挖下一丈深，紧接着从下面上来一个警察，看着张敬生说："署长，我们已经挖下去一丈了，再挖估计这座坤黎门就要倒了，万一倒了，省里来人看见怕不好交代吧。"

张敬生斜眼瞅着这名警察说："挖！别管那些！"说着悠闲地闭上了眼睛。

钟泰川从钟家大院走出来，没走几步，刘一凯就带着人赶了上来。"少爷，我们明目张胆地和警察署干，这……这不太好吧！"刘一凯赶上了钟泰川担心地说。钟泰川依旧大步向前走着，接着说："难道我就看着白晨春这样疯下去？不管付出多大的代价，我都要抓住雌蔷薇！"钟泰川咬牙切齿地说。

此时，钟泰川隐隐约约地看见坤黎门前站着许多人，他的脚步更快了。不一会儿，钟家的所有马帮都站在了坤黎门不远处。此时一名警察看着来势汹汹的钟家马帮，急忙跑到了张敬生面前低声说："署长，钟泰川带着人赶过来了。"

张敬生微微睁开眼睛，看着这名警察说："他能把我怎样？难不成打死我？我可是代表政府，他来了正好一网打尽。你们手里的家伙难道是烧火棍？"说完冷眼看着部下，随后再次悠闲地闭上了眼睛。

钟泰川怒目圆睁地走了过去，旁边站着的雌蔷薇和廖天辉面面相觑地看着来势汹汹的钟泰川，他们没有想到钟泰川居然敢在大白天公然带着人赶到这里对抗张敬生。

"雌蔷薇，我们又见面了。"钟泰川冷冷地盯着雌蔷薇说。

雌蔷薇看着钟泰川的阵势，她的身子稍稍向后挪了一步，然后说："你别忘了，我可是龙云的人，你不敢对我怎样。"雌蔷薇极力地掩饰着内心的恐慌。

"龙云？我不认识，我只知道有仇报仇，有怨报怨。"钟泰川咬着牙，一步一步地向前迈着步子。

"你想怎么样？"雌蔷薇向后退着，摸出腰间的枪对准了钟泰川。

此时钟泰川毫无惧色，他慢慢地向前走着，眼睛中冒着怒火，接着说："你为什么还要去钟家？"

"因为我想让她一辈子生活在痛苦和恐惧之中。如果她痛苦，那么你就跟着痛苦，我要让你们一辈子记住我。”雌蔷薇横眉说着，手里举着枪，可是脚步还是一直向后退着。

“你太卑鄙了，一凯，还等什么？给我上！”钟泰川看着雌蔷薇吼道。钟家的马帮正要一拥而上，此时张敬生却说话了。

“慢！你别忘了，这里是黑井，这里我说了算。”张敬生依旧没有转身。

“我几乎忘记了，这里还站着一个畜生！一个将国家的资源占为己有的人渣。”钟泰川高声怒骂着张敬生。张敬生并没有立刻发怒，他慢慢地转身，眼神中充满了不屑，然后盯着钟泰川说：“我是准备这样，你想怎么样？”语气中充满了傲慢。

“我可以去省里告你去！你以为你真的可以一手遮天？”钟泰川义正词严地说。

听着钟泰川的话，张敬生突然仰头大笑，然后重新正视着钟泰川说：“你想你还有机会吗？你以为你还能从黑井安全地走出去？”

“我不相信你敢动手。”钟泰川镇静地说。

“是吗？”张敬生盯着钟泰川像是在自言自语，片刻之后，他换上了一副狰狞的面孔，他冲着手下喊道：“来人！给我全部缴械，带回警察署！”

所有的警察顿时冲了上去，将枪口对准了钟家的马帮。钟家的马帮顿时也掏出枪指着眼前的警察。其中一个马帮吼道：“少爷，我们和他们拼了。”突然一声枪响，这名马帮缓缓倒下，张敬生得意地站在那里缓缓地吹着还在冒烟的手枪说：“谁不听话！就地正法！”

此时钟家的马帮顿时像炸了锅一样，拼命冲了上去，和这帮警察厮打成一片，每个人眼中都冒着烈火。他们扔掉了枪，抓住这帮警察狠狠地捶打着。此时从不远处赶来了一支部队，他们排着整齐的步伐向这边跑来，领头的军官喊着：“快！就是这里。”

钟家的马帮毕竟没有接受过训练，没有几下，就被这帮警察撂倒几个。这名军官跑了过来，看着眼前的情形朝天放一枪，随后高声喊着：“谁都别动！否则我的子弹无眼。”说完，他冲着部下喊道：“来人！给我包围缴械！”

话一说完，这名军官的队伍瞬间上去，就将现场所有的枪支都收缴在一起。

张敬生看着眼前的变故，心里暗暗担心，他看着不远处的军官，不禁低头思索着："此人不是文天，会是谁呢？没有听说上边哪支部队要下来视察呀！"说完他正视着不远处的这名军官，猛然发现，这人胸前挂着一个小小的像军衔一样的东西，他慢慢地走向前去一看，只见上面的金属牌上赫然印着一个"内"字。

"原来是龙云的内卫队。"张敬生低低地说。此时他的神情顿时放松下来。他笑眯眯地走上前，看着眼前的军官说："不知道将军贵姓，我是本镇警察署张敬生，怠慢之处，还望海涵！"说着冲着军官敬了一个不太标准的军礼。只见眼前的军官冷冷地盯着张敬生，一双眼睛像是老鹰遇上了猎物。

"你就是张敬生？"军官面无表情地问，随后扫视了众人一眼，接着说："看来人到齐了。"

"是！本人正是张敬生，这里有一帮乱匪，卑职正在执行公务。"张敬生颤巍巍地看着眼前的军官。

军官什么也没有说，只是从口袋里掏出一张像公文之类的纸张，看着张敬生随口念道："滇靖公署公告：133旅廖天辉率众擅离职守，以逃兵罪名就地正法。文天犯有督导不严之罪，停饷两月。免去张敬生黑井小镇警察署署长职务，由曾靖接任。命钟泰川为黑井民族资本联合会会长，即日起开始组建商会，负责黑井地下盐矿资源的采集、销运。"说完，将这张公文递在了张敬生的眼前。

此时张敬生浑身颤抖，他的内心像是一座山轰然崩塌了一般，他颤抖地将墨镜摘掉，然后怔怔地看着这张公文，许久没有声响。

"来人！将廖天辉拉出去枪毙！"军官冲着部下喊道。此时的廖天辉浑身哆嗦，怔怔无言，突然膝盖一软，跪倒在地，爬到这名军官面前，连哭带喊地说："冤枉啊！将军开恩呀！我冤枉呀！"可是还没来得及多说，两名士兵拖着廖天辉向外走去。一声枪响后，张敬生手中拿着的那张公文纸，慢慢地从他手中落下。

“来！将张敬生带回去！”军官接着发着命令。紧接着，张敬生被拉了出去，浑身被绑起来。

“哪个是曾靖？”军官问。

此时，从坑里爬上一个人来，他一脸污垢，头发乱蓬蓬的，可是一脸兴奋地走到军官面前，然后说：“我就是！”这名军官打量着眼前的曾靖说：“你怎么搞成这样？”

“长官，连续在下面挖了三天，不成这样还能啥样？”曾靖说着扒拉着自己的头发。

“有意思！是拜他所赐吧？”军官指着站在一边的张敬生说。

曾靖点点头，然后说：“他说我私通钟泰川，所以就把我派到下面挖盐矿去了。老子要喝了你的血才解气！”说着狠狠地朝张敬生身上吐了口唾液。军官看着曾靖的神情顿时高兴地仰天大笑。随即，他回头看着钟泰川，他的帽檐一直压得很低，以至于钟泰川几乎看不清这名军官的面孔。刘一凯上去，冲着军官笑着说：“这位就是我们家少爷钟泰川！”说完冲着钟泰川一指。

突然，军官轻轻地笑着，伸手将帽子一摘，然后看着钟泰川说：“这个不用你告诉我，我早知道。”钟泰川吃惊地看着眼前的军官，结结巴巴说：“你……你是许老头？”许老头微笑着点点头说：“是的！我是许老头，我说你帮我一次，我也会帮你一次的，现在咱们扯平了。”说完，拍拍钟泰川的肩膀。

就在两人谈话的时候，雌蔷薇却在一直思索着自己的退路，她知道完不成任务对于一个特工来说，只有死路一条。如果沿着大路逃跑，那样即使士兵追不上，那她一定会被打成筛子。她看着周围的地形，身子向后缓缓地退着，直到退到了一块下马石边，她站住了脚。紧靠着下马石的是一排房屋，只要踩住这块下马石，就可以一跃上了房屋，或许只有这样才可以留一条性命。雌蔷薇的脑子在急速运转着。

她的一只脚慢慢踩住了下马石，另一只脚正要踩上去。刘一凯朝这边瞟了一眼，紧接着喊道：“少爷，雌蔷薇要跑。”钟泰川正在和许老头闲聊着，刘一凯的这句话瞬间将他拉了回来。看着雌蔷薇已经踩上了下马石，他冷冷地盯着雌蔷薇说："她跑不了。"说着，枪口缓缓地指向了雌蔷薇。

此时雌蔷薇听到刘一凯的喊叫后，她瞬间另一只脚也踩在了下马石上，然后纵身一跃。一声枪响过后，雌蔷薇重重地摔在下马石上，脊梁中了一枪，紧接着，一串铃铛从她身上掉了出来。她茫然地看着这串小铃铛，嘴角露出了一丝凄凉的微笑，然后怔怔地说："没有想到，我会是这样的结果。野蔷薇没有开花，就要枯萎了。"

钟泰川慢慢走了过去，冷眼看着雌蔷薇，然后说："野蔷薇是一种名花，用在你身上，你不感觉玷污了它吗？"说完蹲下身子，枪口指着雌蔷薇的脑袋。

"快说！怎样才可以驱除白晨春身上的幻术？"钟泰川恶狠狠地问。

"要说她中了幻术倒也不假。幻术始于日本，只要经受过一次，那么此生就难逃噩梦的困扰，唯一的解救方法就是破掉幻源。"雌蔷薇拖着半口气说。

"幻源？那幻源在哪？"钟泰川一巴掌拍在雌蔷薇脸上，然后嘶叫着问。

雌蔷薇伸出一只手，指着前方不远处的落在地上的铃铛，凄凉地笑着说："如今，我不必再隐藏什么了，幻源就是这串小铃铛，只要将它打碎，白晨春就算还阳了。"钟泰川看着前方的小铃铛，他站起身，向前走了几步，然后捡起这串小铃铛。只见一条绳子上系着两个白色的小铃铛。定眼一看，这两个铃铛居然是用瓷做的。一个铃铛上印着一个女人，缠绕着发髻，微微笑着，而另外一个印着的居然也是个女人，只是这个女人目露凶光，拿着一根木棒像是在击打着什么。他失神地看着这两个铃铛，然后怔怔说："雌雄铃铛？真的是两个女人。"

他捏住这两个小铃铛，只见铃铛发出一声清响，他随后用力地摔在了地上。就在铃铛落地的一刹那，雌蔷薇慢慢地闭上了眼，似乎她的使命在这一刻结束了。伴随着两个铃铛碎了的声音，雌蔷薇微微睁开眼睛，她脸上慢慢地浮现出一丝久违的轻松。

"终于告别特工生涯了，其实……这么多年来，我一直想重新回到正常人的生活，可惜……"雌蔷薇说着一只手慢慢地垂在地上。

钟泰川咬着牙，重新将枪口对准了雌蔷薇，然后愤愤地说：“可惜，你觉悟得太迟了。”说着一串子弹用力地打在了雌蔷薇的身上。只见她痛苦地叫了一声，眼中闪着泪花，扭头看着钟泰川说：“铃铛虽破，可是……可是要解救白晨春恐怕还不够，这里面还有一个秘密，否则她无论如何也醒不过来。”说着一口鲜血从她口中吐了出来。

钟泰川发疯似地看着雌蔷薇，然后怒吼着：“你去死吧！相信你，我就不是钟泰川。”说着再次举枪冲着雌蔷薇的脑袋射了下去。就在此时，刘一凯跑过来，一把抓住钟泰川的胳膊吼着：“少爷，你不要冲动，她还有话要说。”

“你滚开！”钟泰川怒吼着。一声枪响过后，雌蔷薇的脑袋重重地磕在地上，她不再挣扎，眼睛睁得很大，她彻底死了。

## 千年泪珠



许老头看着钟泰川的举动，微微地叹了一口气，然后慢慢地走了过来。

“这个特工是政府花巨资培养的，她说有秘密，那便真的有秘密，我相信她此时不会说谎。”许老头淡淡地说。

“那意思是要解救白晨春，光打碎铃铛是没有用的?”刘一凯失声地看着走过来的许老头问。只见许老头无奈地点点头，片刻之后，他接着说：“关于雌雄蔷薇的事情，我问过我兄长。至于这铃铛之中的秘密，他也知之甚少。”

这一切似乎尘埃落定，可是心中的痛像千帆过尽的沉寂，无法言出。钟泰川慢慢地转身向前走着，他嘴角抽动着，像是在哀怨，像是在哭诉。

“心微动奈何你已远，物也非，人也非，事事非。”钟泰川怅然所失地说着，脚步慢慢地向前挪着。

“难道就没有其他办法吗?”刘一凯看着钟泰川凄楚的背影，冲着许老头问。

“或许千年的眼泪，万年的悲才可以拯救白晨春。”许老头淡淡地说。

“什么意思?”刘一凯问。

“就是喝下一个人千年悲伤的眼泪，就可以救活白晨春。”许老头说完后，转身离去。

钟泰川一个人静静地坐在椅子上，看着装扮一新的洞房，久久不能平息心中的悲痛。白晨春再也不会站在身边，和他诉说过去的往事，她像是一个活死人睡在床上，悄无声息。钟泰川慢慢地站起身，走到床前。他看着白晨春洁白的皮肤，侧身躺在了床上，抓住白晨春的手，黯然地说：“晨春，我想此刻对于你来说是最幸福的，因为我们已经结婚了，你不用再怀疑什么，不用再担心我心里在想什么，因为我心里从始至终全是你。”钟泰川扭头看着白晨春静静的身影。

“你听到我说的话了吗？我们站在彼此的对岸，你到底要让我枯等多久，你才会醒来？”钟泰川坐起身，伸手触摸着白晨春的脸蛋，脸上的眼泪扑簌簌地落下。

“你看外面下起雪了，新的一年就要来了，晨春，你快起来看看，它在迎风飞扬，它在跳舞，它像一场烟花……”钟泰川说着，站在床前轻轻地推开窗户。一股冷气迎面扑来，两行热泪顿时凝成冰。钟泰川慢慢地走到院中。此时雪越下越大，瞬间打湿了他的外衣，他哆嗦着身子，努力挤出一个微笑，然后说：“它多像一场烟花，而我只是在烟花下苦等，等待你的苏醒，等待你的呼喊。”

此时刘一凯慢慢地朝着钟泰川走过来，他看着雪中的钟泰川淡淡地说：“少爷，快活峰和坤黎门前的盐矿已经找到了入口，我正派人挖，可是钟家地下的盐矿入口和其他几个盐矿入口还没有找到，你看？”说完，他将《无字节宗》递过去。

钟泰川慢慢地转身，擦拭着打在他脸上的雪花，接过了这本书。他缓缓地打开了这本书，然后怔怔地说：“就为这样一本书，丢掉了多少人的性命，拿去，烧掉它吧！”

刘一凯吃惊地看着钟泰川说：“可是少爷，我们还没有找到其他盐矿，您要开盐厂，就这几个盐矿是远远不够的。”

“书中的东西我已经了然于胸，自此就让它化作灰烬深埋地下，或许才是最好的结果。”钟泰川淡淡地说着，将书递给了刘一凯。刘一凯接过书，疑惑地问：“那其他几个盐矿……”

“钟家地下的这座盐矿在书中指的是乾休，那么它的入口一定在遥远的边际。”钟泰川伸手触摸着落在手心的雪花。

“难道真的在不渊崖？”刘一凯接着问。钟泰川看着手心的雪花慢慢地融化，然后低低地念着："乾休、坤生、离死、坎景、震伤、巽杜、艮惊、兑开……"

"那其他的呢?"刘一凯接着问。

"乾休解开了，坤生当然指的就是坤黎门，接下来的就是'离死'了，它就在……"钟泰川看着刘一凯不再说下去。

"难道真的在东边黑虎寨上?"刘一凯疑惑地问。

"不！一凯你错了，黑虎寨是处在东面，按照八卦方位，恰好寓意离东，可是它不在那里。"钟泰川向前走了一步接着说。

"那它不在黑虎寨，难道在……"刘一凯说到此处，顿时眼睛瞪得圆圆的。

"对！它就在钟家祠堂，而且就在那座大鼎下面，因为站在不渊崖上，向东的才是钟家祠堂。"钟泰川走到一棵桦树旁边轻轻地抚摸着说。

"为什么?"刘一凯更加疑惑了。

"因为八卦的中心正是不渊崖下面的秘洞，在走进秘洞的时候，你可能没有注意，在那座窑洞的顶部画着一个八卦图。"钟泰川说道。

"那么书中的震伤指的才是黑虎寨。"钟泰川淡淡地说。

"巽杜、艮惊，分别是西南、西北，也就是在文天的大本营范围内，一座在正川岭，一座就在文天的大本营下面。"钟泰川缓缓地说着。

"兑开是东南，难不成就是田中弘一原先驻守的云峰岭?"刘一凯接着问。

钟泰川仰天望着，一片片雪花落在他的脸上，像是夏天的雨，像是秋天的霜，唯独不是冬天的雪。他慢慢地点了点头。

此时从不远处传来了一阵歌声，像一个孤独老人在哭诉，伴随着片片雪花，歌声越来越高。

歌词中唱道：人依旧，岁月溜走，多少守望，都在风雪中飞扬，思绪在梦中复返，几番风雨不能以往，年复一年平添忧伤，坐在这里枯等铁树开花。往事凄凉，瑶琴不断，回首雾茫茫。钟泰川听着这忧伤的曲子，他怔怔地思索着，然后慢慢地走出大门，嘴里说道："苦等铁树开花？回首雾茫茫?"他踏着雪走在大街上。

他冲着歌声一直寻了过去，隐隐望见街头坐着一个老者，手里拉着瑶琴，口中一直唱着。雪一片一片落在他身上，可是他没有停止歌唱。钟泰川颤巍巍地走了过去，抬头看到“钟家祠堂”四个大字。

“原来我已经走出了钟家大院，来到了钟家祠堂。”钟泰川的嘴角抖动着。眼前的老头，脑袋上光秃秃的，整个眼窝深深地陷了下去，一张脸像是被狼咬了一般支离破碎，左裤裆空空的，只有一条右腿，身高不足一米。他微微抬起头看着钟泰川，眼中充满凄凉。

“你为什么要唱这首歌?”钟泰川失声地问。

“我在等……”老头嘶哑着嗓门，好像只会说这三个字。

“小镇上的日本人已经全部死了，你应该回家才对。”钟泰川接着说。

老头的眼神顿时一怔，两颗泪珠滚落在雪地，然后嘶声地说道：“这一天我已经等了好久了，你看看我的脑袋，看看我的这张脸。”钟泰川失神地望着他，久久不能开口。

“我将一条腿留在了黑井，留在那个可怕的秘洞，每天我都在等待，什么时候才可以解开那个可怕的噩梦。”老头嘶声说着。

“你就是洞中逃出来的那个孩子?难道你是教授的孩子?”钟泰川惊诧地问。

“你看看我的这张脸，我才五十不到，可是看上去像八十有余，就是那些细菌害的。”老头说着，眼泪像是决堤的长河，淹没了落在身边的雪花。

钟泰川伸手触摸着老头的衣襟，只感觉湿漉漉的。此时两颗泪珠落在钟泰川的手心里，微微散发着余热。钟泰川双手捧着这两颗泪珠，失声地说：“这正是千年的眼泪，万年的悲伤。”

此时，天空的雪越下越大，可是他确定老头胸襟上的湿漉漉，不是被雪打湿的，而是那一串泪珠。他扶起老头慢慢地消失在茫茫的雪地中。

一个月后，钟泰川站在院子里，一场雪刚刚过后，还没有完全融化，他在院子中间走来走去。他看到一个丫鬟从里屋走了出来，然后问：“少奶奶好点了没有？"

"好是好点了，最起码不突然说疯话了，可是依旧没有清醒。"丫鬟看着钟泰川说。

钟泰川点点头，淡淡地说："我知道了。"

"少爷，那些所谓的千年泪，你看还需要继续喝吗？"丫鬟怯怯地问。

钟泰川仰头望着天空，慢慢地闭上了眼睛。片刻之后，他感觉有一阵春风拂面而过，那种感觉不言而喻，他睁开眼睛看着眼前的丫鬟说："喝！我相信有一天她会醒来的，我会等到那一天的。"话音还没有落地，钟泰川的房间里突然传来了一声嘶叫。钟泰川急忙快速地来到自己的房间门前，推门而入。只见白晨春头发乱蓬蓬地光着脚站在地下，冲着一名丫鬟吼着："滚开，你不要来！"说着傻傻地冲着钟泰川笑。

钟泰川吃惊地上去抱住白晨春失声地说："晨春，是我，我是泰川，你清醒一点好吗？"白晨春伸出手抚摸着钟泰川的脸，突然格格一笑说："你是泰川，可我还是不认识你。"说完，拍着手冲出了房间，然后看着天空飘着的雪花高喊着："我自由了，我自由了。"说完，走出了钟家大院的大门。

钟泰川提着白晨春的两只鞋子赶紧追了出去。只见白晨春出了钟家大院的大门后，沿着后院的山路，一直向上攀爬着。后面的钟泰川看着白晨春的身影不住地呼喊着："晨春，你要去哪里？等等我！"这一声喊出后，白晨春的脚步更加快了。眼看着她已经爬上了山坡，向东跑去。钟泰川依旧焦急地叫喊着，在后面追着。

不一会儿，白晨春沿着小路来到了不渊崖边，她看着江水，似乎神情平静了许多。她慢慢地转身看着后面追来的钟泰川。此时的钟泰川生怕白晨春一个不小心就此摔到崖下，他喘着粗气跑到崖上，吃惊地看着站在崖边的白晨春颤抖地说："晨春，不要啊！我是泰川，你快回来！"钟泰川说着，他的脚步不敢继续往前走，生怕自己的紧逼会让白晨春就此跌落悬崖。

"泰川，你终于来了。我就知道会在这里等到你，就像三年前我们一起站在富士山上看日出。"白晨春的神情似乎恢复了正常。

“晨春，你终于清醒了，我……我等这一天已经很久了。”钟泰川说着，话语开始抽噎。

“其实，我一直就未曾昏迷，我不愿意你看到我痛苦的那一刻，我知道我痛苦，你一定会难过的。”白晨春说着，脸上滑落了几颗豆大的泪珠。

“你装傻是为了让我暂时忘记你，忘记加在你身上的痛苦，是这样吗？你可知道，你的昏迷带给我的痛楚，比我自己死都锥心刺骨。”钟泰川失声说着。

“原来两情相悦就可以心心相通。这一次我错了，或许这就是老天留给我们的路，希望从今以后我们能忘记以前的甜蜜，忘记我们的约定，甚至忘记不经意间带给彼此的伤害。”白晨春说着声泪俱下。

“为什么？为什么非要这样？”钟泰川吼着，向前走了一步。

“不要过来！泰川，或许只有忘记，我们才能够彼此放下，因为我时日无多，这种药性在我体内，我已经控制不了我自己。”白晨春怔怔地说着。片刻之后，她慢慢地伸手，片片雪花落在手心，瞬间就化作水，像泪一般。

“这难道就是你问出来的道？不！我记得当初你说你问出的是一份坚贞，一份执着，可是现在你失去信心了吗？”钟泰川声色俱厉地说着。

白晨春微微仰头看着漫天飞舞的雪花，许久之后，她淡淡地说：“问道？问出的是一份坚贞，就像这漫天飞舞的雪花，不管人世间有多少凄楚，它该来的时候总是要来，待到太阳一出，化为一摊泥水，便是你中有我，我中有你。”说完，白晨春转身站在崖边，慢慢地闭上了眼睛。

“等等！晨春，即便是这样，我认命了，我相信这也是上天安排我的路。希望来世花甲，混混沌沌，百岁终了，还有你的陪伴。你可以转过身给我最后一个笑容吗？”钟泰川说着眼泪像是决堤的洪水，一发不可收拾。

## 问道苍生



白晨春微微转身努力挤出一个笑容，然后淡淡地说："多想世间不再有战争，那么我们身边到处都是乐土。我会忘记最牵挂的你，希望你也可以做到，我相信你一定可以的。"

"好!"钟泰川用力地点点头。片刻之后，他再次看着白晨春，眼睛里已经没有眼泪，只是微笑着说："谢谢你，留给我最后的记忆是一片笑容。"

白晨春看着钟泰川灿烂的笑容，满意地点点头，然后回过头慢慢地向前走着。此时，柳凤仪不知道在什么时候就站在钟泰川的背后，她看着白晨春即将要从悬崖上走下去，嘴里惊呼着："泰川，你劝劝她!"话语中满是哀求。她向前迈了几步，然后看着白晨春的背影说："晨春，可怜的孩子，不要啊!"

钟泰川向前走了几步，拍着柳凤仪的肩膀说："娘，就让她去吧！或许只有这样她才会快乐，因为她已经问出了属于自己的道。"

"再见了!"白晨春淡淡地说着，依旧迈着步子。话音未落，只见一个轻飘飘的身影，从崖边飞了下来，在雪花中翩翩起舞，像蝴蝶，像散落的花瓣，慢慢地坠在空中，直至消失。紧接着，就是钟泰川的一声高喊："晨春，一路走好，你的话我记住了。"

几个月后，钟泰川傻傻地坐在钟家大院的门槛上发着呆。此时已经是三九的天气，几缕寒风夹杂着沙石吹过。钟泰川揉揉眼睛，像是被风蒙蔽了眼睛。身后，柳凤仪拿着一件衣服走了过来，轻轻地披在了他身上。钟泰川微微扭头，看着柳凤仪，努力挤出了一个笑容，随后淡淡地说："娘，我没事，你先回去吧!"

此时，刘一凯从街市上回来，看着坐在门槛上的钟泰川说：“少爷，那些盐矿我们终于全部找到了，开盐厂有望了。还有一件高兴的事情，我要告诉你。”

“什么事情?”钟泰川看着刘一凯问。

“开盐厂，我们需要机器，譬如粉碎机、过滤机等等，这些东西文将军已经送来了，而且办厂的地址他也替我们选好了。”刘一凯高兴地说。

钟泰川的神情渐渐舒展，他看着刘一凯问：“是吗？在哪里?”

“在张敬生原来的别院里，那里空间可大着呢，现在已收归国家所有，文将军特意拨给我们的。”刘一凯说着，脸上闪过一丝微笑。

钟泰川站起身，缓缓地向前走了几步，仰头看着天空，随即淡淡地说：“这一切终于过去，我们经历了这么多，才换来一个崭新的明天。”

刘一凯紧紧跟在身后说道：“是啊！不管是为国还是为家，钟家做的够多的了。”

“钟家牺牲了这么多，大到为国，小到为家，我们都在所不惜。就像晨春所说的，每个人都在问道，晨春问到的不是爱情，是一份坚贞，文天问到的不是仇恨，是一份大义。”钟泰川淡淡地说。刘一凯望着钟泰川的背影，不禁热血沸腾，接着他说：“少爷，你说得太好了。”

“而对于我来说，虽然晨春走的时候一直告诫我要忘记，可我问到的不是忘记，而是一份舍生忘死、为国为民的责任。”钟泰川说着，慢慢地转身拍着刘一凯的肩膀。只见刘一凯爽朗地看着钟泰川，片刻之后，他说：“小镇的人民已经聚集起来，他们要为我们开办盐厂常捐款呢!”

果不其然，刘一凯的话音一落，远远地听见街道上有人呐喊：“开办自己的盐厂！打击黑心商人！驱逐外掳!”声音由远及近。不一会儿，一群乡民扛着旗帜从大街上走来。这群乡民每个人都在呐喊，他们像是一条长龙，从街道的一头走来，从头望不到尾。

钟泰川看着这些热心的乡民，不禁感慨万分。不一会儿，众人涌在钟家大院门口，其中一个乡民喊道：“听说钟家要开办干净的盐厂，我们乡民自发捐款，大伙儿都全力支持钟家少爷尽快开办盐厂！”话音一落，人群顿时开始沸腾。

其中一个瞎子，拿着几文钱颤巍巍地走到人群前面说：“只要让我们吃上干净的盐，就算是让我们粉身碎骨都行，我们几代人看不见世界已经很久了。”

钟泰川看着这些善良的乡民，不禁用力点着头。随后，他转身站在台阶上看着众人，高声喊道：“大伙放心，只要我钟泰川在，一定让乡民们吃上干净的盐。大伙只要众志成城，就没有干不成的事情。”此时的他豪情万丈，他似乎忘记了自己曾经有过的悲伤，只是默默地将精力投到了下一场“战争”中。

“徐老头，十文！”刘一凯一边喊着，一边坐在大门旁边的凳子上记录着乡民的捐款。

“徐老头，听说你老婆还在哮喘，你怎么捐这么多啊？”人群中有一个年轻人疑惑地问。

“老婆子的病怕是治不好了。捐钱不仅是为了下一代不再犯这种病，更重要的是只要大家携手，小镇就没有过不去的难关。”徐老头说着，将十文钱扔到箩筐里，然后转身消失在大街上。此时，一轮红日渐渐升到半空中，一缕阳光射在钟泰川的脸上，他感到有一种前所未有的温暖。他站在院中微笑着，就这样一直到黄昏。